Ein Sommer in London

Theodor Fontane

Ein Sommer in London.

Ein

Sommer in London.

Von

Theodor Fontane.

Dessau.

Druck und Verlag von Gebrüder Katz.

1854.

Inhalt.

Von Gravesend bis London.

Das ist die englische Küste! Durch den Morgennebel schimmern die Thürme von Yarmouth. Ein gut Stück Weges noch in der Richtung nach Süden, und die Themsemündung liegt vor uns. Da ist sie: Sheerneß mit seinen Baken und Tonnen taucht auf. Nun aber ist es, als wüchsen dem Dämpfer die Flügel, immer rascher schlägt er mit seinen Schaufeln die hochaufspritzende Flut, und die prächtige Bucht durchfliegend, von der man nicht weiß, ob sie ein breiter Strom oder ein schmales Meer ist, trägt er uns jetzt, an Gravesend vorbei, in den eigentlichen Themsestrom hinein.

Alles Große wirkt in die Ferne: wir fühlen ein Gewitter lange bevor es über uns ist; große Männer haben ihre Vorläufer, so auch große Städte. Gravesend ist ein solcher Herold, es ruft uns zu: „London kommt!" und unruhig, erwartungsvoll schweifen unsere Blicke die Themse hinauf. Des Dämpfers Kiel durchschneidet pfeilschnell die Flut, aber wir

1

verwünschen den saumseligen Kapitain: unsere Sehnsucht fliegt schneller, als sein Schiff, — das ist sein Verbrechen. Und doch lebt London schon rings um uns her. Gravesend liegt nicht im Bann von London, aber doch in seinem Zauber-bann. Noch fünf Meilen haben wir bis zur alten City, noch an großen volkreichen Städten müssen wir vorbei, und doch sind wir bereits mitten im Getriebe der Riesenstadt; Greenwich, Woolwich und Gravesend gelten noch als besondere Städte und doch sind sie's nicht mehr; die Aecker und Wiesen, die zwischen ihnen und London liegen, sind nur erweiterte Hyde-Parks; von Smithfield nach Paddington, quer durch die Stadt hindurch, ist eine schlimmere Reise wie von London-Bridge bis Gravesend; nicht mehr Miles-end ist die längste Straße Londons, sondern der prächtige Themsestrom selbst: statt der Cabs und Omnibusse befahren ihn hunderte von Böten und Dämpfern. Greenwich und Woolwich sind Anhalte-punkte, und Gravesend ist letzte Station.

Der Zauber Londons ist — seine Massenhaftigkeit. Wenn Neapel durch seinen Golf und Himmel, Moskau durch seine funkelnden Kuppeln, Rom durch seine Erinnerungen, Venedig durch den Zauber seiner meerentstiegenen Schönheit wirkt, so ist es beim Anblick Londons das Gefühl des Unend-lichen, was uns überwältigt — dasselbe Gefühl, was uns beim ersten Anschauen des Meeres durchschauert. Die über-schwängliche Fülle, die unerschöpfliche Masse — das ist die eigentliche Wesenheit, der Charakter Londons. Dieser tritt Einem überall entgegen. Ob man von der Paulskirche, oder

der Greenwicher Sternwarte herab seinen Blick auf dies Häusermeer richtet, — ob man die Citystraßen durchwandert und von der Menschenwoge halb mit fortgerissen, den Gedanken nicht unterdrücken kann, jedes Haus sei wohl ein Theater, das eben jetzt seine Zuhörerschwärme wieder in's Freie strömt, — überall ist es die Zahl, die Menge, die uns Staunen abzwingt.

Ueberall! aber nirgends so wie auf der großen Fahrstraße Londons — der Themse. Versuche ich ein Bild dieses Treibens zu geben. Gravesend liegt hinter uns, noch sehen wir das Schimmern seiner hellen Häuser und schon taucht Woolwich, die Arsenalstadt, vor unsern Blicken auf. Rechts und links liegen die Wachtschiffe; drohend weisen sie die Zähne, hell im Sonnenschimmer blitzen die Geschütze aus ihren Luken hervor. Vorbei! Wir haben nichts zu fürchten: Alt-Englands Flagge weht von unserm Mast; friedlich nur dröhnt ein Kanonenschuß über die Themse hin und verhallt jetzt in den stillen Lüften der Grafschaft Kent. — Weiter schaufelt sich der Dämpfer, an Ostindienfahrern vorbei, die jetzt eben mit vollen Segeln und voller Hoffnung in Meer und Welt hinausziehen; seht, die Matrosen grüßen und schwenken ihre Hüte! wenn wieder Land unter ihren Füßen ist, so ist es des Indus oder des Ganges Ufer. Glückliche Fahrt! Und jetzt, ein Invalidenschiff sperrt uns fast den Weg. Alles daran ist zerschossen, — es selbst und seine Bewohner. Ein Dreidecker ist's; seine Kanonenluken sind friedliche Fenster ge-

1*

worden, hinter denen die Sieger von Abukir und Trafalgar, die alte Garde Nelson's, ihre traulichen Kojen haben. —

Aber laffen wir die Alten! das junge, frische Leben jubelt eben jetzt an uns vorüber. Eine wahre Flottille von Dampfböten, eine friedliche Scheerenflotte, nur heimisch im Themsefahrwaffer, kommt unter Sang und Klang den Fluß herunter. In Gravesend ist Jahrmarkt oder ein Schifferfest, da darf der londoner Junggesell, der Commis und Handwerker nicht fehlen; die halbe City, scheint es, ist flügge geworden und will in Gravesend tanzen und springen und sich einmal gütlich thun nach der Melodie des Dudelsacks. Kein Ende nimmt der Festzug: bis hundert hab' ich die vorbeifliegenden Dämpfer (die keine Masten und nur einen hohen eisernen Schornstein in der Mitte tragen) gezählt, aber ich geb' es auf: sie sind eben zahllos. Und welche Jagd! wie beim Wettrennen suchen sich die Einzelnen zu überholen; eine nordische Regatta ist es; welch' prächtige Lagune, diese Themse, — welch' flüchtige Gondel jedes keuchende Boot! Greenwich taucht auf vor uns, immer reger wird das Leben, immer bunter der Strom; — wie wenn Ameisen arbeiten, hier hin — dort hin, rechts und links, vor und zurück, aber immer rastlos, so lebt und webt es zwischen den Ufern. Noch haben wir kein Wort Englisch gehört und schon haben die Spiegel und Flaggen der vorbeisausenden Schiffe einen ganzen Sprachschatz vor uns aufgeschlagen; wie in Blättern eines Riesenlexikons hätten wir darin lesen können. Noch hat unser Fuß London nicht betreten, noch liegt es vor uns, und schon haben wir ein Stück von ihm im Rücken, — auf hundert Dampfböten eilte es an uns vorbei. Die Bevölkerung ganzer Städte ist ausgeflogen aus der einen Stadt, und doch die Tausende, die ihr fehlen, — sie fehlen ihr nicht. — Was ein Stück Infusorienerde unter dem Ehrenberg'schen Mikroskop, das ist London vor dem menschlichen Auge. Zahllos wimmelt es; man giebt uns Zahlen, aber die Ziffern übersteigen unsere Vorstellungskraft. Der Rest ist — Staunen.

Ein Gang durch den leeren Glaspalast.

Es ist ein Etwas im Menschen, was ihn den Herbst und das fallende Laub mehr lieben läßt als den Frühling und seine Blüthenpracht, was ihn hinauszwingt aus dem Geräusch der Städte in die Stille der Friedhöfe und unter Epheu und Trümmerwerk ihn wonniger durchschauert als angesichts aller Herrlichkeit der Welt. Ein ähnliches Gefühl mocht' es sein, was mich zum Glaspalast zog. Kaum zwei Stunden in London — und schon saß ich wieder auf meinem alten Lieblingsplatz, hochoben neben dem Omnibuskutscher und das vor mir ausgeschüttete Füllhorn englischen Lebens wie einen langentbehrten Freund nach rechts und links hin grüßend, rollt' ich Regent-Street und Piccadilly hinab bis zu seinem Schlußstein, Apsley-House.

Ich trat in den Hyde-Park; die Sonne stand in Mittag und unter ihrem Strahlenstrom glühte die noch ferne Kuppel des Kryftallhauses auf wie ein „Berg des Lichts", wie der echte und einzige Kohinur. Es brauchte kein Fragen und Suchen nach ihm: er war sein eigener Stern. Aber welche Stille um ihn her! verlaufen der bunte Strom der Gäste, kein Fahren und Rennen, kein Drängen am Eingang; gähnend vor Langerweile hält ein einziger Konstabel die nutzlose Wache und zerlumpte Kinder lagern am Gitter und bieten Medaillen feil oder betteln. Keiner künstlichen Vorrichtung bedarf es mehr, um die Eintretenden zu zählen; die Augen und das Gedächtniß einer alten Frau würden ausreichen, die Kontrole zu führen, aber Niemand kümmert sich um die Handvoll Nachzügler, die wie letzte Funken eines niedergebrannten Feuers, hier und dorthin den weiten Raum durchhuschen.

Wir treten ein. Wie eine Riesenleiche streckt sich dieser Glasleib aus, dessen Seele mit jenen farbenreichen Shawls und Teppichen entflohn, die einst wie Phantasien ihn durchglühten und dessen geistiges Leben mit jenen tausend Meß- und Rechenkräften dahin ist, die eisern und unbeirrt ihr Urtheil fällten.

Es ist etwas Eigenthümliches um die bloße Macht des Raums! das Meer und die Wüste — sie haben diesen Zauber, und leise fühlt' ich mich von ihm berührt, als mein Auge die ungeheueren Dimensionen dieses Palastes durchmaß. Der Eindruck mag schöner, erquicklicher gewesen sein, als eine ganze Welt ihr Bestes hier ausgebreitet hatte, — imposanter war er nicht. Und als ich nun von Säule zu Säule diesen Raum durchschritt, und fast ermüdet durch die völlige Gleichheit und stete Wiederkehr aller einzelnen Theile, doch nicht aufhören konnte, das riesenhafte Ganze zu bewundern, da erschien mir dies Glashaus wie das Abbild Londons selbst: abschreckende Monotonie im Einzelnen, aber vollste Harmonie des Ganzen.

Nur Weniges erinnert noch an die Bestimmung des Gebäudes; die Tafeln und Inschriften sind abgebrochen, und nur in der Nähe der Kuppel — wie um dem späteren Beschauer

als Fingerzeig zu dienen — lesen wir in großen Lettern „Van
Diemensland." Aber, daß dem Ernsten der Humor nicht
fehle: eben hier wo der rothe Federmantel eines neuseeländi-
schen Häuptlings, oder wohl gar ein ausgestopfter Kasuar die
Blicke Neugieriger auf sich gezogen haben mochte, hier saß im
Schmucke lang herabhängender Locken, den unvermeidlichen
meergrünen Schleier halb zur Seite geschlagen, eine blasse
Tochter Albions und war eifrig bemüht, die Welt mit der
tausendundein'ten Abbildung des „Exhibition-Houses" zu beglücken, noch dazu in Oel.

Ich nannte das Glashaus einen Leib, dessen Seele ent-
flohn. Aber es ist nicht der Leib der schönen Fasterade, der
Geliebten Kaiser Karl's, die einen Zauberring trug und im
Tode blühte wie im Leben. Unsere Zeit eilt schnell: sie ist
rasch im Schaffen wie im Zerstören; noch ein Winter und —
das Glashaus ist eine Ruine. Schon dringen Wind und
Staub durch hundert zerbrochene Scheiben, schon ist das rothe
Tuch der Bänke verblaßt und zerrissen, und schon findet die
Spinne sich ein und webt ihre grauen Schleier, die alten Fahnen der Zerstörung. Sei's! auch die Bäume grünen schon
wieder, die Paxtons kühne Hand mit in seinen Glasbau hin-
einzog und sprechen von Verjüngung; und möge Wind und
Sand durch die Fensterlücken wehn, auch die Schwalben flattern
mit herein und erzählen sich unter Trümmern von dem Leben
und der Liebe, die nicht stirbt.

Long Acre 27.

Von welcher Stelle Londons aus glaubst Du diese Zeilen zu erhalten? Gieb es auf, die Antwort darauf zu finden. Und riethest Du von der Kuppel St. Paul's an bis in den letzten Winkel des Themsetunnels hinein, just an der Stelle würdest Du vorüber gehn, von der aus ich mich anschicke, Dir diese Zeilen zu schreiben. Vernimm denn, ein Zufall hat sich meiner Neugier erbarmt und mich ohne Wissen und Wollen zu einem Mitbewohner der Flüchtlings-Herberge gemacht. Gestern z. B. bin ich ein Tischgenosse Willichs gewesen und schon mehrfach hatt' ich die Ehre mit dem Grenadier Zinn eine längere Unterredung zu führen. Laß' Dir erzählen, wie ich in die Höhle des Löwen gekommen bin.

Auf dem Steamer, kurze Zeit nachdem wir in die Themse eingefahren waren, trat ein blonder und rothbäckiger junger Mann mit entschieden gutmüthigem Gesicht an mich heran und äußerte den Wunsch, da ich des Englischen mächtiger zu sein schiene als er, mich seiner anzunehmen. Ich verbeugte mich und versprach zu thun, was in meinen Kräften stehe.

So kamen wir einander näher, und noch eh' der Steamer Londonbridge erreicht hatte, wußt' ich aus dem überreichen Fluß seiner Rede, daß er ein Landwirth aus Hessen-Kassel sei und vor Uebernahme eines väterlichen Gutes sich entschlossen habe, noch einen Ausflug nach London und Paris zu machen. Auf dem Zollamt (custom house), während unsere Koffer durchsucht wurden, richtete er die Frage an mich, ob ich bereits ein bestimmtes Unterkommen in der Stadt habe, und als ich wahrheitsgemäß diese Frage verneinte, empfahl er mir das german coffee house Long Acre 27, an das er brieflich empfohlen sei und das sich, wie er schon in Kassel gehört habe, durch Billigkeit und freundliches Entgegenkommen auszeichnen solle. Ich hatte keinen Grund, in die Stichhaltigkeit seiner Empfehlung den geringsten Zweifel zu setzen und da es begreiflicherweise was Verlockendes hat, seinen Einzug in das London-Labyrinth an der Seite eines Landsmanns zu halten, so schlug ich mit tausend Freuden ein, und vor Ablauf einer Viertelstunde rollte bereits unser gemeinschaftlicher Cab, an St. Paul vorbei, Ludgate-Hill und Fleet-Street hinunter.

Du magst Dir meinen Schreck denken, als endlich der Wagen hielt und gleich der erste Blick auf das german coffee house mich leise ahnen ließ, wohin das Schicksal in Gestalt meines hessenkasselschen Landwirths mich geführt hatte. Unsre Koffer wurden abgeladen und zwei Treppen hoch in das Fremdenzimmer gebracht. Zögernd folgt' ich. Mit unverkennbaren Zeichen der Ungeduld durchschritt ich das Zimmer und endlich vor meinem Reisegefährten stehen bleibend, fragte ich mit einem Tone, der wenig Zweifel über meine äußerste Enttäuschung ließ: Sagen Sie, Bester, wo sind wir eigentlich? Der Angeredete gerieth in sichtliche Verlegenheit und antwortete beinah stotternd: „Sie befinden sich im Flüchtlings-Hôtel; wenn Ihnen der Aufenthalt darin, wie ich fast glauben muß, mißhagt, so bitt' ich um Entschuldigung Sie hierher geführt zu haben." Diese Worte entwaffneten mich; als er aber schließlich gar versicherte, daß er selber ein andres Unterkommen gewählt haben würde, wenn ihm die leiseste Ahnung davon gekommen wäre, daß die Gastzimmer seines Freundes Schärtner im Styl einer pennsylvanischen Zelle hergerichtet seien, schwand auch die letzte Falte des Unmuths von meiner Stirn und ich beschloß so lange zu bleiben, bis es mir geglückt sein würde, in einem elegantern Stadttheil eine paßliche Wohnung ausfindig zu machen. Das ist nun geschehn. Morgen zieh' ich nach Burton-Street, in die unmittelbare Nähe von Eaton-Square; bevor ich aber dahin abgehe und dem deutschen Flüchtlings-Hôtel ein für allemal den Rücken kehre, kann ich nicht umhin, Dich mit der Festung und ihrer üblichen Besatzung bekannt zu machen.

Long Acre an und für sich ist eine der rußigsten Straßen in London, und Long Acre Nummero siebenundzwanzig vermeidet es durch unzeitige Schönheit und Sauberkeit die Schornsteinfegerphysiognomie der ganzen Straße zu unterbrechen. Das Haus hat zwei Fenster Front und drei Stockwerke. Parterre befindet sich ein Ale- und Porter-Laden, wo eine Art Eckensteher-Publikum seine Pinte Bier trinkt, auch

gelegentlich wohl sich bis zu Gin und Whiskey versteigt. Die
ganze erste Etage besteht aus einem einzigen, saalartigen, aber
finstren Zimmer. Dem Fenster zunächst steht ein schwerer
runder Tisch, darauf demokratische Zeitungen aus allen Welt-
gegenden — meist alte Exemplare — aufgespeichert liegen.
An den Wänden entlang, in Form eines rechten Winkels,
laufen zusammengerückte Tische, darauf in den Vormittags-
stunden einige stehen gebliebene Bierkrüge sich langweilig an-
gucken, während hier am Abend die künftigen Präsidenten der
einigen und untheilbaren deutschen Republik sich lagern und
ihre Regierungsansichten zum Besten geben. Ich führe Dich
später in ihre Gesellschaft.

Zwei Treppen hoch theilen sich die Schlafgemächer des
Hôtelwirths und das mehrerwähnte Fremdenzimmer in den
vorhandenen Raum und von hier aus ist es, daß ich die Freude
habe, Dir ein Bild der vielgefürchteten Flüchtlingswirthschaft
zu entwerfen. Es gewährt mir eine gewisse Befriedigung,
daß dieselbe Tischplatte, von der aus so manche Verwünschung
dessen, was uns heilig gilt, in die Welt gegangen ist, nun
meiner altpreußischen Loyalität als Unterlage dienen muß und
es macht mich wenig irre, daß der Wind beständig an den alten
klapprigen Fenstern rüttelt, als woll' er mir drohen oder mich
mahnen: laß ab!

Ich habe nie ein ungemüthlicheres Zimmer bewohnt;
nur wer eben die Kasematten Magdeburgs hinter sich hat, mag
sich hier verhältnißmäßig wohl und heimisch fühlen. Der
vielgerühmte englische Comfort ist durch einen Fetzen Teppich

vertreten, der den Boden nothdürftig bedeckt; kein Kamin,
kein Fenstervorhang, kein Bild an den Wänden, mit Ausnahme
einer grasgrünen, hier und da gelbdurchkreuzten Pinselei,
dran die Inschrift prangt: „Plan des neuen Victoria-Parks."
Von Möbeln nur das nothdürftigste: ein Paar Wandschränke
rechts und links, ein Klapptisch, drei Binsenstühle, und zwischen den Fenstern ein bleifarbner Spiegel, drin man noch
trauriger aussieht, als diese Umgebung Einen ohnehin schon
macht.   Vielleicht thu' ich Unrecht, meinen Groll in dieser
Weise auszulassen, da das german coffee house schwerlich be-
absichtigt, unter den Hôtels der Stadt genannt zu werden,
aber das Unbehagen wägt nun mal die Worte nicht ab und
ich friere so jämmerlich, wie man selbst in einer Ausspannung,
und daß ich's rund heraus sage, selbst in Long Acre 27 nicht
frieren sollte.

Die Bewirthung ist erträglich genug; nur der Kellner,
ein desertirter Soldat, der bei Iserlohn zu den Aufständischen
überging, verdirbt Einem durch seine Süffisance den Appetit.
Sein Benehmen gegen die renommirtesten Gäste dieses Zirkels
ist das eines Spital-Beamten, der armen Leuten einen Teller
Suppe reicht.   Nur Wenige verstehn es, sich in Respekt zu
setzen; der Rest wird tyrannisirt, im günstigsten Falle protegirt.

Gestern Mittag aß ich in Gesellschaft von Schärtner,
Heise, Willich, Zinn und einigen Diis minorum gentium. Ich
hielt es für überflüssig oder gar unwürdig, aus dem bloßen
Zufall, der mich in ihre Mitte geführt hatte, irgend ein Hehl
zu machen und bekannte mich freimüthig zu Ansichten, die den

ihrigen schnurstracks entgegen seien. Man respektirte diese
Erklärung nicht nur, sondern zeigte auch, im Gespräch mit
mir, eine Ruhe und Gemessenheit, die mich um so mehr
frappirte, als sie den Streitenden, bei ihren Streitigkeiten
unter einander, durchaus nicht eigen war. „Komm
ich heran, der Erste, den ich erschießen lasse bist Du!"
zählte zu den oft und gern ausgespielten Bekräftigungs-
Trümpfen.

Der gemüthlichste Paladin der ganzen Tafelrunde ist
unbedingt der Wirth selbst. Schärtner, dieser vor Zeiten
vielbesprochne Führer des Hanauer Turner-Corps, hat längst
den klugen Einfall gehabt, seinen unbrauchbar im Stall stehenden Republikanismus zur milchenden Kuh zu machen und lebt
jetzt in vollster Behaglichkeit von dem unverwüstlichen Renom-
mée eines längst aufgegebenen Prinzips. Er hat sich zum
Eheherrn einer blassen Engländerin gemacht und unter reich-
lichem Verbrauch seines eignen Ale's und Porters arrondirt
er sich immer mehr und mehr zum vollen Gegensatz jener Cassius-
Naturen, deren Magerkeit dem Caesar so bedenklich war.

Schärtners ganzer Radikalismus ist ein bloßer Zufall;
in Stettin oder Danzig statt in Hanau geboren, wäre er der
loyalste Weinhändler von der Welt geworden, und hätte am
15. Oktober die Toaste auf den König ausgebracht.

Anders verhält es sich mit Dr. Heise, einem ehemaligen
Mitredakteur der „Horniffe", der mein Tischnachbar war.
Das stechende Auge, die etwas spitze Nase, dazu seine Rede-
weise, gleich scharf an Inhalt wie Ton der Stimme, sagen

Einem auf der Stelle, daß man es hier mit keinem Revolutionär aus Zufall, sondern mit einer jener negativen Naturen zu thun hat, deren Lust, wenn nicht gar deren Bestimmung das Zerstören ist. Ohne besonders viel zu sprechen, war er doch die Seele der Unterhaltung und gab das entscheidende Wort. — Neben ihm saß Willich, beredt sonst wie ich vernehme, aber schweigsam an diesem Abend. Man schätzt ihn allgemein, und doch zählt Achtung nicht eben zu den Dingen, mit denen die Bewohner von Long Acre 27 besonders verschwenderisch umgehn. Das Urtheil über ihn lautet: verrannt, aber ehrlich.

War Willich schweigsam, so war Grenadier Zinn (jetzt Setzer in einer Buchdruckerei) desto munterer. Als ich vor kaum einem halben Jahre von ihm las, hatt' ich mir stets einen alten zopfigen Gefreiten, ich weiß nicht aus welchem Grunde vorgestellt. Wie war ich erstaunt, jetzt einen rothbäckigen, kaum 24 jährigen Springinsfeld vor mir zu sehn, der lachend von einem zum andern ging und das verzogne Kind der ganzen Versammlung zu sein schien. Keine Spur von Ernst in seinem ganzen Wesen, und wie sein Auftreten, so auch seine politische That. Sie besticht durch ihre Kühnheit, und bei dem Haß, den alle Welt gegen die kaffel'sche Wirthschaft hegt, auch durch ihren Erfolg; in ihren Motiven aber ist sie klein. Mein Reisegefährte erzählte mir beim zu Bett gehn, wie das blonde Grenadierchen es selber kaum leugne, daß die Lorbeeren des Anton Schurz ihn nicht hätten schlafen lassen und daß er den Dr. Kellner überwiegend nur deshalb befreit habe, um ein Seitenstück zu der Befreiung Kinkels zu liefern. Das ist ihm gelungen. Man darf Heldenthaten nicht in der Nähe betrachten.

Das wäre das Offizier-Corps der Besatzung von Long Acre 27; von den Gemeinen laß mich schweigen. In der Nacht vom Sonnabend auf Sonntag ist hier allwöchentlich ein großes Meeting. Dann gesellen sich die französischen Flüchtlinge zu den unsren, und bei Bier und Brandy wird die Brüderlichkeit beider Völker proklamirt und beschworen. Vorgestern Nacht hörte ich den Jubel bis zum Morgen hin. Es war ein Lärmen ohne Gleichen: deutsche und französische Lieder bunt durcheinander, dazwischen Gekreisch und Gefluch; mitunter flog eine Thür und man hörte Gepolter treppab; — ein wahres Höllentreiben!

Fragst Du mich noch, was ich von dieser Wirthschaft halte? Meine Darstellung des Erlebten ist zugleich eine Kritik. Das Ganze (eine einzelne Tüchtigkeit gern zugegeben) ist widerlich und lächerlich zugleich; bliebe noch Raum für ein drittes Gefühl, so wär' es das des Mitleids. Da sitzen alltäglich diese blassen verkommenen Gestalten, abhängig von der Laune eines groben Kellners und der Stimmung ihrer englischen Wirthsleute daheim, da sitzen sie, sag' ich, mit von Unglück und Leidenschaft gezeichneten Gesichtern und träumen von ihrer Zeit und haben für jeden Neueintretenden nur die eine Frage: regt sich's? geht es los? Dabei leuchtet ihr Auge momentan auf, und erlischt dann wieder wie ein Licht ohne Nahrung. — Ihr Regierungen aber, zum mindesten ihr d e u t s ch e n Regierungen, thut ab die kindische Furcht vor einem hohlen Gespenst und besoldet nicht eine Armee von Augen, die dies Jammertreiben verfolgen und von jedem hingesprochnen Wort Bericht erstatten soll. Ihr verdienet zu fallen, wenn dieser Abhub Euch je gefährlich werden könnte.

2

Die öffentlichen Denkmäler.

Es ist mit der englischen Kunst wie mit dem englischen Leben überhaupt: die Straße, die Oeffentlichkeit bietet wenig von beiden. Man könnte sagen, das sei das Wesen des Nordens; indeß man braucht nicht nach dem Süden zu gehen, um es anders zu finden. In München, Berlin und Brüssel trifft das Auge angenehm überrascht, an Giebeln hier und unter Arkaden dort, auf die Vorläufer des Freskobildes, das Miene macht, über die Alpen bei uns einzuwandern, und beschränken wir uns gar auf das Monumentale und eine Vergleichung dessen, was die Straße hier dem Beschauer bietet und was bei uns, wie reich sind wir Armen da. Jeder Fremde, der Berlin besucht und überhaupt ein Auge mitbringt für die Werke der Skulptur, wird auf einem einzigen raschen Gange durch die Stadt, vom „Kurfürsten" ab bis zur Quadriga des Brandenburger Thores hin, mehr Anregungen und Eindrücke mit nach Hause nehmen, als nach der Seite hin ganz London ihm zu bieten vermag. Wer die englische Bildhauerkunst bewundern, oder wenn ihm Zweifel an ihrer Existenz gekommen sein sollten, sich wenigstens von ihrem Dasein überzeugen will, der suche Zutritt zu den Gallerien der Großen und Reichen zu erlangen, oder gehe, wenn er das Bequemere vorzieht, nach St. Paul und Westminster: der erste Schritt in die Kirche, der flüchtigste Umblick darin, wird ihm Gewißheit geben, daß es eine englische Meißelkunst giebt.

Richten wir für heute unser Augenmerk lediglich auf die öffentlichen Denkmäler und beginnen wir mit der City. Wir kommen von der Londonbrücke und haben zur Rechten das „Monument", die berühmte Denksäule, die im Jahre 1677 zur Erinnerung an das große City-Feuer (dem Londonbrücke und Paulskirche zum Opfer fielen) errichtet wurde. Ich habe nichts gegen diese Säule — wiewohl ich nicht recht fasse, was man mit ihrer Aufstellung und der steten Vergegenwärtigung eines großen Unglücks bezweckte — muß aber feierlichst protestiren gegen die 42 Fuß hohe Flammenurne, womit eine konfuse Pietät und der barste Ungeschmack den Knauf jener Säule geschmückt haben. Die vorgeblichen Flammenbüschel dieser Urne sind alles Mögliche, nur eben keine Flammen, und da es dieser goldenen Kuriosität gegenüber, ähnlich wie beim Bleigießen in der Neujahrsnacht, der Phantasie jedes Einzelnen überlassen bleiben muß, was sie aus diesen Ecken und Spitzen herauszulesen für gut befindet, so mach' ich kein Hehl daraus, daß ich die Flammenurne für ein riesiges Kissen mit hundert goldnen Nadeln und in Folge davon die berühmte Säule selbst für ein Wahrzeichen der ehrsamen Schneiderzunft gehalten habe, deſſen hiſtoriſche Begründung mir leider nicht gegenwärtig ſei. Das Piedeſtal trägt neben Basreliefs, die ſich's angelegen ſein laſſen den komiſchen Eindruck des Ganzen nicht zu ſtören, die Anzeige: daß es erlaubt ſei, gegen Zahlung eines Sixpence, die Säule zu beſteigen. Hat dieſe Erlaubniß den Zweck, die wunderliche Flammenurne auch in der Nähe bewundern zu können, ſo wird man durch ſolch humane Fürſorge in ſeiner guten Laune nicht wenig beſtärkt; indeß es handelt ſich wohl um die Ausſicht, um das London-Panorama, deſſen man von oben genießen ſoll, und hier wolle mir der Leſer erlauben abzuſchweifen und ihn vor dem Erklettern von Thürmen und Säulen ein für allemal zu warnen. Während meines Aufenthalts in Belgien hab' ich mir dieſe Erfahrung mit manchem Frankenſtück, mit Beulen an Kopf und Hut und ſchließlich mit dem jedesmaligen äußerſten Getäuſchtſein erkaufen müſſen. Woran liegt das? Der Thurm führt uns nur dem Himmel näher, und dieſem denn doch nicht nah genug, um eine Reiſeausbeute davon zu haben; von allem Andern entfernt er uns, die Ferne bleibt Ferne, und die Nähe wird zur Ferne. In Brüſſel beſtieg ich den Rathhausthurm: der Führer ſtreckte ſeinen dicken Finger aus, wies auf einen ſchwarzen Punkt am Horizont und ſagte ernſthaft: voilà le lion de Waterloo! In Antwerpen mußt' ich einen blinkenden Streifen bona fide als das Meer hinnehmen, ſo daß man, zur Beſinnung gekommen, ſich eigentlich ſchämt, Punkte und Striche als Sehenswürdigkeiten ernſthaft beobachtet zu haben. Und blickt man nun in die Nähe, was hat man? Dächer! wenn's hoch kommt, flache und schräge, schwarze und rothe, aber doch immer nur Dächer. Unsere Bauten nehmen, wie billig, noch Rücksicht auf den Menschen, der geht. Wenn wir erst fliegen werden, dann wird das Zeitalter der Dächer gekommen sein; aller Schmuck der Façaden: Reliefs und Bildsäulen (natürlich alle liegend, wie auf Grabmälern) werden ihren Platz dann auf dem Dach, der neuen Front des Hauses, einnehmen, und der Reisende mag dann Thürme erklettern oder wenigstens auf ihnen — rasten.

Doch kehren wir zurück in die City. Wenig hundert Schritte von der Säule entfernt, wo sich die King-Williams-straße zu einem kleinen Platze erweitert, finden wir das neueste öffentliche Denkmal Londons: die Statue König Wilhelm's IV., das neueste und zugleich beste. Aber das Beste ist kein Gutes oder gar ein Bedeutendes; seine relativen Vorzüge bestehn in dem Fehlen alles Störenden und Geschmacklosen. Ruhig blickt der König zur französischen Küste hinüber, als woll' er mit unterdrücktem Gähnen sagen: „kommt ihr — gut! kommt ihr nicht — noch besser!" und mit ähnlicher Gleichgültigkeit geht der Beschauer an dem Denkmal selbst vorbei, das allenfalls befriedigen, aber nicht anregen und entzünden kann. Das Interessanteste der Statue ist ihre Ausführung in Granit. Das englische Klima, dem Marmor wie dem Erz in gleichem Maaße ungünstig, wies darauf hin, ein Auskunfts-mittel zu suchen. Man wählte den Granit, und das Geschick, mit dem sich die englische Skulptur diesen spröden Stoff dienst-bar zu machen verstand, hat um so mehr Anspruch auf Dank, als bei der vollständigen Unleidlichkeit jener Patina, womit Luft und Rauch alles Erz hier, und zwar in kürzester Zeit, umkleiden. erst von jetzt ab an öffentliche Denkmäler, die sich des Anblicks verlohnen, zu denken sein wird.

Wir schreiten weiter, lassen vorläufig eine Wellington-Statue zur Rechten unbemerkt, und gelangen an St. Paul vorbei, durch Fleet-Street und Strand auf den Trafalgar-Square. Hier blickt es uns an, rechts und links, von Kapitälern und Piedestalen herab, und wir machen Halt. In der Mitte des Platzes erhebt sich die 170 Fuß hohe Nelson-Säule; auf ihr der Sieger von Abukir selbst. Ob die Statue gut ist oder schlecht, mag ein Anderer entscheiden als ich; auf eine Entfernung von 170 Fuß bescheidet sich mein Auge jeder Kritik und überläßt es den Teleskopen, Nachforschungen anzustellen. Nur so viel: Nelson trägt Frack und Hut, aller Gegnerschaft zum Trotz, auf gut napoleonisch, und die Statue, wie sie da ist, auf den Vendôme-Platz zu Paris statt auf den Trafalgar-Square in London gestellt, sollt' es ihr nicht schwer fallen, vielen tausend Beschauern gegenüber, den englischen Admiral zum französischen Kaiser avanciren zu lassen. Man hat keine andren Anhaltepunkte, als den schlaff herabhängenden Rockärmel, drin der Arm fehlt, und das Gewinde von Schiffstau, dran der Rücken sich lehnt; das Einzige, was jeden Zweifel lösen könnte, entzieht sich der Beobachtung — das Gesicht. Ich möchte hieran ketzerischerweise überhaupt die Frage nach dem Recht der künstlerischen Zulässigkeit dieser Säulen knüpfen. Sie geben nicht, was sie geben wollen, und deßhalb hab' ich Bedenken gegen die ganze Gattung. Eine Nelsonsäule z. B., die sich faktisch, wie die vor uns befindliche, nicht mit dem Namen des Mannes begnügt, den sie verherrlichen will, sondern dadurch, daß sie ihn in effigie auf ihren Knauf stellt, auch die Absicht ausspricht, mir sein Bild einprägen zu wollen, bleibt hinter einem bloßen Gedenkstein in so weit zurück, als sie das Plus ihrer Aufgabe nicht erreicht und bei 170 Fuß Höhe nie erreichen kann. Die Skulptur thut ihr Werk dabei so zu sagen umsonst und wird selbst da zum „jüngern Sohn," wo sich, dem Prinzip nach, die künstlerische Ruhmeserbschaft wenigstens theilen sollte.

Vor der Nelsonsäule, das Antlitz nach Whitehall gewandt, steht die Reiterstatue Karl Stuart's. Wohl ist er's: der feine Kopf, in dem sich Majestät mit jenem wunderbaren Zuge mischt, der auf ein tragisches Schicksal deutet. Er ist es, aber so klein wie möglich. Er reitet nach Whitehall hinab, als drücke ihn immer noch die Schmach, die seiner dort harrte, und als fühl' er, daß das Schwert ihm fehle, das — o bittres Spiel des Zufalls! — die Hände eines Straßenbuben vor Jahr und Tag ihm raubten. Wie wenig ist diese Statue und wie viel hätte sie sein können, wie viel hätte sie sein müssen in dem loyalen, königlichen England. Es war ein poetischer, glücklicher Gedanke, den Platz der Schmach nicht zu scheuen und das Haupt des Königs gerade dorthin blicken zu lassen, wo es fiel, aber dann mußte dieses Haupt ein andres sein und der ganze Reiter dazu, dann mußte Sieg und Hoheit von dieser Stirne leuchten und jede Fiber nach Whitehall hinunterrufen: „ich bin doch König!" Ein Rauch'sches Denkmal an dieser Stelle wäre eine Verherrlichung des Königthums gewesen; was der Platz jetzt bietet, ist eine Fortsetzung der alten Demüthigung.

Nach dieser Seite hin leisten die öffentlichen Denkmäler Londons überhaupt das Mögliche. Was ist die Reiterstatue Georg's III. (in unmittelbarer Nähe des Trafalgar Square), was ist sie anders, als eine öffentliche Bloßstellung, eine Verhöhnung. Ein wohlbeleibter Mann mit einer schrägen, höchstens zwei Zoll hohen Stirn, krausem, fast negerhaftem Haar, einem wohlangebrachten Zopf im Rücken und dem Ausdruck der Gedankenlosigkeit im Gesicht, sitzt, den Hut in der Hand, nicht nur nicht als König, sondern geradezu als Karrikatur zu Pferde, und das mitten im Trab zurückprallende Thier legt Einem die Vorstellung nahe, daß es in einer Wasserlache am Wege plötzlich seines eignen Reiters ansichtig und vor solchem Bilde scheu geworden sei. Wenn ein König für die Kunst nichts bietet, so ehre man ihn, so lang er lebt und begrabe ihn, wenn er todt ist; die erzne Verewigung einer königlichen Unbedeutendheit kann Niemandem ungelegner sein, als dem Königthum selbst.

Soll ich noch von der Yorksäule sprechen, deren erznes Herzogsbild, zu äußerster Lächerlichkeit, die goldne Spitze eines Blitzableiters wie einen bankrutten Glorienschein trägt, dessen anderweitige Strahlen nach rechts und links hin fortgefallen sind? Nein! überlassen wir es einer Feuer-Versicherungs-

Gesellschaft, an dieser Vorsichtsmaßregel Gefallen zu finden
und wenden wir uns lieber zum Herzog Wellington, dem
Manne der ausschließlichen Denkmalberechtigung. Jede Maler-
akademie hat ihr Modell und die Londoner Bildhauerkunst —
ihren Herzog. Wir begegnen ihm auf unsrer Wanderung
dreimal: in der City als „jungen Feldherrn", als „älteren
Herrn" vor Apsley-House und als „Achill" im Hyde-Park.
Dieser „Achill", laut Inschrift eine Frauenhuldigung in
Kanonenmetall, ist eine längst verurtheilte Geschmacklosigkeit
und steht auf der Höhe jener lyrischen Liebesgedichte, die scham-
haft ihren rechten Namen verleugnen und sub rosa von Damon
und Phyllis sprechen. Was die Ausführung angeht, so erinnert sie an den Apoll von Belvedere unseres Thiergartens. —
„Der junge Feldherr" in der City ist ein anständiges Mittel-
gut, zu gut für den Spott und zu schlecht für die Bewunderung; was bleibt da anders als — schweigen. — Der „ältliche Herr" bietet schon mehr: es ist ganz ersichtlich, daß er
die Gicht hat, daß es ihm die größte Anstrengung kostete, in
den Sattel zu kommen und daß er ohne seinen weiten Regen-
mantel so früh in der Morgenluft unrettbar verloren wäre.
Sein Federhut und der Marschallsstab in der Hand machen
eine verzweifelte Anstrengung, ihm ein Feldherrn-Ansehen zu
geben, allein vergeblich, es ist und bleibt das langweilige
Bild eines Mannes, der doppelte Flanelljacken trägt. Nur
Eines übertrifft ihn an Steifheit, das ist das Pferd, welches
er reitet. — Die Mitwelt hat ihre großen Männer durch un-
dankbare Unterschätzung nur allzu oft verbittert; in Herzog

Wellington haben wir ein Beispiel vom Gegentheil: die Liebe der Zeitgenossen mochte der Nachwelt nichts zu thun übrig lassen. Wenn nichtsdestoweniger dem Gefeierten Zweifel kommen sollten an dem unbedingten Glück solcher Verewigung, so haben wir als Trost für ihn das Horazische Wort, daß Lied und Geschichte, drinnen er fortlebt, „dauernder sind als Erz."

Die Musikmacher.

I

Die Musik, wie Jedermann weiß, ist die Achillesferse Englands. Wenn man sich vergegenwärtigt, welche musikalischen Unbilden das englische Ohr sich von früh bis spät gefallen läßt, so könnte man in der That geneigt werden, dem Engländer jeden Sinn für Wohlklang abzusprechen und auf die Seite Johanna Wagners oder besser ihres Vaters zu treten, der mit mehr Wahrheit als Klugheit die ihm nicht verziehenen Worte sprach, „daß hier viel Gold, aber wenig Ruhm zu holen sei." Man wolle indeß aus dem Umstand, daß England des musikalischen Gehörs entbehrt, nicht voreilig schließen, es entbehre auch der musikalischen Lust; gegentheils, die alte Wahrheit bewährt sich wieder, daß der Mensch am liebsten das treibt, was ihm die Götter am kargsten gereicht. Die große Forte-piano-Krankheit hat längst auch diese friedliche Insel ergriffen, und da bekanntlich starke Organismen von jeder Krankheit doppelt heftig befallen werden, so herrscht denn auch das Kla-

vierfieber hier in einem unerhörten Maße. Aber dies ist es
nicht, was einen Veteranen, der viele Jahre lang die Nachbar-
schaften einer berliner Chambre-garni getragen und vom rasen-
den Lisztianer an bis zur Skala-spielenden Wirthstochter
herunter alles durchgemacht hat, was bei ihm zu Lande einem
menschlichen Ohre begegnen kann, — dies ist es nicht, was
einen bewährten Muth bricht; das eigentliche Schreckniß Londons sind die Straßenvirtuosen.

Man ist aufgestanden, sitzt beim Breakfast und liest, keines
Ueberfalls gewärtig, die „Times", vielleicht gerade die vater-
ländische und nie überschlagne Spalte: „Prussia; from our
own correspondent." Da schnarrt und klimpert es heran, immer
näher und näher, faßt endlich Posto dicht am Gitter des Hauses
und blickt, immer weiter drehend, mit dem braunen Gesicht so treu-
herzig in's Fenster, als hab' er die feste Ueberzeugung, mit seiner
Drehorgel alle Welt glücklich zu machen. Es ist „povero
Italiano", wie er leibt und lebt; auch die Orgel ist ächt mit
ihren dünnen Hackbretttönen, und nur die tanzenden Puppen
fehlen und der Affe, der an den Dachrinnen hinaufklettert.
Ich kenn' ihn wohl, er kommt heute nur eine Stunde früher —
es ist eine treue Seele, so treu, so unveränderlich, wie seine
Stücke. Ach, wie oft hab' ich sie schon gehört und je mehr
ich sie hasse, je mehr verfolgen sie mich. Thackeray erzählt
gelegentlich von einem 68jährigen Manne, der eines Morgens
ganz ernst beim Frühstück sagte: „mir träumte diese Nacht,
Mr. Robb züchtige mich." Seine Seele hatte die Schreckens-
Eindrücke der Schule noch immer nicht ganz los werden können.

Ich stehe nicht mehr in erster Jugend, aber ich halt' es nicht für unwahrscheinlich, daß mir noch nach dreißig Jahren „povero Italiano" im Traum erscheint und mich züchtigt — mit seiner Orgel.

Musik war seit Rizzio's Zeiten oft die Brücke zwischen Italien und Schottland; auch heute reichen sie sich auf ihr die Hand: der Savoyarde ist fort und der Hochländer tritt an seine Stelle. Er ist nicht allein; die Hauptsache, den Dudelsack nicht einmal mitgerechnet, sind es ihrer fünf: Vater, Mutter und drei Kinder. Walter Scott hatte bekanntlich einen Dudelsackpfeifer im Hause, der ihm die Stimmung geben mußte, wenn er zur Feder griff. Diese Thatsache beweist nur den alten Satz, daß jeder große Mann an einer bestimmten Geschmacksverirrung leidet. Aber lassen wir Sir Walter und wenden wir uns wieder zu der Familie vor uns, der trostlosen Karrikatur alles dessen, was meiner entzückten Phantasie vorschwebte, wenn ich das „Herz von Midlothian" las, oder mit Robert Burns, am Bergwasser entlang, zu einer seiner vielen Mary's oder Bessy's schlich. Diese älteste Tochter, die jetzt heiser ein altes Stuart-Lied „Charles my darling" durch die Straßen schreit, ist alles in der Welt, nur nicht das „schöne Mädchen von Perth", der Kilt des Vaters ist so schmutzig, daß er die Farben keines oder jedes Clans zur Schau trägt, und meinen mitgebrachten Vorstellungen entspricht nichts, als allenfalls — die nackten Knie.

Doch ich habe nicht Zeit, schlechten Tönen und trüben Gedanken nachzuhängen; um die Ecke herum lärmt es schon

wieder von Pauken nnd Trompeten, und nach wenig Augen-
blicken hält der seltsamste Aufzug vor meinem Fenster, den ich
all' mein Lebtag sah. Auf einem Handwagen steht ein sieben
Fuß hohes Blatt- und Zweiggeflecht, halb unsern Weihnachts-
Pyramiden und halb jenen Kronen ähnlich, die Maurer und
Zimmerleute auf den First eines gerichteten Hauses setzen.
Goldblech, Fahnen und bunte Bänder schmücken das Machwerk.
Drum herum tummeln sich verkleidete Bursche, Clowns mit
weißen Pumphosen und weißen Kitteln, über und über mit
Mehl bestreut. Welche Wirthschaft das! Jetzt umtanzen sie
den Baum, aber plötzlich stieben sie wie rasend auseinander,
der Eine schlägt auf die Pauke los, ein Zweiter steht Kopf,
der Dritte überschlägt sich in der Luft, ein Vierter sammelt
Geld ein, und der Rest, der zu gar nichts Anderem zu gebrau-
chen, muß — singen. Es geht über die Beschreibung, was
solche Nothsänger dem menschlichen Ohr zu bieten vermögen.
Wie oft hab' ich solche Dinge in alten Robin=Hood=Balladen
bewundert, aber meine Verehrung hat den Teufel an die Wand
gemalt. Da hab' ich sie nun leibhaftig vor mir, die poetischen
Schlagetodts aus Nottinghamshire und dem Sherwood=Wald,
und mein sehnlichster Wunsch ist — von ihnen wieder zu lesen.
Doch ich bin ungerecht gegen mich selbst; die Aeußerung wahrer, herzlicher Freude würd' ich im Leben so gut verstehn wie
im Gedicht, aber das ist nicht das merry old England, was
da vor mir Purzelbäume schlägt und in die Hanswurst-Trom-
pete stößt, das ist das money-making Volk des neunzehnten
Jahrhunderts, das, wie es jede Empfindung ausbeutet, ge-

legentlich auch von der Luft den Schein borgt um — eines Sixpence willen.

Das Maaß meiner Geduld ist voll, ich greife nach Hut und Stock, um mir in Hyde=Park oder Kensington=Gardens ein ruhiges Plätzchen auszusuchen. Aber es muß heut' der Namenstag der heiligen Cäcilie sein, denn Musik überall. Ich passire Eaton=Square — ein Palast=umbautes Oblong von einer Ausdehnung und Schönheit, wie es unser Exerzirplatz zu werden verspricht — aber auch hier unter den Fenstern der Aristokratie baut der Vogel sein Nest. Gott sei Dank, es ist kein Singvogel darunter; indessen zwei Becken, ein Triangel, ein Tamoburin und eine Geige thun das Ihre. Es sind fünf Neger, Weißes fast nur im Auge, mit wolligem Haar und karminrothen Lippen. Der geeignete Schauplatz ihrer Thätig= keit wäre allerdings die Wüste, aber nichtsdestoweniger glaube der Leser an Alles eher, als an die Aechtheit dieser Mohren. Sie sind nichts als die Kehrseite jener albinohaften Clowns: dort alles weiß, hier alles schwarz, jene eine Schöpfung des Mehlkastens, diese des Schornsteins. Es sind Tagediebe; mit Ausnahme des Violine=spielenden Kapellmeisters, der einen schwarzen Frack, eine Brille und eine graue Perrücke trägt und Kopfbewegungen macht, als wäre er Paganini selber, hat Keiner auch nur eine Ahnung davon, daß es überhaupt Noten giebt: aber Tamburin und Triangel sind keine schwierigen Instrumente und — die Kapelle ist fertig. Und glauben Sie nicht, daß man vor diesem erbärmlichen Gelärm seine Ohren mit Wachs verschließt; keineswegs! nicht nur Käth' und Jenny

sind aus der Küche gekommen und lauschen am Gitter, auch
Miß Constanze ist mit drei Busenfreundinnen auf den Balkon
getreten und ergötzt sich an einer Musik, die, wenn sie wirklich
afrikanisch wäre, mich die Reiseschicksale Barths und Over-
wegs mit doppelter Theilnahme würde verfolgen lassen.

Der Abend bricht herein. Machen wir noch einen Besuch
in „Evans-Keller.“ Er befindet sich am Coventgarden-
Markt unter einer sogenannten „Piazza“, die, wenn sie begierig nach einem fremden Namen war, mit „Stechbahn“ vollauf honorirt gewesen wäre. In Evans-Keller ißt man zu
Abend und erhält Musik als Zubrod. Die Spekulation muß
gut sein, denn die Tische sind besetzt. Zehn ziemlich gewandte
Finger spielen die Ouverture am Flügel und kaum ist der
letzte Ton verklungen, so rückt eine „Abtheilung Waisenhaus“,
eine Nachbildung und Karrikatur unseres wackeren Domchors
(der hier bekanntlich Sensation machte) auf die Bühne. Blasse,
skrophulöse Gesichter, täuschend ähnlich jenen Gestalten, wie
sie die Feder Cruikshanks in seinen Nicolas-Nickleby-Illustra-
tionen uns überliefert hat. Sie singen Lieder, Sonette,
Madrigals, Arien, wie's eben kommt, und singen das alles
mit jener unzerstörbaren englischen Zähigkeit, fünf volle Stunden hindurch, nur unterbrochen durch Solo's, die gerade um
eine Stimme zu viel haben und durch theils patriotische, theils
zweideutige Deklamationen, die jedesmal mit einer Beifalls-
salve begrüßt und beschlossen werden. Hierher gehört auch
der Cigarrenhändler des Kellers, ein Liebling der Versammlung. Er ist nur Dilettant und, wie ein Quäker, die Begei-

sterung abwartend, stellt er von Zeit zu Zeit seinen Kram bei
Seite, ergreift den ersten besten Stock oder Regenschirm und
die improvisirte Flöte an den Mund führend, pfeift er die
Barcarole aus der Stummen mit einer Meisterschaft, die eines
besseren Gebietes würdig wäre. Bescheiden wie ein alter
Römer, kehrt er von der „Jagd auf den Meertyrannen" zu
seiner friedlichen Beschäftigung zurück, und sich rechts und links
hin wendend, spricht er die historischen Worte: „Cigarre ge-
fällig ?"

Warum hab' ich den Leser noch zu Evans geführt? Lediglich
lich um ihm den Beweis zu geben, daß der englische Geschmack
mittelmäßige Musik nicht nur erträgt, sondern sie auch sucht.
Der Piazza-Keller ist keine Taverne gewöhnlichen Schlages,
sie ist der Versammlungsort Gebildeter, und die mäßige Musik,
die dort gemacht wird, ist eben nicht besser, als sie ist, weil sie
dem vorhandenen Bedürfniß durchaus entspricht. Da liegt's!
Ein Thor nur kann sich durch solche Erfahrungen in der Bewunderung eines großen Volks, unter dem er lebt, irgendwie
stören und beirren lassen, aber es bleibt nichtsdestoweniger
wahr, daß wir in Sachen des Geschmacks um einen Sieben-
meilenstiefel-Schritt den hiesigen Zuständen voraus sind und
daß z. B. Evans-Keller, der wohlverstanden mehr sein will,
nur allenfalls auf gleicher Höhe steht mit jenen Sebastians-
straßen-Lokalen, die vor Zeiten die Anzeige brachten: „Heut
Abend, Gesang und Deklamation von Herrn Frey."

Straßen, Häuser, Brücken und Paläste.

London ist nicht das, was man eine „schöne Stadt" nennt. Es hat nichts aufzuweisen, was sich unserm Opernplatz oder gar dem place de la concorde in Paris vergleichen ließe. Die Zahl seiner durch Schönheit ausgezeichneten Gebäude steht in keinem Verhältniß zu der Zahl seiner Häuser überhaupt. Auch das Haus des Privatmannes bleibt äußerlich hinter dem zurück, was die Mehrzahl unsrer Straßen dem Auge zu bieten pflegt. Namentlich in der City und mehr noch in jenem volkreichen Stadttheil, der den Namen der „Tower-Hamlet's" führt, finden sich zahlreiche Gassen, auf die das Wort jenes spöttelnden Franzosen noch immer paßt, der ganz London mit kreuz und quer gezogenen Mauer-Linien verglich, drin sich große und kleine Löcher statt der Thüren und Fenster befänden.

Unsre Häuser weichen in Bau und Einrichtung mehr oder minder von einander ab; es dürfte schwer fallen auch nur ein halbes Dutzend zu finden, die sich vollständig glichen. In London ist es umgekehrt. Ganze Stadttheile bestehen aus Häusern, die sich so ähnlich sehn, wie ein Ei dem andern. Es

ist mithin nichts leichter als das „englische Haus" als Kollek-
tivum zu beschreiben. Das englische Haus hat zwei oder drei
Fenster Front, ist selten abgeputzt, meist durch ein Eisengitter
von der Straße getrennt, und hat ein Souterrain mit der
Küche und den Räumlichkeiten für das Dienstpersonal. Parterre, und zwar nach vorn heraus, befindet sich das Sprech-
oder Empfangzimmer (parlour), dahinter ein sitting-room,
in dem das Diner eingenommen zu werden, auch wohl der
Hausherr seine Times zu lesen und sein Nachmittagsschläfchen
zu machen pflegt. Die teppichbedeckte Treppe führt uns in
die drawing-rooms, zwei hintereinander gelegene Zimmer von
gleicher Größe, beide durch eine offenstehende, scheunthorartige
Thür in stetem Verkehr miteinander. Hier befindet sich die
Dame vom Hause; hier streckt sie sich auf diesem bald und
bald auf jenem Sopha; hier steht der Flügel auf dem die
Töchter musiciren; hier sind die cup- und china-boards (offene
Etageren mit chinesischem Porzellan); hier stehn Hume's Werke
und Addison's Essay's in endloser Reihe; hier hängen die
Familien-Portraits; hier sitzt man um den Kamin oder am
Whisttisch, und beschließt den Tag in stillem Geplauder beim
Thee, oder im lauten Gespräch, wenn die Gentlemen das Feld
behaupten und ihren selbstgemischten Nachttrunk nehmen. —
In der zweiten Etage sind die Schlafzimmer, — noch eine
Treppe höher die Wohn- und Arbeitszimmer für die Kinder,
auch wohl ein Gastbett für Besuch von außerhalb.

So sind hunderttausende von Häusern. Ihre Einförmigkeit würde unerträglich sein, wenn nicht die Vollständigkeit

dieser Uniformität wieder zum Mittel gegen dieselbe würde. In vielen Fällen wird nämlich von den Bauunternehmern nicht ein Haus, sondern ein Dutzend gleichzeitig und neben einander aufgeführt, wodurch diese Gesammtheit von Häusern oftmals das Ansehn eines einzigen großen Gebäudes gewinnt. Gesellt sich dann noch an jener Stelle, wo die einzelnen Häuser aneinander grenzen, eine säulenartige Façade, oder gar an den ersten Etagen entlang ein zierlicher Balkon hinzu, so werden hier und da Resultate erzielt, die sich dem nähern, was unsere hübschesten Straßen aufzuweisen haben.

Eins aber haben Londons Straßen und Häuser vor uns voraus, das ist ihre äußerste Sauberkeit. Man gewahrt dies nicht ohne ein Gefühl der Beschämung, wenn man dabei des Schmutzes gedenkt, der namentlich zur Winterzeit in unsern Straßen souverain zu herrschen pflegt und sich aufthürmt, als sei das so sein Recht. Jedes Londoner Haus hat bis in seine zweite und dritte Etage hinauf den unschätzbaren Vortheil eines nie mangelnden Wasserstroms, der ihm, nach Gefallen, aus Dutzenden von Röhren entgegenströmt. Alles schmutzige Wasser fließt sofort wieder ab und ergießt sich in eine tief unter jedem Straßendamm gelegene Cloake, deren Hauptkanäle mit der Themse in Verbindung stehen. Die Straßen selbst zeigen eine Reinlichkeit, die nur von der niederländischen übertroffen wird. Trottoirs (meist von Sandstein) nehmen gemeinhin die ganze Breite des Bürgersteiges ein, und das eigentliche Straßenpflaster (auf den Hauptverbindungslinien macadamisirt) befindet sich selbst bei Regenwetter und troß des un-

glaublichen Verkehrs in stets passirbarem Zustand. Eigen-
thümliche Fuhrwerke, die, ähnlich wie unsere Eggen auf dem
Felde, einen breiten Besen hinter sich führen, fahren bei schmu-
tzigem Wetter auf und ab, und säubern so die aufgeweichten
Straßen.

Ich bin in's Loben gekommen, fast wider meinen Willen;
so sei denn auch vor allem und eh' der Tadel wieder in sein
Recht tritt, der fünf gewaltigen Brücken (zu denen sich die
Hängebrücke als sechste gesellt) Erwähnung gethan, die das
eigentliche London mit Southwark oder was dasselbe sagen
will, die Grafschaften Middlesex und Surrey mit einander ver-
binden. Diese Brücken sind meiner Meinung nach weitab
das Bedeutendste, was London an Baulichkeiten aufzuweisen
hat. Ich glaube den Grund dieser eigenthümlichen Erscheinung darin gefunden zu haben, daß das englische Volk alles
hat, was zu einem imposanten Baue ausreicht: Berechnung, Reichthum, Ausdauer, Kühnheit, — aber das entbehrt,
was zur Schöpfung des künstlerisch Vollendeten nöthig ist:
Geschmack und Schönheit. So oft ich auch die Themse hinauf und hinunter fahre, immer wieder beschleicht mich ein
Staunen, wenn die Southwark-Brücke mit ihren drei Riesen-
bögen, deren jeder eine Spannung von 240 Fuß hat, plötzlich
vor mir auftaucht, und dies Staunen schwindet nur, wenn ich
weiter stromabwärts gleite und die Londonbrücke, schwer und
massig wie ein Gebirgsstück, über den Fluß geworfen sehe.
Es läßt sich nichts Solideres denken, und wenn ich aufgefordert
würde einem Fremden in London den Punkt zu zeigen, der

mir am meisten geeignet schiene, den Charakter dieser Stadt und dieses Landes zur Anschauung zu bringen, so würd' ich ihn nicht nach St. Paul und nicht nach Westminster, sondern an die granitne Brüstung dieser Brücke führen und ihn dem Eindruck dieser festen und kühn gewölbten Masse überlassen.

Wend' ich mich jetzt zur Besprechung öffentlicher Gebäude, wie Kirchen und Paläste, so ist es ein unverhältnißmäßiger Mangel an derartigen Bauwerken, der sich dem Urtheil sofort aufdrängt. Das neue London, besonders auf dem Waterloo-Platz, — wo sich zu den schönen Baulichkeiten des Platzes selbst, die eleganten Clubhäuser Pall-Mall's und einzelner Nachbarstraßen gesellen — präsentirt eine Anzahl von Gebäuden, auf denen auch das Auge des Architekten mit Anerkennung verweilen wird, aber diese Bauten, wie zum Theil vollendet an und in sich, haben doch überwiegend den Charakter von Privathäusern und bieten, wenn mir diese Wendung gestattet ist, nicht Masse genug dar, um den Baumeister so recht als einen Meister zu zeigen. Erst in voller Bewältigung massenhaften Stoffs, im Innehalten der Schönheit auch innerhalb der größten Dimensionen, offenbart sich der Meister. Alle diese Gebäude sind, vielleicht nicht ihrem Werth, aber ihrer Gattung nach, zweiten Ranges.

Großartige Bauten von mindestens relativer Makellosigkeit hat London nur zwei: St. Paul und das britische Museum. St. Paul, wenn gleich nur eine Nachahmung St. Peters, wird unter diesen Nachahmungen immer den ersten Rang einnehmen. Es ist im höchsten Maaße bedauerlich, daß die Be-

engtheit des Platzes, auf dem dieser Riesenbau steht, einen
Totalanblick unmöglich macht, aber auch was wir sehen reicht
aus, um uns den Namen Christoph Wrens mit Ehrfurcht
sprechen und jener Grabschrift desselben (in der Kirche selbst)
beipflichten zu lassen, die da heißt:

Si monumentum requiris — circumspice!

Das britische Museum zeigt den in London wenig ver-
tretenen Styl der Antike. Es ist ein mächtiges Gebäude, mit
zwei kurz vorspringenden Flügeln. Jonische Säulen tragen
den Portikus des Haupteinganges sowohl, wie der Seiten-
theile. Ueberall Einfachheit und Symmetrie; die gewaltige
Masse durch Schönheit belebt, wirkt erhebend und bewältigend
zugleich.

Hiermit ist das Verzeichniß Londoner Schönheit erschöpft.
St. James ist nur noch die Karrikatur eines Königsschlosses.
Aus rothem Backstein aufgeführt, klein, niedrig und mit zwei
abgekappten Thürmen am Eingangsthor, gleicht es eher dem ver-
rotteten Herrenhause eines heruntergekommenen alten Squire's
in Yorkshire oder Westmoreland, als dem Palast englischer
Könige, und es bedarf das Auge dessen, der hinter den herabgelassenen Rouleaux das dicke rothbärtige Antlitz Heinrich's VIII.
erkennt, wie er zur Anna Bulen flüstert, um diesen Platz
wiederholt zu besuchen. Buckingham-Palace, die gegen-
wärtige Residenz der Königin ist minder häßlich als St. James,
aber doch nicht um so viel schöner, daß es die Langeweile
tilgte, die ihm auf der Stirne steht. Sollt' ich zwischen beiden

entſcheiden, ſo würd' ich, der Königin Victoria zum Troß, von
zwei Uebeln das kleinſte wählen. — Sommerſet=Houſe iſt
ſtattlich, aber nichts weiter; ſeine Front markirt ſich wenig,
der Hof ermüdet durch Monotonie, und nur nach der Themſe
hinaus imponirt es durch ſeine Lage und ſeine Maſſe.

Und nun die Kirchen! Welch ein Verbrechen, von der
Weſtminſter=Abtey bis hierher geſchwiegen und ſeinem An=
hängſel, der Kapelle Heinrich's VII. noch keine pathetiſche
Lobrede gehalten zu haben! Aber ich zähle nun mal zu den
Unglücklichen, die es tragen müſſen, keine gebornen Engländer
zu ſein und in Folge deſſen zu der blasphemiſtiſchen Anſicht
neigen, daß Weſtminſter mehr intereſſant als ſchön ſei und
daß ſeine beiden Thürme (zu denen der arme Wren, kein
Freund der Gothik, nolens volens gepreßt wurde,) die Linie
des Lächerlichen nur nothdürftig vermeiden. Ich liebe Weſt=
minſter und das Zauberblau ſeiner prächtigen Mittelfenſter,
ich lieb' es auch, mich in einen Chorſtuhl der Kapelle
Heinrich's VII. zu ſetzen und die Wappenbanner der Ritter
des Bathordens über mir hin und her ſchwanken zu ſehen,
aber es iſt die Geſchichte dieſes Plaßes und nicht ſeine
Schönheit, die mich an ihn feſſelt und ich kann nicht mit
einſtimmen in den Glaubensſatz jedes alten und ächten John
Bull, daß dieſer Plaß „das Wunder der Welt" ſei.

Der ächte John Bull hat auch noch einen andren Spleen,
der jedenfalls unverzeihlicher iſt als die Bewunderung des
„wonder's of the world", das iſt die Bewunderung ſeiner neuen

houses of parliament. Diese Parlamentshäuser sind da und haben viel Geld gekostet, das beides steht fest. Namentlich der letztere Umstand läßt den Gedanken gar nicht aufkommen, daß sie vielleicht doch nichts taugen könnten. Der praktische Sinn des Engländers sträubt sich dagegen, so viele Pfund Sterling vergeblich ausgegeben zu haben. Er wiederholt Dir mal auf mal, daß das Gebäude 900 Fuß lang und einer seiner vielen Thürme, zunächst noch in der Intention, 340 Fuß hoch sei, er weist Dir nach, daß die Ornamente am Dach und an den Thürmchen dem wonder of the world getreulich nachgebildet seien, und ruft Dir, wenn nichts mehr helfen will, mit komischem Eifer zu: „Nun, da hätten Sie erst die alten sehen sollen." Aber freilich, es werden auch Gegenstimmen laut und sprechen unumwunden aus, daß die Sache äußerlich und innerlich total verdorben sei. Es ist ein Mißverhältniß da zwischen der Höhe des Gebäudes und der Höhe des großen Südwest-Thurms; endlose Ornamente, die überall sich vordrängen, nehmen ihm den Charakter schöner Einfachheit und lassen das Ganze trotz seiner riesigen Dimensionen kleinlich und fast unwürdig erscheinen. Man forscht nach einem Zweck dieser Schnörkeleien und kann keinen andern finden als den, daß sie da seien um Staub und Rauch zu schlucken und den Raum herzugeben für viele tausend Schwalbennester. Die Verbindungsgänge innerhalb des Gebäudes entbehren aller Uebersichtlichkeit und machen mehr den Eindruck von Irrgängen eines Labyrinths, als von Verbindungsgängen eines Palastes.

Wenn das am grünen Holze geschieht, was soll am dürren geschehn!

London ist kein Sitz architektonischer Schönheit. Wenn einst die Hand der Vernichtung über diese Häusermasse kommen wird, wird ein meilenweiter Steinhaufe von der Weltstadt erzählen, die hier sich hinzog, aber das Fehlen von Säulentrümmern und ionischen Capitälern, von Torso und bildgeschmücktem Fries — wird darauf hindeuten, daß es keine Welt voll Schönheit war, die hier dem Zeitlichen erlag.

Zu Haus.

Da sitz' ich in meiner chambre garni mit der Aussicht
auf einen endlosen Tag. Es ist kaum elf und schon hab' ich
mein Frühstück sammt allen vier Leitartikeln der Times zu
mir genommen; — was fang ich an?

    Flieh! Auf! Hinaus ins weite Land!
    Und dies geheimnißvolle Buch,
    Von Mr. Blanchard's*) eigner Hand,
    Ist Dir es nicht Geleit genug?

ruft mir der freundliche Leser zu und weist mit seinem Zeige-
finger erst auf die Straße draußen und dann auf Adams
pocket guide, der vor mir liegt, aber er weiß nicht, daß seit
meinem letzten Schreiben die Wasser der Sündfluth über London gekommen sind und daß nun schon seit vollen vier Tagen
ein endlos niederströmender Regen alle Waterproofs und
Gummigaloschen und selbst die Wißbegierde eines Touristen
verspottet. Seit vier Tagen nicht aus dem Hause! Statt
der dampfenden Roastbeef-Schüsseln des Mr. Simpson (gegen-

---

*) Der Verfasser von Adam's pocket guide.

über von Drury Lane) bringt mir die Mittagsstunde nichts
als ein Hammel - Cotelet aus der räuchrigen Küche meiner
Wirthin, und an Stelle der Vernon-Gallerie, die ich sonst
wohl Vormittags zu besuchen liebe, bietet mir die Kunst, wie
zur Verhöhnung, nichts als einen schwarzen, lithographirten
Steinadler, der an der Wand mir gegenüber unaufhörlich gen
Himmel steigt und ein Kind in seinen Fängen mit sich schleppt.
Die Mutter, mit gelöstem Haar und thalergroßen Augen, ergiebt sich der üblichen Verzweiflung. Auch jetzt starr' ich wieder
zu dieser eingerahmten Beilage eines Londoner Pfennig-Maga-
zins in die Höh' und gleichzeitig den Regen vernehmend, der
draußen auf die Steine niederklatscht, ist es mir, als sei das
Ganze eine bildliche Darstellung meiner eignen Situation und
als trüge der Adler mein Glück und alle sonnigen Tage in
die Wolken hinein.

Und doch ist Posttag heut, und doch erwartet Ihr einen
Brief und kümmert Euch wenig darum, ob die ausgesandte
Taube mit oder ohne Oelblatt heimgekehrt ist. So sei es
denn; da aber Niemand über sein Können hinaus verpflichtet
ist, so begnügt Euch für heut mit einer Reminiscenz aus
meinen Tagen in Flandern und laßt Euch erzählen

vom Begynenhof in Gent.

Gent ist ruhig! Die Artevelde's sind nicht mehr; Weber
und Walker, die alten Todfeinde fassen jetzt grüßend an den
Hut, statt sich, wie sonst, bei den Köpfen zu fassen; das Patrizier-

thum ist abgetreten vom Schauplatz, seit Karl V. dreißig ihrer stolzen Nacken vom Henker beugen ließ, und die „tolle Grete", das riesige Geschütz, wirft keine centnerschweren Steine mehr aus ihrem Schlund, seit dieser selbst zur Zielscheibe für die Steine der Straßenjugend wurde. Die alte „Rebellenstadt" heißt jetzt die „Blumenstadt" und statt der goldnen Ritter- sporen des Kortrycktages zählt man nur noch die Arten des blauen Rittersporns. Gent ist ruhig!

Aber das ruhige Gent hat einen Fleck, der der aller- ruhigste ist — den Begynenhof. Wie bezeichn' ich ihn? Kloster, Asyl, Spital — von allen dreien ist er etwas, ohne eines ausschließlich zu sein. Er wäre ein Kloster — aber die Eintretenden leisten kein Gelübde; er wäre ein Asyl — aber der Eintritt ist an Bedingungen, sogar sehr äußerlicher Natur geknüpft; er wäre ein Spital — aber Jugend und Schönheit wohnen in ihm neben der Hinfälligkeit des Alters. So müssen wir's denn umschreiben, was es mit dem Begynen- hof auf sich hat: es ist eine Frauen-Gemeinde, die zwanglos, unter Arbeit, Gebet, Waisen- und Krankenpflege ihre Tage verbringt; ein Städtchen innerhalb der Stadt, das eine der sechsundzwanzig Inseln, auf denen Gent, gleich einem nordi- schen Venedig, erbaut ist, für sich in Anspruch nimmt und durch Thor und Mauer den natürlichen Schutz noch gesteigert hat, den ihm diese Insellage gewährt. Der Begynenhof (la beguinage) hat eine Kirche, hat Straßen und Plätze, Klöster und Häuser und eine Bewohnerschaft von ohngefähr 700 Frauen. Die oberste Leitung führt eine unabsetzbare Oberin

(la Superieure), der in den sechs oder sieben vorhandenen
Couvents (wir werden gleich sehn, was darunter zu verstehen ist) eben so viele Sous-Superieures (die durch ein-
müthige und begründete Opposition ihrer Untergebenen abge-
setzt werden können) zur Seite stehen. Die „Couvents" sind
nur in soweit „Klöster", als sie innerhalb eines hohen Mauer-
Vierecks liegen und eine größere Genossenschaft umschließen;
im Uebrigen würde man sie richtiger „Schul- und Prüfungs-
häuser" nennen. In ihnen macht nämlich die Novize, über-
wacht von der „Mutter" und den ältern „Schwestern", eine
mehrjährige Probezeit durch, und nur wenn ihre Führung
untadelig gewesen, wird ihr nach dieser Frist die Uebersiedlung
in die eigentlichen Häuser des Begynenhofes gestattet. Diese
sind ungemein klein, meist nur von zwei oder vier Personen
bewohnt und ziehen sich in ziemlich langen, nicht allzugeraden
Straßen die ganze Insel entlang. Sie stehen unter keiner
unmittelbaren Controlle des „Couvents" und der „Sous-
Superieure", entbehren aber auch des Reizes und jener Vorzüge, welche eine größere Gemeinschaft mit sich bringt.

Ich hatte Gelegenheit, in eines der „Klöster" einzutreten.
Ein altes Mütterchen öffnete auf unser Klopfen und ihr wohl-
wollendes Gesicht lachte zu uns hinauf, noch freundlicher fast
als die Crocus und Veilchen, die ringsum aus den Garten-
beeten sprossen. Prächtig-rothe Granatblüthe überdeckte das
Mauerspalier und steigerte den Eindruck der Frische und Freu-
digkeit. Wir traten ins Haus; das Empfangszimmer zur
Rechten bot wenig Eigenthümliches dar, außer der ziemlich

guten Kopie eines Van - Dyk'schen Bildes, die Kreuzigung
Christi, die an so schlichtem Plaße immerhin überraschen
mochte; zur Linken aber, im Arbeitssaal, ging Einem das
Herz auf: da sah man zwölf alte Hände in stiller Thätigkeit,
wie sie emsig spannen und strickten, zupften und nähten, je
nachdem die Kraft und das Auge reichte, und nur Einer schien
noch fröhlicher als sie — der muntre Spaß, der Liebling des
Hauses, der bald auf dem Spinnrad, bald auf dem Wollflock
saß, und in gar nicht spaßenhafter Vornehmheit der Eintretenden kaum zu achten schien.

Das Interessanteste des Hauses indeß waren: Küche
und Speisezimmer. Die Begynen haben zwar einen gemeinschaftlichen Kochraum, doch ist Jede gebunden, für ihre Be-
köstigung selbst Sorge zu tragen, und so gewahrten wir denn
auch bei unserm Eintritt in die Küche eine lange Reihe von
Eisenöfchen, noch kleiner, als unsere heimischen Kohlenbecken,
an denen Jung und Alt stand, um nach Geschmack und Laune
sich den Mittagstisch herzurichten. Ich lege hierauf Gewicht
und erblicke in dieser Eigenthümlichkeit nichts Zufälliges.
Ganz abgesehen davon, daß ein Wechsel in der Arbeit
Leib und Seele frisch erhält, so ist das sprüchwörtlich gewordene „Schalten in Küche und Keller" und die Lust, man könnte
sagen die Bestimmung dazu, etwas ächt Weibliches, und diesen
Zug in vollem Maße gewürdigt zu haben, muß wie hundert
Anderes uns für den feinen Geist einnehmen, der die Gesetze
und Regeln dieses Ordens schrieb.

Im Speisezimmer herrscht dieselbe Gesondertheit und verirrt sich bis ins Komische. So viel Schwestern nämlich, so viel Schränke, in denen jede Einzelne ihren Miniatur-Haushalt: Messer und Gabel, Teller und Tischzeug in sorglicher Sauberkeit aufbewahrt. Diese Schränke, alle unmittelbar neben einander, öffnen um die Essenszeit ihre Thüren im rechten Winkel und bilden dadurch eine fortlaufende Reihe von Nischen, jede ungefähr von der beschränkten Räumlichkeit eines preußischen Schilderhauses; — das unterste, schiebbare Brett des Schrankes wird vorgezogen und — der Tisch ist fertig. Die Begyne nimmt in zellenhafter Abgeschiedenheit daran Platz. Man kann sich dabei des lustigen Gedankens nicht erwehren: das böse Gefühl etwa aufkeimenden Neides solle so viel wie möglich unterdrückt werden.

Die Begynen sind stolz auf ihren Orden, und als mein Begleiter, ein Rheinländer, der Sous-Superieure in schlechtem Französisch auseinander zu setzen suchte, daß seine Schwester auch eine Begyne sei (im Rheinland nennt man hie und da die Nonnen überhaupt Begynen), sah sie ihn scharf an, als wolle sie sagen: „Du lügst!" und als sich schließlich das Mißverständniß aufklärte, lachte sie ganz eigenthümlich-selbstbewußt und setzte uns dann in rapider Rede auseinander: „daß es mit den ächten Begynen was auf sich habe." Ich glaub's ihr, nicht nach ihren Worten, aber nach dem, was ich gesehen. Was mir das Klosterthum im Allgemeinen so verleidet, das ist das Beten nach der Uhr, das Kommandiren einer Empfindung, die so frei sein muß, wie irgend eine, wenn sie Werth haben soll, das ist das Aufgehen — günstigsten Falles — in unfruchtbarer Betrachtung. Von alledem findet sich bei den Begynen nur das rechte Maaß; es sind fromme Frauen, aber sie wähnen nicht, gearbeitet zu haben, wenn sie einen Tag hindurch gebetet und meinen vielmehr: Kinderzucht und Krankenpflege sei echtes Gebet vor Gott. Und wenn ein langes Leben ein Geschenk Gottes ist, das er denen giebt, die er liebt, so liebt er die Begynen, wie sie ihn lieben. Im Kloster befand sich ein rüstiges Mütterchen von 85 Jahren, die 64 Jahre lang in demselben Hause gelebt hatte. Sie sah nicht aus, als würde sie bald abberufen werden.

Wir schieden: die Alten knixten, die Jungen kicherten, der Spaß selbst drehte den Kopf und entließ uns in Gnaden. Eine flüchtige halbe Stunde Aufenthalt, — und doch schied ich wie von etwas Liebem. Der Begynenhof und sein Frieden lag hinter uns; wie empfing uns draußen die Welt? Trommelwirbel und Signalhörner! belgische Voltigeurs marschirten vorüber, ein Küraffier-Regiment hinterdrein. Wir standen auf Flamands Boden; — wer sagt uns, ob nicht noch einmal hier (wie bald vielleicht!) die Würfel der Entscheidung fallen; doch wie sie fallen mögen — Friede liegt über dem Begynenhof.

Noch immer regnet's; aber sei es drum, der Abend ist da, und der Wind, der durch die Straßen fegt und die Gaslaternen fast erlöschen macht, spricht von zerstobenen Wolken und hellem Sonnenschein am kommenden Tag. Ich schließe die Fenstervorhänge und schütte frische Kohlen auf den Kamin.

4

Hei, wie das praffelt und flammt. Gemüthliche Wärme erfüllt das Zimmer, nur Eines fehlt noch: der Theekeffel und
sein magischer Gesang. Da tritt Jane ein und setzt das
riesige Brett auf den Tisch. „Good evening sir! a bad day
to day;" ich aber schneide mir Schnitte auf Schnitte von dem
blendenden Weißbrot, röst' es am Kohlenfeuer, und während
der Duft des halbverkohlten Brotes das Zimmer würzt, gedenk'
ich Deutschlands und lausche dem singenden Keffel mir zur
Seite, wie lieben, leisen Stimmen aus der Heimath.

Die Docks-Keller.

Unter „Docks" versteht man im Allgemeinen die Häfen eines Hafens: kleine abgezweigte Buchten, oder auch gemauerte Bassins, in denen man die rückkehrenden Schiffe gleichsam bei Seite nimmt, um sie zunächst auszuladen, und — wenn's noth thut — auszubessern. Die London-Docks charakterisirt man am besten, wenn man sie Fluß-Häfen nennt. Sie verhalten sich zur Themse, mit der sie in unmittelbarster Verbindung stehen, wie große Privatgehöfte zu einer daran vorüberführenden allgemeinen Heerstraße.

Man unterscheidet Katharinen-, London-, Westindien- und Ostindien-Docks. Alle vier befinden sich am linken Themseufer, die ersteren auf der Strecke zwischen Tower und Tunnel, die letztern beiden, weiter stromabwärts, in der Nähe des Fleckens Blackwall, eine Stunde von London.

Die Ostindien-Docks sind, wie es schon ihr Name an die Hand giebt, die Ruhe- und Erholungsplätze für die großen Ostindienfahrer, die Heilanstalten, wo man die Hartmitge-

4*

nommenen wieder flickt und bekupfert; auch Theer und Pech auf all die Wunden gießt, die ihnen das Sturmkap mit Wind und Wellen geschlagen.

Ich gedenke heut nur von den eigentlichen London-Docks zu sprechen, ganz besonders aber die Docks-Keller in Augenschein zu nehmen, von denen im Voraus bemerkt sei, daß sie, in Gemeinschaft mit Speichern, Remisen und Lagerhäusern, die unmittelbare Nachbarschaft, so zu sagen einen integrirenden Theil der Docks selber bilden. Denken wir uns eine Durchschnittszeichnung zwischen der mit der Themse parallellaufenden Citystraße und der Themse selbst, so ist die Reihenfolge diese: zuerst das Handelshaus mit seinen Comptoiren, dann geräumige Höfe mit Speichern aller Art, unter diesen die Docks-Keller, und schließlich, unmittelbar an der Themse, die Docks selbst. Die Höfe und die Keller verhalten sich zu einander wie zwei Etagen, und je nachdem die Ladung des eben angekommenen Schiffes aus Wein, Oel und Rum auf der einen, oder aus Reis, Zucker, Wolle und Baumwolle auf der anderen Seite besteht, wälzt man die Fässer und Ballen direkt vom Bord des Schiffes entweder auf die Speicherhöfe, oder eine Etage tiefer, in die Docks-Keller hinein. Unter diesen spielen die Weinkeller, die (vermuthlich ein Kompagniegeschäft) nicht nur unter dem Speicherhofe eines Grundstücks, sondern unter einem ganzen Citystadttheil hinlaufen, die größte Rolle.

Der Freundlichkeit eines deutschen Kaufmannes verdankte ich es, daß mir Gelegenheit wurde, diese ungeheuren Räumlichkeiten in Augenschein zu nehmen. Er gab mich für einen jungen Deutschen aus, der nicht übel Lust habe, mehrere Oxhoft Port und Sherry gegen Baarbezahlung sofort zu entnehmen, eine Rolle, die zu viele Vortheile und Annehmlichkeiten versprach, als daß ich hätte geneigt sein sollen, mich gegen sie zu sträuben.

Bevor wir in die Keller hinabsteigen, sei über „Port" und „Sherry" etwas vorausgeschickt. Beide Worte sind Kollektiva für alle möglichen Sorten süßen und feurigen Weins geworden. Unter all' den hunderttausend Oxhoften Port und Sherry, die alljährlich in England getrunken werden, ist vielleicht kein einziger, zu dem Oporto und Xeres, (Sherry ist eine Mißbildung dieses Wortes) ausschließlich und unvermischt den Saft ihrer Trauben beigesteuert haben. Die Küsten des mittelländischen Meeres liefern diese ungeheuren Weinmassen, die — wenn von rother Farbe — unter dem Namen Port, von goldgelber, unter dem Namen Sherry in die Welt geschickt werden. Die Keller der London-Docks sind übrigens schon das zweite Lager, das diese köstlichen Weine beziehen: zuerst begegnet man ihnen auf der Westküste von Sizilien und zwar im Städtchen Marsala, wohin die aufkaufenden Engländer zunächst Ladung auf Ladung dirigiren, um von dort aus, je nach Bedürfniß, die englischen Keller zu speisen. Um sich von der Größe dieser sizilianischen Weinniederlagen einen Begriff machen zu können, führe ich das Faktum an, daß allein die alljährliche Verdunstung achttausend Gallonen beträgt.

Aber laſſen wir Marſala und ſteigen wir heute in die
Keller der engliſchen Docks. — Wir fahren ein, wie in den
Schacht eines Berges. Zwei rußige Burſche mit kleinen
blakenden Lichtern ſchreiten uns vorauf. Nun denn: Glück
auf! und luſtige Bergmannsfahrt. Was ſollten wir nicht?
Unſer Gewinn iſt ſicher: der Port, wie flüſſiger Rubin, wird
bald in unſern Gläſern blinken.

Wir ſind unten: vor unſern erſtaunten Blicken liegt eine
Stadt. Wir haben ſchöne Sagen und Märchen, die von
Städten auf dem Grunde des Meeres, oder von Schlöſſern
in der Tiefe unſerer Berge ſprechen, — dieſe Wunder ſind
Wirklichkeit geworden. Ueber uns lärmt und wogt die City
mit ihren hunderttauſend Menſchen, und hier unten dehnen
ſich gleicherzeit die erleuchteten, unabſehbar langen Straßen
einer unterirdiſchen Stadt. Rechts und links wie Häuſer liegen über einander gethürmt die mächtigen Gebinde: jedes
Faß — eine Etage. Wir ſind in die eine Straße eingetreten,
und ſchreiten weiter. Alle funfzig Schritt begegnen wir einer
Quergaſſe, die, um kein Haar anders oder gar kleiner als die
Straße die wir gerade durchmeſſen, nach rechts und links
hin ſich endlos fortzieht. Immer weiter geht es: neue Gänge,
neue Tonnen, neue Lichter, immer Neues, und doch immer
das Alte wieder; unſer Auge entdeckt nichts, das ihm als
Merkmal, als Wegweiſer aus dieſem Labyrinthe dienen könnte,
und eine namenloſe Angſt überkommt uns plötzlich. Wir
denken an die Irrgänge des Alterthums, an die römiſchen

Katakomben, und ein unwiderstehliches Verlangen nach Luft und Licht erfaßt unser Herz.

Aber schon ist die Heilung bei der Hand. „There's a first rate Sherry, Sir! indeed, a very fine one" so trifft es plötzlich unser Ohr, und schon der ruhig-sichere Klang der Stimme überzeugt uns, daß kein Grund zur Furcht vorhanden. Den letzten Rest davon spült der Sherry fort. Mit unermüdlichem Diensteifer werden jetzt rechts und links die Fässer angebohrt: hier spritzt es wie ein Goldstrahl aus dem Faß hervor, dort strömt der blutrothe Port ins Glas. Wir kosten und nippen, wie wenn es Nektar wäre; die rußigen Bursche aber schätzen's nicht höher wie abgestandenes Wasser und schütten das flüssige Gold an die Erde. Der Wein hat längst aufgehört, ihnen eine Himmelsgabe zu sein; sie theilen sich schweigsam, gewissenhaft in ihre Arbeit: der Eine bohrt die Löcher, der Andere verstopft sie, wozu er sich kleiner Holznägel bedient. — Wir mußten in diesen Kellern schon viele Vorgänger gehabt haben, denn der Boden manchen Fasses sah wahrlich aus wie die Sohle eines neumodisch-gestifteten Stiefels.

Eine Stunde war um. Aus den unterirdischen Gassen stiegen wir lachend an's Tageslicht und schwankten in lautem Gespräch der Blackfriars-Brücke zu. Menschen und Häuser schienen uns zuzunicken, die finsteren Straßen waren wie verwandelt.

Ich habe die City von London so schmuck nicht wiedergesehn.

———

Tavistock-Square und der Straßen-Gudin.

Vor einer Woche habe ich meine Wohnung gewechselt. Ich konnt' es nicht mehr aushalten in Burton - Street und in dem ganzen Stadttheil, den ich vollauf bezeichnet habe, wenn ich Dir sage, daß er Pimlico heißt. Klingt das nicht geziert und geckenhaft? Denkt man nicht an eine Mischung von Langerweile und Lächerlichkeit? Und so ist es auch.

Ich wohne nun Tavistock-Square, mitten in London, nah an Oxford-Street und nicht weit vom Trafalgar-Platz. Daß ich Dir sagen könnte, wie reizend es hier ist und wie glücklich mich der Wechsel macht, zu dem ich mich, bei meiner unglücklichen Anhänglichkeit auch an die schlechtesten Wirths- leute, nur schwer entschlossen habe. Der Stadttheil, den ich jetzt bewohne, besteht überwiegend aus großen und kleinen Plätzen, so daß die Straßen, die sich vorfinden, weniger um ihrer selbst, als vielmehr um der Verbindung willen, die sie zwischen den zahllosen Squares unterhalten, da zu sein schei-

nen. Bedford= und Fitzroy=, Bloomsbury= und Torrington=
Square halten gute Nachbarschaft mit uns, und Russel= und
Euston=Square sind so nah, daß wir uns mit ihnen begrüßen
können. Die ganze Gegend hat was Herrschaftliches; das
macht, sie war das Westend Londons in der zweiten Hälfte
des vorigen Jahrhunderts, und dieselbe Aristokratie, die jetzt
auf Belgrave= und Eaton=Square ihre town-residences hat
und sich des Bekenntnisses schämen würde, östlich von Gros=
venor=Place und Hyde=Park=Corner zu wohnen, lebte vor 80
Jahren, nicht minder selbstbewußt, hier auf Tavistock=Square
und baute jene Façaden=geschmückten Häuser und jene hohen
Zimmer, die jetzt nicht mehr passen wollen zu der meist bürger=
lichen Schlichtheit ihrer Bewohner. Ich sage „meist“, denn
wir haben auch Notabilitäten in nächster Nähe, keine Lords
und Viscounts, aber Ritter von Gottes=, statt von Königs
Gnaden, und Namen, die schwerer wiegen, als die Stamm=
bäume von sechs irischen Lords. Sprich selbst, ob ich über=
trieben habe, wenn ich Dir sage, daß Boz=Dickens mein näch=
ster Nachbar ist und zehn Schritt von mir einen reizenden,
gartenartigen Einbau bewohnt, der zwischen der Pancras=
Kirche und unsrem Hause gelegen ist. Ich habe noch nicht
den Muth gehabt, ihn aufzusuchen und werd' es vermuthlich
auch in Zukunft nicht, um so weniger, als ich weiß, daß er
von Deutschen überlaufen und mit den üblichen Bewundrungs=
Phrasen gelangweilt wird. Nur den Park vor seinem Hause
besuch' ich öfters, und niemals ohne den frommen Wunsch zu
hegen, daß die frische Luft, die da weht, mir von dem

Geiste leihen möge, der eben an dieser Stätte heimisch und
thätig ist.

Die Villa meines Nachbars Dickens ist nun freilich reizender als das alte herrschaftliche Eckhaus, dessen oberste Spitze
ich mit einem jungen Herrn aus Pembrokeshire gemeinschaftlich bewohne; nichts destoweniger aber schwör' ich auf die
Schönheit meiner Wohnung, und wenn ich Dich Abends nach
dem Diner mal in die drawing-rooms dieses Hauses führen
und dann durch die geöffneten Fensterthüren mit Dir auf den
Balkon hinaus treten könnte, so würdest Du mit mir fühlen,
daß der Moment etwas Zauberhaftes hat. Ein Ahornbaum
bildet mit seinen Zweigen ein Laubdach über uns, auf den
Balkonen der Nachbarhäuser stehen die schlanken Ladys und
schauen mit vorgehaltner Hand in die untergehende Sonne,
auf dem Rasenplatz des Square spielen und lachen die Kinder,
und fern, von der Nordgrenze Londons her, schauen dunkel-
blaue Hügel, wie Wolkenstreifen am Horizont, auf die Stadt
und auch auf uns hernieder. Die ersten Gaslichter mischen
ihr mattes Licht dem Halbdunkel, das über dem Platz liegt,
der Lärm der weitab gelegenen großen Straßen schlägt wie
ferne Brandung an unser Ohr und ein Gefühl süßer Befriedigung beschleicht uns und lullt auf Augenblicke die schlaflosen
Wünsche ein.

Doch ich wollte Dir vom Straßen-Gudin und nicht von
der Schönheit meiner Wohnung erzählen. Beides gehört insofern zusammen, als ich die Bekanntschaft meines seltsamen

Seemalers ohne meinen Wohnungswechsel vielleicht niemals gemacht hätte; denn wie ich vernehme, findet man ihn im St. Pancras-Kirchspiel häufiger als an andren Orten, vielleicht weil die stillen Squares dieses Stadttheils und die verhältnißmäßig wenig benutzten Trottoirs ihm die beste Gelegenheit zu Ausübung seiner Kunst und zum Erwerbe bieten. Zuerst sah ich ihn an einer Ecke von Torrington-Square. Ich gerieth in ein Staunen, das weit das übertraf, mit dem ich die genialsten Ruben's und die fromm-innigsten Murillo's irgend welcher Gallerie jemals betrachtet habe. Knieend auf dem Trottoir, neben sich ein Stück schmutziger Pappe, auf dem die Bröckel von Pastellstiften lagen, zeichnete ein blasser, zwanzigjähriger Mensch Seestücke auf den Sandstein, so rasch, so genial, so meisterhaft, daß mir's gleich durch den Kopf schoß: ein Straßen-Gudin! Die englische Südküste schien er vorzugsweise bereist zu haben. Da war der Hafen von Lyme; der Hastingsfelsen mit seinem zerfallenen Kastell, und vor allem die Dover-Bucht bei Mondschein. Dunkelblau lag sie da, ein heller Lichtstreif lief drüber hin, von rechts und links aber sprangen die Schatten dunkler Klippen und diese selber dann weit in's Meer hinein. Ich war ganz Bewundrung, nur ein Gefühl rang mit meinem Staunen um den Vorang — die Entrüstung. Als ich mich satt gesehn, steckt' ich dem Maler und — Bettler zugleich eine halbe Krone in die Hand und ging schimpfend über England und die Herzlosigkeit seiner Pfeffersäcke in vollster Aufregung nach Haus.

Diesmal hatt' ich Unrecht gehabt. Andren Tags war

ich bei P. in Brixton, deutsche Kaufleute waren geladen und
nach dem Supper, als die Datteln und Malaga-Rosinen reih-
um gingen und jeder von uns, aus Brandy und siedendem
Waffer, sich seinen Nachttrunk selber mischte, ließ ich wie öfters
meinem Unmuth über die shop-keeper laute Worte und mit
einem „seht her!" erzählt' ich meine Geschichte vom Straßen-
Gudin. Allgemeine Heiterkeit war die Antwort; jeder kannte
das junge Genie mit der schmutzigen Pappe und dem faden-
scheinigen Rock, jeder hatte schon mal seine Bilder bewundert
und war einverstanden mit mir, daß solches Talent der liebe-
vollsten Pflege werth sei. „Aber — so hieß es weiter —
diese Pflege ist ihm zehnfach angeboten worden, er hat sie verschmäht, denn er ist ein Spekulant. 50,000 Fremde treten
täglich das Londoner Pflaster, und, Ihre halbe Krone in
Ehren, Sie sind nur Einer der Vielen, die, in Bewundrung
und Entrüstung gleich Ihnen, auch ein Gleiches thun. Ihr
Straßen-Gudin wird ein reicher Mann; ob er's würde, wenn
er Bilder auf die Ausstellung schickte, ist mindestens fraglich.
Wir sind ein money-making people."

Das ist die Geschichte vom Straßen-Gudin. Ich frage
Dich, ob deutsches Leben ein Seitenstück dazu liefert!

Der englische Zopf.

Bei uns ist der Zopf zur Mythe geworden, er existirt nur noch als Spitz- und Geißelwort für Alles, was, wie die österreichische Landwehr, „nicht mitkommen kann", und wenn Heine gelegentlich von unseren Soldaten singt:

„Der Zopf, der ihnen sonst hinten hing,

Der hängt jetzt unter der Nase",

so können wir uns diesen Witz, dessen Pointe etwas dunkel bleibt, immerhin gefallen lassen. Anders ist es mit England: es darf mit China darum streiten, wer ihn am längsten trägt. Nach den Gründen forsche wer will; ich werfe für den Liebhaber nur so hin, daß der Kaffee zu emanzipiren, der Thee zu konserviren scheint.

Der englische Zopf ist faktisch noch vorhanden, oder doch mindestens die Perrücke (auf den Köpfen einer ganzen Armee von Kanzlern und Richtern), die schlecht gerechnet das Geschwisterkind des Zopfes ist. Doch verbreiteter als dieser und in Wahrheit noch Gemeingut der ganzen Nation ist der innerliche Zopf, den ich nachstehend zu besprechen und in drei große

Abtheilungen zu bringen gedenke. Ich unterscheide drei Arten: erstens den guten oder Erbweisheits-Zopf, zweitens den indifferenten oder Familien-Zopf, drittens den bösartigen oder Weichsel-Zopf.

Es ist Mode geworden, die politische Weisheit der englischen Nation, ihr praktisches Festhalten am Hergebrachten und ihren Argwohn gegen Alles, was Neuerung heißt, zu bewundern. Es mag gewagt erscheinen, an diesem zum Theil wohlverdienten Lorbeerkranze herumpflücken zu wollen, aber nichtsdestoweniger werf' ich die Frage auf, ob man nicht der Stätigkeit des englischen Charakters gelegentlich zu viel Ehre erwiesen und ununtersucht gelassen hat, wie viel an diesem praktischen Festhalten wirklich Weisheit und wie viel bloßes Kleben am Alten gewesen ist. Wenn durch die Jahrhunderte hindurch der Beweis zu führen wäre, daß England jedem als gut erkannten Neuen offen und nur allem Probiren, aller Projektmacherei verschlossen gewesen sei, wenn sich aus der Geschichte nachweisen ließe, daß es stets Kritik geübt, die Spreu vom Weizen gesondert, nie Schlacke für Gold, aber auch nie Gold für Schlacke genommen habe, so möchte man es bei uneingeschränkter Bewunderung bewenden lassen. Aber neben einer Habeas-Korpus-Akte existirt noch immer ein Irland und neben einem Gesetz der Freiheit noch immer ein Gesetz der Intoleranz, und so mag man es mir verzeihen, wenn ich den Baum der englischen Erbweisheit (unsere Tugenden wurzeln so oft in unsern Schwächen und Fehlern!) auf eine Wurzel zurückführe, die sich Zopf nennt und die zum guten

Theile Zopf ist und bleibt, wenn sie auch hundertfach auf den Spruch verweisen mag: an ihren Früchten sollt ihr sie erkennen. Ohne das Beispiel Frankreichs wäre England nie zu jenen Ehren gekommen, die jetzt verschwenderisch darüber ausgeschüttet werden, und dennoch ist es gerade so schuldig, wie jenes, eben weil es das volle Gegentheil davon ist. Frankreich verändert, — auch das Gute; England konservirt, — auch das Schlechte.

Der indifferente oder Familienzopf findet seine Deutung am besten durch eine Schilderung. Ich lebe hier in einem liebenswürdigen, häuslichen Kreise, der seiner ganzen Haltung, seiner Frömmigkeit und Bildungsstufe nach mich wie eine Landprediger-Familie berührt, die das heimatliche Dorf verlassen und ihren Aufenthalt in der Stadt genommen hat. Das Haus, das sie bewohnen, ist schön und geräumig; nichtsdestoweniger müssen ihre Mittel gering sein, denn zwei ältliche Damen leben auf Leibrente unter ihnen, und die obern Zimmer des Hauses sind an allerhand junge Leute, Fremde wie Einheimische, vermiethet. Einzelne von diesen sind auch Tischgenossen der Familie; zu diesen zähle ich. Lassen Sie mich in möglichster Kürze schildern, wie ein Tag verläuft. Nach abgehaltener Morgenandacht versammelt sich Alles beim Frühstück: Kaffee und Thee, Hammelbraten und Eier, Speckschnitte und geröstetes Weißbrod machen die Runde am Tisch, und unter Essen und Trinken, Sprechen und Lachen vergeht eine volle Frühstücksstunde. Es ist zehn Uhr; die Damen des Hauses, darunter zwei Töchter, begeben sich in die Drawing-

Rooms, zwei schöne hohe Zimmer, und nehmen Platz, theils am Fortepiano, theils am Tisch, theils auf dem Kanapee. Bei Klavierspiel und Gesang, unter Briefschreiben und Zeitungslesen kommt die Stunde zum zweiten Frühstück (lunch) heran und dehnt sich gemächlich hin, bis gegen 3 Uhr Nachmittags die Damen zu ihrer Arbeit süßen Nichtsthuns zurückkehren. Man macht einen Gang in die Stadt: nach Hyde-Park zum Corso, oder nach Trafalgar-Square in die Gemälde-Gallerie. Sechs Uhr findet Alles im Wohnzimmer; mit dem Glockenschlag ergreift der Herr des Hauses den Arm der einen Leibrenten-Lady, ich wie Blitz spring an die linke Seite der zweiten, Mr. Blunder, ein junger Kaufmann aus der Provinz, mit blassem Gesicht und rothen Händen, macht ohne aufzublicken vor der älteren Tochter seine linkische Verbeugung, und im nächsten Augenblick begibt sich der ganze Zug die mit doppeltem Teppich belegte Treppe hinab, um im Parlour (Sprech- und Eßzimmer: nur in diesem darf gegessen werden) die Mittagsmahlzeit einzunehmen. Wir treten ein; links auf einem Buffet blitzt es von Silberzeug und geschliffenen Karaffen, von chinesischem Porzellan und Apfelsinen; an den Wänden hängen Familienbilder, und unter dem breiten Spiegel, zu beiden Seiten des Kamins, stehen zwei hübsche Hausmädchen, unseres Winkes gewärtig. Es ist ganz wie bei Hofe, oder wie bei Leuten von wirklicher Vornehmheit und Bedeutung: ein unablässiges Wechseln von Tellern, von Messern und Gabeln, und sich selbst bedienen wollen wäre ein Verstoß, Verbrechen. Mr. Blunder hat eben den letzten Bissen seiner

Kartoffel in den Mund gesteckt, aber schon hat es der Adler-
blick unserer Dame vom Hause bemerkt. Die Kartoffelschüssel
steht unmittelbar vor dem blassen Kaufmann; die Lady jedoch,
mit einer Würde, als gält es den Großmogul zu bedienen,
ruft von ihrem Platz aus: „Mary, potatoes for Mr. Blunder!"
und die hübsche Marie, deren Mund viel vornehmer aussieht,
als die erfrornen Hände des unglücklichen Provinzialen, muß
apportiren und präsentiren. — so verlangt es die Regel des
Hauses. Von Tisch geht es zum Thee, vom Thee zur Andacht
und von der Andacht zu Bett. — Ueberall das Mißverhältniß zwischen untergeordneter gesellschaftlicher Stellung auf der
einen und aristokratischem Gebahren auf der andern Seite.
Welche deutsche Familie von gleichem Rang, gleicher Bildung
und gleichen Vermögens-Verhältnissen hätte den Muth und
den Geschmack, ein ähnliches dolce farniente-Dasein zu führen! Die Mutter und die älteste Tochter würden in Küche
und Waschhaus das Regiment führen, und die Nadeln der
jüngeren würden am Stickrahmen auf- und niederblitzen bei
Plattstich und Petit-point. Ländlich — sittlich! denkt mancher meiner Leser und nennt Komfort, wohl gar gesteigerte
Kultur, was ich Zopf genannt habe; aber ich kann ihm nicht
zu Willen sein, es ist Zopf. — Es geht ein tiefer Zug nach
Erwerb durch den englischen Charakter; die Wahrheit „Geld
ist Macht" zählt seit Lord Burleigh's Tagen nirgends so viel
Anhänger, wie eben hier, und nirgends ist das Verlangen
größer: zu sparen, aufzuspeichern und weiter zu vererben.
Ich wette zehn gegen eins, dieser Zug nach Erwerb lebt und

webt in den Gemüthern meiner englischen Familie so gut wie
irgendwo, aber diese altbritischen Herzen umschließen noch eine
andere Leidenschaft: das brennende Verlangen nach Repräsentation. Die Colburns sind ein altes Geschlecht; nachweislich seit drei Jahrhunderten hat nie ein Colburn sein Diner
an anderem Platz als im Parlour des Hauses zu sich genommen, und es wäre Verrath an einer großen Vergangenheit,
von dieser Sitte abzugehn. Nie, seit den Tagen der Königin
Elisabeth, hat ein Colburn bei Tische sich selbst bedient, und
wenn sich's nach Gottes unerforschlichem Rathschluß fügen
sollte, daß die Colburns zu Bettlern würden, so würden sie
sich nach einem Unter-Bettler umsehen, der ihnen auch dann
noch die geschenkten potatoes präsentirte. — Liebhaber mögen
sich an dieser Ausdauer freuen; aber auch sie werden nicht
leugnen können, daß das Ganze nach Don Quixote schmeckt
und einen Zopf trägt von leiblicher Länge.

Wir kommen nun zum Weichselzopf. Beginnen wir mit
seiner harmlosesten Erscheinung — in der Kunst. Welche
Stadien hat nicht z. B. in Frankreich und Deutschland die
Schauspielkunst seit Talma und Iffland durchgemacht! Es
gehört nicht hierher, zu untersuchen, ob man weitergekommen
ist; „es irrt der Mensch, so lang er strebt", aber jedenfalls
war Bewegung da: Ludwig Devrient, Seydelmann und vor
Allen die Rachel waren neue Erscheinungen. Nicht so hier;
man ist noch immer bei Garrick. Dieser hat sich traditionell
(ich kenne nicht all' die Pfeiler der Brücke) auf Kean und von
Kean auf Macready und von Macready auf ein halb Dutzend

moderner Lear- und Macbethspieler fortgeerbt, und wo Garrick schrie und tobte, tobt auch heute noch sein jüngster künstlerischer Enkelsohn auf einem beliebigen Vorstadt-Theater. Das Genie wird hier so zu sagen eingepökelt, und noch nach hundert Jahren verschmäht man das schönste frische Fleisch und greift nach dem gesalzenen, das doch nachgerade steinhart geworden ist.

Schlimmer schon ist der Zopf, den die englische Themis trägt. Zahlen beweisen: es schwebt jetzt ein Prozeß zwischen einem Privatmann und einer Eisenbahn-Gesellschaft, dessen bloße Vorarbeiten, insonderheit die Aufnahme des Thatbestandes, 41 Foliobände füllen, zu deren Herstellung eine dreijährige Arbeit und ein vorläufiger Kostenaufwand von 10,000 Rthlrn. nöthig gewesen ist. Das Recht ist theuer in England und sollte doch überall billig sein, wie das tägliche Brod.

Der schlimmste Zopf aber ist der, den die Armee trägt. Jeder Zeitungsleser weiß, daß — was die Marine angeht — Admiral Charles Napier*) seit Jahren schon rastlos gegen das eingefrorne Wesen eifert, das selbst schreienden Mißbräuchen gegenüber jeder Neuerung unzugänglich ist, und indem ich ihm auch heute ein Feld überlasse, auf dem er um Einiges besser bewandert ist, als ich, beschränke ich mich auf den Armeezopf, der zur Kenntnißnahme aller Welt offen vorliegt.

*) Derselbe, der jetzt die Ostsee-Armada befehligt.

5*

Die englische Armee ist dieselbe wie vor funfzig Jahren. Die Erfindungen und Verbesserungen eines beinahe vierzig-jährigen Friedens sind spurlos an ihr vorübergegangen, sie träumt von ihren Siegen und wiegt sich in Sicherheit. Die Offizierstellen bis zum Major sind noch immer käuflich, die Fuchtel ist nach wie vor der Lehrmeister der Disziplin, der rothe, geschmack- und taillenlose Frackrock herrscht immer noch absolut, und Exerzitium und Bewaffnung (mit Ausnahme des nun schon wieder veralteten Perkussionsschlosses) sind unver-ändert dieselben geblieben. Wollte man alle Anekdoten über das englische Infanteriegewehr sammeln, es gäbe ein ganzes Buch. Nach Allem, was ich höre, soll ein sicherer Schuß damit eine bare Unmöglichkeit sein; es ist nur verwend-bar auf Massen, und sein Bestes ist nach wie vor — das Ba-jonnet. Aber — alle Achtung vor dem englischen Bajonnet-angriff — die europäische Kriegskunst entfernt sich immer mehr von der bloßen Rauferei, und Führung im Ganzen, Geschick und Bewaffnung im Einzelnen werden, bei versteht sich gleicher Zahl, über kurz oder lang ausschließlich den Aus-schlag geben. Der englische Soldat, als rohes Menschenma-terial noch immer unvergleichlich, entbehrt völlig des Geschicks und der Bewaffnung, wodurch sich die Armeen des Kontinents, namentlich die preußische und französische, mehr denn je aus-zeichnen; das englische Heer hat keine Jäger von Vincennes, die beim Sturme Leitern aus sich selber machen, und hat keine Zündnadelgewehre, die auf 6 — 800 Schritt in die Kolonne treffen und, neunmal unter zehn, jedes Bajonnetangriffes

spotten, — denn man greift nicht an mit todtgeschoffenen
Leuten. Die stolze Insel mag sich vorsehn; so fest überzeugt
ich bin, daß ihr keine Gefahren von jenseit des Kanals drohen, so fest überzeugt bin ich auch, daß sie diesen Gefahren
unterläge, wenn sie jemals Wirklichkeit würden.

Die Manufaktur in der Kunst.

England ist das Land der Manufaktur. Ich gedenke nicht, Bäume in den Wald zu tragen, und das hundertmal Bewiesene noch einmal zu beweisen. Zweck dieser Zeilen ist es, auf eine ganz besondere Manufaktur, auf jene bis zu erstaunlicher Höhe getriebene Nachahmekunst hinzuweisen, die von einem oft eben so genialen wie betrügerischen Substituiren lebt, und Fach daraus macht, die Begriffe von Aecht und Unächt, von Sein und Scheinen, nach Kräften zu verwirren. Ich spreche dabei nicht von jener untergeordneten Nachahmekunst, die sich darauf beschränkt, Wein aus Wasser, Havannahblätter aus Kohlabfällen und chinesische Tusche aus dem Rauchfang dessen zu bereiten, der sie nachher verbraucht. Nein, worauf ich heute die Aufmerksamkeit des Lesers hinlenken möchte, ist die Manufaktur, die Nachahmekunst in der Kunst selbst.

Byron's Don Juan ist unvollendet. Was liegt für einen Manufakturisten in der Kunst näher, als bei passender

Gelegenheit die Versicherung: er sei vollendet. Märchen werden ersonnen und durch Schrift und Rede geschäftlich verbreitet, warum der edle Lord mit der Veröffentlichung gerade dieser genialsten und formvollendetsten Gesänge gezögert habe, und endlich, wenn es geglückt ist, die Aufmerksamkeit des Publikums aufs höchste zu spannen, ja sogar eine liebenswürdige Minorität mit vollem Glauben an die Aechtheit des Fabrikats vorweg zu erfüllen, so erscheint es endlich mit geschicktester Nachahmung alles dessen, was überhaupt nachzuahmen ist, und gleichviel, ob schließlich der Betrug entdeckt wird oder nicht, die Manufaktur hat ihren Zweck erreicht — Gewinn.

Shelley, der Beschimpfte, durch die öffentliche Meinung vom Vaterland Verbannte, war nichtsdestoweniger vor Jahr und Tag (wer verzieh nicht den Todten!) in der Mode; man las Queen-Mab und heimlich sogar die Cenci. Shelley's Freundschaft mit Byron war bekannt; es wäre unnatürlich gewesen, wenn sich kein Manufakturist für eine intime Shelley-Byron-Korrespondenz gefunden hätte. Eines Tages erscheint die Anzeige: „Briefwechsel (Originale) zwischen Percy Bysse Shelley und Lord Byron." Es ist kein Zweifel. Handschrift, Siegel, Postzeichen, alles trägt den Stempel der Aechtheit; die Personen befanden sich, wirklich und nachweislich, um die angegebene Zeit an den angegebenen Orten; Autographensammler, Schreibverständige und Buchhändler, alle sind zustimmender Meinung; und endlich der Inhalt selbst löst jedes letzte Bedenken: dieser Rückhaltslosigkeit, dieses

Feuereifers gegen überkommene Sitte und Satzung waren nur zwei Köpfe fähig: Shelley und Byron. Zufällig geräth die Shelley-Korrespondenz in die Hände eines älteren Herrn, der die literarischen Fehden seiner Jugend und die leidenschaftliche Hingebung, mit der er einst zur Seite jener Vorkämpfer stand, in ländlicher Zurückgezogenheit und im stillen Glück des Familienlebens halb vergessen hat; er liest und — findet sich selbst; es sind seine Worte, äußerlich und innerlich; — alles Betrug, Manufaktur!

Das ergiebigste Feld indeß bleibt doch immer die Malerei. Es gibt geradezu Fabriken, die sich mit der Anfertigung von Murillo's, Ruben's und Titian's beschäftigen. Was England beherrscht, und zwar mehr als sein Parlament, das ist die Mode. Die „Fashion" fordert jetzt alte Bilder, gleichviel ob gut oder schlecht, nur alt, nachweislich alt, und versteht sich von einem Maler von Ruf. Da wachsen denn die Van Dyk's, de Crayer's, Snuyder's und Rembrandt's aus der Erde, und wundert sich der Käufer, in leiser Ahnung eines Betruges, über den verhältnißmäßig niedrigen Preis (das böse Gewissen läßt die höchsten Forderungen denn doch nicht zu), so heißt es: „ein glückliches Ohngefähr, die Unkenntniß des Vorbesitzers, setzen uns in den Stand u. s. w." Ich hörte noch gestern von einem Gallerie-Inhaber sprechen, der seine wirklich schöne Sammlung zehnmal verkauft und schließlich doch noch die Originale besessen habe.

Mir liegt ein Buch Theophile Gautier's vor: „Ein Zickzack durch England"; das Buch ist nicht eben neu, aber seine

Wahrheiten gelten heut wie damals. Die unglaubliche Anzahl von Murillo's, Raphael's und Titian's, denen er auf
englischen Gallerien begegnete, machte ihn stutzig; er forschte
nach und spricht als Resultat seine unumstößliche Ueberzeugung aus, daß Dreiviertheile jener englischen Sachen, die
mit einem großen Namen prunken, nichts sind als Kunstpro-
dukte in einem anderen Sinne: schlechte Bilder, mit einem
halben Dutzend angeblakter Firniß-Schichten und einem —
Goldrahmen, der nichts zu wünschen übrig läßt. Die Besitzer sind übrigens in ihrem Glauben nicht weniger glücklich
und erfreuen sich an einer eingebildeten Schönheit, die sie mit
Hülfe einer guten Phantasie bis zur Höhe der Sixtinischen
Madonna steigern können, fast mehr noch als an einer Wirklichkeit, die eben nicht mehr bietet, als sie hat.

Aber neben dieser groben Art des Betruges existirt auch
eine wirkliche Nachahmekunst. Betrug bleibt freilich Betrug; aber eben so gewiß, wie das Genie eines Cartouche zu
allen Zeiten zu interessiren wußte, eben so unmöglich ist es,
ein bestimmtes Maß von Bewunderung jener Geschicklichkeit
zu versagen, mit der diese Manufaktur gehandhabt wird.
Die englische Literatur weist zwei berühmte Namen auf, die
große Poeten, aber noch größere Manufakturisten waren:
Chatterton und Macpherson; und das imitative Talent einzelner moderner Maler will kaum minder bewundernswerth
erscheinen. Sie kennen und beherrschen ihren Gegenstand
vollkommen: Styl, Farbe und Eigenthümlichkeiten, charakteristische Fehler und Vorzüge der Meisterwerke, alles ist ihnen

gegenwärtig, und es bleibt oftmals zu bedauern, daß ein Talent diese doppelt traurige Fährte traben muß, das im Stande gewesen wäre, seinen eigenen Weg zu gehen.

Ihr beleidigten Künstlergeister aber zürnt nicht länger! Was läge jenseits der Schöpferkraft englischer Manufaktur? Indien, China und Aegypten werden von hier aus mit ihrem „Götter-Bedarf" versehen. Ein Reisender brachte von den Pyramiden einen ägyptischen Gott mit nach Hause und übersandte ihn als Merkwürdigkeit einem befreundeten Fayence-Fabrikanten. Der Freund dankte herzlich für so viel Aufmerksamkeit, fügte aber hinzu, daß ihm die „Waare" selbst nichts Neues sei, da gerade seine Fabrik die Götterlieferung für den ägyptischen Markt habe. — Nichts ist so hoch oder niedrig, daß es nicht zum Gegenstande englischer Spekulation werden könnte, und die Manufaktur in der Kunst ist noch nicht die schlimmste. —

Richmond.

Die großen Tyrannen sind ausgestorben; nur in England lebt noch einer — der Sonntag. Er wird auf die Nachwelt kommen wie Cambyses und Nero; nur zündet er die Städte nicht an, denn die Flamme ist Geist; Wasser aber ist sein Wesen und seine Gefahr, — das Element der Langeweile. Womit vergleich' ich einen londoner Sonntag? Leser, hast Du jemals einen Abschiedsschmaus gefeiert: feuriger Wein und feurige Rede, Rundgesang und Lichterglanz, Freunde mit blauen und Schenkinnen mit schwarzen Augen, Lust und Leben, Liebe und Leidenschaft um Dich her, — so schließt Du ein. Du erwachst: die Morgensonne fällt ins Zimmer, alles öd und leer, im Winkel Scherben, ein niedergebranntes Licht spricht von vergangener Lust, und eine verschlafene Magd kehrt aus — das ist ein londner Sonntag.

Wir gehen den „Strand" hinunter; Glockenklang und Sonnenschein sind in der Luft und bieten uns die Wahl. Wir sind nicht von den Unkirchlichen: aber die Sonne ist

seltner in London als die Kirche, und wir fürchten die Eifersucht jener fast mehr noch als dieser: so denn hinaus in Wald
und Feld. Aber wohin? Da rollt zu guter Stunde ein Omnibus an uns vorüber und wir lesen in goldnen Lettern
„Richmond." Ja, Richmond! doch wir sind Deutsche, und
eh wir uns noch bestimmt entschieden haben, ist Kutscher und
Konducteur uns aus dem Gesicht, und nur das goldne „Richmond" leuchtet noch von fern wie ein Stern der Verheißung.

Ja, nach Richmond! aber zu Wasser. Wir biegen, nach
Süden zu, in die Wellington-Straße ein, erreichen die Wa-
terloo-Brücke, werfen einen flüchtigen aber bewundernden
Blick auf diese steinerne Linie, die über den Fluß läuft, und
steigen dann rasch die Stufen zu einer jener schwimmenden
Inseln hinab, die, aus Pontons gezimmert, rechts und links
an den Ufern der Themse auftauchen und die Stationen bilden für eine Flotte von Steamern. Schon läutet's; beeilen
wir uns. Es ist die „Wassernixe", die eben anlegt; das
Billet ist rasch gelöst und der nächste Augenblick sieht uns
unter viel hundert geputzten Menschen, alle entschlossen, wie
wir selbst, die „Wassernixe" zur Arche Noah zu machen, die
uns der Sündflut einer londner Sonntagslangweil entfüh-
ren soll.

Wir nehmen Platz an der Feueresse und haben alsbald
nicht Ursach, unsere Wahl zu bereuen: vor uns auf grüner
Bank sitzt eine echt englische Familie, Vater und Mutter, zwei
Töchter und ein Bräutigam, — alles Vollblut aus der City,
weniger dem Gelde, als der Abstammung nach. Der Alte,

Seifensieder oder Talglichtfabrikant, trägt viel von jenem
Selbstbewußtsein zur Schau, das nur ein alter und unbefleck-
ter Stammbaum leiht, und seine Stirne erzählt von jenem
Ahnherrn, der schon Lichte zog, als Katharina von Arrago-
nien ihren Einzug hielt und die City illuminirt war, wie nie
zuvor. Die Töchter sind hübsch, wie — alle englischen Töchter. Die ältere ist Braut: sie trägt einen krausen Scheitel,
ein hohes schwarzes Seidenkleid, worüber in fast vornehmer
Schlichtheit sich der schmale, weiße Halskragen legt, und ihre
Hände und ihre Blicke ruhen nebeneinander auf ihrem Schooß.
Sie ist bräutlich-verstimmt, oder bräutlich-sentimental, oder
— beides. Vor ihr steht der Erwählte, noch jung an Jahren,
aber alt an Weisheit und Verstand. Seine magre Blässe
verweist auf Eagle-Tavern und manche durchtanzte Nacht; im
Uebrigen ist er Engländer von Kopf bis zu Fuß. Er trägt
glanzlederne Stiefel, eine blaue Kravatte und die Vatermör-
der von der vorschriftsmäßigen Sonntagshöhe; die Taille
seines Fracks sitzt noch um zwei Zoll tiefer, als die seines
Wochenrocks, und vorn im Knopfloch trägt er die ganze
Poesie seines Lebens — eine Rose. Er zupft an den Vatermördern und neigt sich flüsternd zur Braut; sie aber schweigt
noch immer. Da fällt plötzlich, wie Friede bittend, die Rose
in ihren Schooß, und siehe da, das blaue Auge blickt schel-
misch auf, als spräch' es: „das war es, was ich wollte." Die
jüngere Schwester ist allein und — ist es nicht. Wind und
Sonne sind um sie her. Sie spielt mit dem zierlichen
Schirme, wie mit einem Fächer, und während sie vor dem

Himmel und seiner Sonne sich schützt, bleibt uns Irdischen noch eben Raum genug, uns an dem Lächeln ihres Mundes zu erfreuen. Ich thu's; aber dreister ist der Wind: er faßt ihre langen Locken und löst sie auf, und wenn sein Glück nicht so flüchtig wäre, man könnte ihn drum beneiden. Die beiden Alten aber sitzen steif und regungslos, wie ägyptische Königs-bilder, neben einander und halten einen baumwollenen Regen-schirm gravitätisch in ihrer Hand. Von Zeit zu Zeit blicken sie auf ein Wölkchen, das über die lachende Stirn des Him-mels zieht, und ihren Schirmstock fester fassend, sehen sich ihre Seelen voll Einverständniß an, als wollten sie sagen: auch unsere Stunde wird kommen.

Der Steamer inzwischen hält Wort: er ist eine „Rixe" und die Flut sein befreundet Element. Durch die Brücken hindurch geht es stromauf, vorbei an Palästen und Kirchen. die ihre Thürme im Wasser spiegeln, vorbei an Westminster und Parlament, an Bauxhall und Chelsea, bis endlich die dichte Steinmasse zu armen, vereinzelten Häuschen wird, ähn-lich der kleinen Münze, die weit über den Tisch läuft, wenn irgendwo ein Reichthum ausgeschüttet wird. Endlich ver-schwinden auch diese; nur Wiesen und Weiden noch zu beiden Seiten, bis plötzlich der Steamer hält: wir sind in Kew.

Von hier bis Richmond ist nur ein Spaziergang. Wir haben kein Auge für das Winken des Omnibuskutschers, der eben an uns vorüber fährt: Gärten rechts und Hecken links, so machen wir uns auf den Weg. Keine Stunde — und Weg und Stadt liegen bereits hinter uns; noch wenig

Schritte bergan, noch dieses Thor, und wir sind in Richmond-
Park. Unter allen Weibern sind das die reizendsten, die sich
zu verschleiern und zu rechter Stunde, wie Turandot, auszu-
rufen wissen: „Sieh her, und bleibe deiner Sinne Meister!"
Es ist mit den Landschaften wie mit den Weibern; wer das
nicht glauben will, der verliebe sich oder gehe nach Richmond.
Wir sind in den Park getreten; der Kiesgang vor uns, die
Buchen- und Rüsterkronen über uns verrathen nichts Außer-
gewöhnliches; gleichgültig, mit unsern Gedanken weit fort,
gleiten unsere Finger an dem Eisengitter entlang, bis plötzlich ein Luftzug uns anweht und wir aufblicken. Wir stehen
an einem Abhang, der ein „hängender Garten" ist. Weiß-
und Rothdorn, mit ihrer Blütenfülle das dunkle Grün ihres
Blatts verdeckend, tauchen wie Blumen-Inseln aus dem leise-
bewegten Grasmeer auf; wie ein Sinnbild des Reichthums
dieser Fluren webt der Goldregen seine üppig gelben Trauben
in dies Bild, und Fußpfade schlängeln sich rechts und links
wie ausgestreckte Arme, die Dich einladen, Theil zu nehmen
an all dem Glück. So reich die Nähe, aber reicher noch die
Ferne. Am Fuß des Abhangs dehnt sich ein weites Thal,
drin Rasen und Ginster sich um den Vorrang streiten, Laub-
wald, hoch und dicht, umschreibt einen grünen Kreis um so
viel Lieblichkeit, und das blaue Band der Thémse, bedeckt mit
Inseln und Böten, gleitet mitten hindurch wie ein Streif
herabgefallenen Himmels. Frischer weht der Wind, würziger
wird die Luft, tiefer sinkt die Sonne, aber immer noch stehst

Du, die Hand am Gitter, und blickst hinunter und athmest und träumst.

Der Park ist weit und groß; Du durchwanderst ihn nach allen Seiten, freust Dich an den Heerden, die darin lagern, an den Schmetterlingen, die ihn durchfliegen, und den bunteren Menschen, die ihn durchziehn; aber in Deiner Seele lebt immer noch jenes erste Bild, wie die Klänge einer bewältigenden Melodie, die man am Abend hörte und noch am Morgen summen muß, man mag wollen oder nicht. Die fröhliche Menge eilt zu Ball- und Cricketspiel, zu Jahrmarkt und Polichinell; Du aber steckst, wie die Plantagenets thaten, einen Ginsterzweig an Deinen Hut, und, im Vorübergehen, aus dem Becher dieses Richmond-Thales noch einmal trinkend und Dich mühsam losreißend wie aus Freundesarm, kehrst Du zurück an das große Schwungrad der Welt, das sich London nennt, und gibst Dich aufs Neue ihm hin, muthig, aber Dir selber unbewußt, ob es Dich fördern oder zermalmen werde.

Zahlen beweisen!

„Abwechselung hat den Reiz"! Ich hatte in meinem letzten Briefe einen poetischen Anlauf genommen, komm ich drum heut mit — Zahlen. „Londres n'est plus une ville: c'est une province couverte de maisons"! hat ein berühmter Franzose gesagt, und er hat Recht. Auf einem Flächenraum von 16 englischen Quadratmeilen erheben sich gegen 300,000 Häuser mit einer Gesammt-Einwohnerzahl von über 2 Millionen*). Hierunter befinden sich 30,000 Schuhmacher, 24,000

---

*) Die ungeheure Mehrzahl der englischen Häuser ist klein und entspricht nur unsern „Wohnungen", deren wir bekanntlich oft zwanzig in einem Hause haben. Ein englisches Haus ist durchschnittlich von 7 Personen bewohnt, eine Zahl, deren Niedrigkeit neben dem Umstand, daß selten mehr als eine Familie in einem Hause lebt, auch darin ihren Grund findet, daß ganze Straßen der häuserreichen City wohl benutzt, aber nicht bewohnt werden. Man kommt um 9 und geht um 6; die Einwohnerschaft eines solchen Hauses besteht oft nur aus einer alten Frau, die Briefe annimmt, Teppiche ausklopft und die Treppen kehrt. — Daher kommt es auch, daß alle City-Kirchen unbesucht sind, und daß in St. Paul z. B. vor leeren Bänken gepredigt wird.

Schneider, 4000 Doktoren und Apotheker und 170,000 Dienstleute.

Von der Gesammt-Einwohnerschaft wohnen 350,000 auf der Südseite der Themse in Southwark und Lambeth; das eigentliche London, der fünfmal größere Theil, liegt nördlich. Die Verbindung zwischen beiden Stadttheilen wird — den Tunnel uneingerechnet — durch sieben Brücken bewerkstelligt, deren Bau zwischen 5 und 6 Millionen Pfd. St., also gegen 40 Millionen Thaler gekostet hat.

Die Seele Londons ist der Handel. Eine Schöpfung dieses Handels und wiederum auch sein Erzeuger ist die Bank. Ihre Fonds (Assets) belaufen sich — mir liegt ein Bericht aus dem Jahre 1850 vor, und, wie ich vernehme, sind diese Zahlen nicht konstant — auf mehr als 42 Millionen Pfd. St.; übersteigen also die preußische Staats-Einnahme um das Dreifache. Ihre Verpflichtungen (liabilities) erreichen nicht voll die Höhe von 39 Millionen Pfd. St., worunter 20 Millionen Banknoten.

Der Handel selbst bietet folgende Zahlen: in den londoner Hafen laufen alljährlich — eine Durchschnittszahl angenommen — 30,000 Schiffe ein, darunter 8000 aus fremden Häfen und 22,000 englische Küstenfahrzeuge. Unter jenen 8000, die den Weltverkehr Englands unterhalten, fahren wiederum 5000 unter britischer Flagge; — die Zahl der fremdländischen Schiffe zusammengenommen beträgt nur 3000, darunter (1849) 153 preußische und 351 deutsche *).

Die jährlichen londoner Zoll = Einkünfte belaufen sich auf über 11 Millionen Pfd. St. und erreichen genau die halbe Höhe der englischen Zoll = Einnahme (22½ Millionen) über= haupt. **).

Das tägliche Brod für den Geist, Unterhaltung und Zerstreuung liefern Zeitungen und Briefe. Von den 84 Mil= lionen Zeitungsbogen, die alljährlich in England gestempelt werden, kommen nah an 50 Millionen auf London selbst, und von den 163,000 Pfd. St., welche die Annoncen-Steuer ein= bringt, zahlt London allein 70,000 Pfd. St. Die Einnahme an Briefporto ist enorm: sie beträgt 880,000 Pfd. St. oder circa 6 Millionen Thaler.

Die leiblichen Bedürfnisse geben folgende Zahlen: Lon= don verbraucht in Küche und Kamin, in Werkstatt und Fabrik

---

*) Die preußischen Schiffe indeß sind ungleich größer, so daß die Tonnenlast derselben (32,000 Tons) mehr beträgt, als die der deutschen (28,000 Tons) zusammengenommen.

**) Man darf hieraus indeß nicht schließen, daß die Hälfte alles englischen Imports über London geschähe. Diese Zahlen stellen sich dadurch heraus, daß London zumeist hochbesteuerte Artikel, wie Tabak, Zucker, Kaffee, Thee und Wein bezieht, wäh= rend Häfen wie Liverpool, Hull und Dundee überwiegend steuer= freie Artikel (Baumwolle, Wolle und Flachs) importiren. — An Ausfuhr = Handel ist London bereits überflügelt: Hull expor= tirt, dem Werth nach, ebensoviel und Liverpool nahzu das Drei= fache.

6*

3¹/₂ Millionen Tons Kohlen. Aufgegessen werden jährlich: 240,000 Rinder, 1,700,000 Hammel, 28,000 Kälber, 35,000 Schweine und ein unbestimmbares Quantum von Speck und Schinken. Die Zahl des wilden und zahmen Geflügels, einschließlich Hasen und Kaninchen (von letzteren, die man bei uns verschmäht, werden 680,000 konsumirt) erreicht die Höhe von 4,024,400. Außer den Eiern, die England selbst liefert, werden noch weitere 75 Millionen verbraucht, die von Frankreich und Deutschland kommen. Mit welchen Gefühlen würde John Fallstaff diese Zahlen überflogen haben! und trotz seiner Vorliebe für Sekt hätt' er mindestens gestutzt, von 170 Millionen Quart Porter und Ale zu hören, die jetzt jahraus jahrein in London getrunken werden. Es macht das für Jeden ¹/₄ Quart täglich.

Wir kommen nun zu der Schattenseite des Bildes, zu Krankheit, Verbrechen und Tod. Die Verbrecherliste ist alt (vom Jahre 1838) und mangelhaft: 220 Diebe mit Gewalt (burglars and housebreakers), 5000 gewöhnliche Diebe und 136 Bettelbrief-Betrüger. Der Prostitution (nach einer Zahlung von 1850) sind 50,000 verfallen, darunter 5000 Kinder unter 15 Jahren. — 853 Mal brach in demselben Jahre Feuer aus. — Der Gesundheitszustand war in früheren Jahren trostlos; in dem Pestjahre 1665, wo sich die Bevölkerung Londons auf nicht volle 400,000 belief, starben nah an 69,000 Menschen, also von Sechsen Einer. Bis zu Anfang dieses Jahrhunderts starb jahraus jahrein von Zwanzigen Einer, also 5 Prozent der Bevölkerung. Erst in den letzten

Dezennien hat sich dies Verhältniß günstiger gestaltet (25 von 1000 oder 2½ Prozent) und sogar günstiger als in manchen andern großen Städten, z. B. Paris, wo 33 von 1000 also 3½ Prozent sterben. Nichts destoweniger sind es alljährlich 50,000 (also ungefähr ein Potsdam), die auf den Kirchhof hinausgetragen werden. — Doch mögen ganze Städte aus dieser Stadt verschwinden, sie wächst und wächst, und ihre Größe eben wird zur Ursache immer neuen Wachsthums. Die Riesenstädte des Alterthums sind lange überflügelt; wann wird sie deren Schicksal theilen? Weit, weit! Nur „Eidher, der ewig junge" wird Korn auf ihr wachsen oder Schiffe über sie hinfahren sehn. —

The Poet's Corner.

„Sieg oder Tod", so klingt es bei uns, wenn, Mann gegen Mann, die Schlachtenwürfel fallen; aber „victory or Westminster-Abbey!" ruft Alt-England, wenn's über die Enterbrücke hinweg zum Sturm auf die feindlichen Schiffe schreitet. Wie anders das! An die Stelle des Knochenmannes tritt sein glänzender Tempel und die Schlacht wird zu einem Spiel, d'rin jede Nummer gewinnt: — „Sieg oder — Ruhm."

Es giebt ihrer viele (auch in England), die in Sachen des Ruhmes wie John Falstaff denken und von der Ehre sprechen: „sie ist kein Wundarzt." Aber welcher Brite nur den schwächsten Ruhmeskeim im Herzen trägt, der muß ihn wachsen und gedeihen sehen, wenn er unter dem stolzen Marmor der Westminster-Abtei dahinschreitet und in dem steinernen Gedenkbuch blättert, das Volk und Land ihrer Größe errichtet haben. Wer er auch sein mag, dieser Tempel hat Raum für ihn: keiner, ob eines Bettlers oder eines Herzogs Kind, ist von der Mitbewerbung ausgeschlossen, und ob er ein Pitt sei, der von der Rednerbühne die Geschicke des Landes, oder ein Garrick, der von der Schaubühne herab die Empfindungen des Menschenherzens leitet, — Westminster forscht nicht nach dem Weg zum Ruhme, es kennt keine Grade, keine Stufen, es kennt nur den Ruhm selbst.

Es sind so heiße Tage jetzt, und im Vorübergehen an dem alten Prachtwerk der englischen Baukunst lieb' ich es ein= zutreten in das kirchenkühle Schiff, und mich satt zu trinken an jenem wunderbaren Blau, das ich Mal auf Mal aus den hohen glasbemalten Fenstern wie eine wirkliche Fluth auf mich herniederströmen fühle. Laß uns einen Rundgang machen, Leser, erst durch das Schiff der Kirche, wo der Kriegsruhm seine Lieblinge gebettet, oder einen Gedenkstein zur Erinne= rung an die weitab Gefallenen errichtet hat. Alle Punkte der Erde, alle Zonen, wohin britischer Unternehmungsgeist jemals vordrang und seine Eroberungen mit Blut besiegelte, klingen hier an unserem Ohr vorüber, und die Worte jenes spukhaften Liedes:

> Und die in kaltem Norden
> Erstarrt in Schnee und Eis
> Und die in Welschland liegen,
> Wo ihnen die Erde zu heiß .....

werden an dieser Stelle lebendig in uns und steigern die Schauer des Orts. Wir haben den Hauptgang durchschritten. An der Kapelle Eduard's des Bekenners vorüber, die neben dem Todtenschrein des frommen Fürsten den schmucklosen Thron der englischen Könige beherbergt, eilen wir jetzt rascheren Fußes der Kapelle Heinrich's VII. zu, weniger um die Pracht des ganzen Baues, die phantastische Schönheit der Decke, oder gar die herniederhängenden Banner der englischen Ritterschaft zu bewundern, als vielmehr um rechts und links (zu beiden Seiten der eigentlichen Kapelle) die Marmorbildnisse jener königlichen Frauen zu betrachten, die jetzt, an einer Stelle fast, auf ihren Sarkophagen ruhen, während ihnen ganz England einst zu klein erschien, um bei einander Raum zu haben. Aus ihren Zügen spricht kein Haß mehr, nur Schönheit und Ruhe. Sie blicken uns nicht an wie aufgefaßt in ihrer Sterbestunde, von Alter und Tod jedes Reizes entkleidet, nein jene Elisabeth ist es, zu deren Füßen sich der Mantel Walter Raleighs breitete, und jene Maria, an deren Auge die Jugend Schottland's hing. Jakob I. bestattete Beide hier, von denen ihm die eine den Thron, die andre das Leben gab.

Noch andere Plätze lieb' ich im Fluge zu berühren (die Grabmäler James Watt's und Wilberforce's und Warren Hastings), aber das Ziel solchen Umgangs bleibt doch immer Poets' Corner, der Poeten-Winkel, wo ich auf einer der hölzernen Kirchenbänke Platz nehmend, den Orgelklängen zu lauschen pflege, die während des Nachmittag-Gottesdienstes die Kirche durchbrausen. Dann ist mir's oft, als belebe sich der Marmor um mich her, und als horche Händel von seinem Piedestal herab mit gespanntem Ohr und gehobenem Finger, und zähle die Takte und probe die Klänge — seines eigenen Chorals vielleicht. Die Orgel schweigt, nur ein Zittern geht

noch durch die Luft, aber die Geister des Orts haben mich be-
reits in ihrem Bann, und wie Flüstern naher und ferner
Stimmen summt es um mich her. Es winkt von hier und
dort und zieht mich heran, näher und näher. Da lacht John
Gay mich an, der Fabel- und Lustspieldichter, zu dessen Füßen
Maske, Dolch und Flöte ruhen, und dessen selbstverfaßte
Grabschrift:

> Eine Posse das Leben! so stellt sich's dar; —
> Einst hab' ich's geglaubt, nun seh' ich's klar.

den Mann giebt, wie er war: kurz und scharf, Epigramm und
Satyre. Da ist wenig Schritte von ihm Thomas Gray,
der berühmte Verfasser der „Elegie auf einem Dorfkirchhof",
der Vorläufer und das Vorbild unseres Hölty und der schuld-
lose Vater jener Sentimentalität, die sich noch immer durch
alle englische Kunst hindurchzieht und ihren krassesten Ausdruck
in den Gesichtern der englischen Stahl- und Kupferstiche findet. — Zur Seite des Gray'schen Bildes und deutungsreich
ihn überragend steht Milton, der Dichter des verlorenen Para-
dieses, und um die Leier ihm zu Füßen, anspielend auf sein
unsterbliches Werk, windet sich die Schlange mit dem Apfel.
Dryden schrieb die Inschrift in der elegant-pathetischen Weise
seiner Zeit:

> Homer und Dante — Eurem Dichterthum
> Gesellte Milton seinen größern Ruhm:
> Des Einen Schwung, des Andern Majestät
> In Unserm Dichter beieinander steht.
> Natur that alles, deß sie fähig war,
> Als aus den zwei'n, — den dritten sie gebar.

Da grüßen vielberühmte Namen noch, von Chaucer an, „dem Vater der englischen Dichtkunst", bis nieder zu Robert Southey, dem letzten lorbeergekrönten Haupte, das Einzug hielt in den Poets' Corner. Und zwischen diesem Anfangs- und Ausgangspunkt welche Reihenfolge glänzender Talente! Ben Jonson, mit der sprechenden Grabschrift: o rare Ben Jonson; Spenser, der Schöpfer jener Strophe, die unter Lord Byron's Meisterhand zu neuem Ruhme erstand; Samuel Butler, der Verfasser des Hudibras, dieses auf englischen Boden verpflanzten Don Quixote; und Oliver Goldsmith auch, dessen Pfarrer von Wakefield unser aller Jugendgefährte und der eiserne Bestand unserer Schulmappe war.

Aber vor Allem sind es zwei Bildwerke doch, die immer wieder und wieder die Aufmerksamkeit unseres Auges erzwingen: Garrick und Shakespeare. Zu der Berühmtheit der Namen gesellt sich eine besondere Tüchtigkeit*) der Kunstwerke selbst. Eine faltenreiche Gardine nach beiden Seiten hin zurückschlagend, tritt der geniale Verkörperer des shakespeare'schen Wortes hinter derselben hervor. Sinnig hält über seinem Haupte das Brustbild Shakespeare's, wie eine Agraffe, die beiden Flügel des Vorhangs zusammen, und während die tiefere Idee der Darstellung auf ein Entschleiern, gleichsam ein Auseinanderschlagen der shakespeare'schen Schönheit hinausläuft, giebt der Bildhauer zu gleicher Zeit die einfachste und möglichst charakteristische Situation für die Vorführung

---

*) Ich hörte diese Tüchtigkeit später bestreiten; doch konnten mich die gemachten Ausstellungen nicht überzeugen.

eines dramatischen Künstlers überhaupt. In den Zügen des Kopfes paart sich das Geistvolle mit dem freundlich Wohlwollenden auf eine herzgewinnende Art, und die Worte am Piedestal lauten wie folgt:

Ein Zeichner der Natur — in seiner Hand
Den Zauberstift — kam Shakespeare in dies Land,
Doch seinen Ruhm verschwend'risch zu verbreiten
Trat Garrick auf; die Welt sah keinen Zweiten.
Die Kunstgebilde, die der Dichter schuf,
Belebten neu sich auf des Mimen Ruf,
Und was in Schutt und Nacht begraben lag,
Es stieg in hell'rem Glanze an den Tag.
D'rum bis die Ewigkeit einst, unbewegt,
Die Sterbestunde aller Stunden schlägt,
Soll wie ein Zwillings-Sternbild anzusehn
Shakespeare und Garrick uns zu Häupten stehn.

Schrägüber seinem Jünger und Apostel steht Shakespeare selbst in ganzer Figur. Er lehnt an einem Säulenabschnitt, der die Büste Elisabeth's, als der Pflegerin seiner Kunst, und die Köpfe Heinrich's V. und Richard's III., als hervorragender Gestalten seiner Dramen trägt. Shakespeare selbst, nach Sitte seiner Zeit gekleidet, mit vollem Bart um Mund und Kinn, schaut ohne den leisesten Zug jener espritvollen Heiterkeit auf uns hernieder, die den Kopf Garrick's so augenfällig charakterisirt. Deutsch-tief, ruhig, fast träumerisch und nur angeflogen von jenem lachenden Humor, der doch zur Hälfte das Kind des Schmerzes ist, blickt dies Antlitz vor sich hin, und die Größe des Mannes erschließt sich uns, je mehr und mehr wir uns in dies träumerische Stein-

bild versenken. Kaum bedarf es einer Inschrift zum vollen
Verständniß dieser Züge, aber es sind berühmte Worte (Worte
Milton's), und ich gebe sie:

Mein Shakespeare Du, Dein heiliges Gebein,
Was braucht es Marmor und granit'nen Stein?
Was brauchst Du Säulenschaft und Säulenknauf
Und Pyramiden bis zum Himmel auf?
Du Ruhmes Erb' und der Erinn'rung Kind,
Was brauchst Du Zeichen, die nur flüchtig sind?
In uns'rer staunenden Bewunderung
Ersteht Dein Denkmal immer neu und jung,
Die Seele liest Dich mit entzücktem Bangen,
Wir werden selber marmorn im Empfangen,
Und uns're Herzen sind Dein Sarkophag,
Um den manch' König Dich beneiden mag.

Ich habe die Worte niedergeschrieben; Orgelklänge
durchbrausen auf's Neue das Schiff der Kirche; der Nachmit-
tag-Gottesdienst ist aus, und der kleinen Versammlung mich
anschließend, die eben jetzt an mir vorüberhuscht, eile ich mit
hinaus, über die hundert Grabsteine hinweg, die an der
Nordseite von Westminster, Stein an Stein den Kirchhof bedecken. Ich habe nicht Zeit und Muße mehr bei ihren Inschriften zu verweilen, und aufathmend im hellen Sonnenlicht,
dem ich vor einer Stunde geflissentlich entfloh, schreit' ich jetzt
dem nördlichen Gitter des Green-Parks zu, um, Platz nehmend auf einer jener hundert Bänke, das buntbewegte Leben
Piccadillys wie einen endlosen Strom an mir vorüberziehen
zu sehn. Welch' Fluthen! Zu Roß und zu Wagen jagt
der schimmernde Glanz des Tages dahin; die lachende Schön-

heit, das beneidete Gold, die am Ruder befindliche Macht —
aber wie reich sich dieses Leben erschließen mag, wie wenige
gehören ihm an, die von der Hand des Todes nicht gleichzeitig
hinweggewischt werden von der Tafel des menschlichen Ge-
dächtnisses, und wer ist unter ihnen, dessen Marmorbild jene
stille Ruhmeshalle beschreiten wird, die zwischen den Bäumen
des Parks wie ein Nebelbild herüberschimmert?! —

Die Kunst-Ausstellung.

„Waren Sie schon in der Exhibition?" Diese nicht eben allzu oft wiederholte Frage hat in diesem Jahre eine sehr verschiedene, gleichsam eine bescheidenere Bedeutung als im vorigen: es handelt sich um keinen Weltbazar mehr, sondern nur noch um eine jährlich wiederkehrende Ausstellung von Gemälden. In den Sälen der National-Gallerie, fast Wand an Wand mit den Murillo's und Correggio's, einer dort konstanten und unserem „Museum" entsprechenden Gemälde-Gallerie, hat man zur Schaustellung neuester englischer Kunst drei Zimmer von mäßiger Größe hergegeben; und wenn man anfangs erschrickt über die Dürftigkeit des bewilligten Raumes, so überzeugt man sich bald, daß ein Zimmer statt drei immer noch ausreichend für das vorhandene Gute gewesen wäre. Wie ich vernehme, werden alljährlich dreitausend Bilder eingesandt, unter denen, wegen Mangels an Raum, das Comité eine Auswahl trifft. Die Tausend besten werden angenommen. Es ist unmöglich, auf die Mehrzahl dieser Auserwählten zu blicken, ohne mit künstlerischem Schrecken derer zu gedenken, die da anklopften, ohne daß ihnen aufgethan wurde. Kunst und Publikum können nur wünschen, daß die Säle der National-Gallerie immer kleiner und somit, nolens volens, das Comité immer strenger werden möge, denn die ganze Sünde dieser Ausstellung ist ihr Zuviel. Es sind wirkliche Schätze vorhanden; aber die nachbarlichen Fratzen schrillen disharmonisch in das schöne stille Lied, das uns eine gelungene Landschaft singt, und die lächerliche Karrikatur des historischen Bildes nimmt uns so gewiß Sinn und Stimmung für das wirkliche, wie Hamlet und all' sein Entsetzen uns lächerlich erscheinen würde, wenn drei Schritt dem Geist seines Vaters eine Katze über die Bühne hinter schliche.

Doch halten wir uns an das Gute. Da sind zunächst die Portraits. Sie prävaliren an Werth wie an Zahl. Die Kunstausstellungen drohen mehr und mehr zu bloßen Portrait-Gallerien zu werden. „Die Kunst geht nach Brot." Was Lessing seinen Maler Conti vor fast hundert Jahren sagen ließ, ist heut mehr denn je eine Wahrheit. Bestellt wird wenig oder nichts; und auf gut Glück hin ein mächtiges Wandbild zu malen, wie wenige dürfen's wagen? Alles flüchtet in das Klein- und Familienleben, weil das große und allgemeine ihn verhungern läßt. Die eigentliche Kunst verliert dabei, die Portrait-Kunst gewinnt: das bloße Bildniß wird gelegentlich zum historischen Bilde. Wem hätte sich das

nicht beim Besuch unsrer deutschen Ausstellungen aufgedrängt?
Und wie dort, so auch hier. Nur Eines hat England voraus — die Schönheit der Originale, den Zauber ihrer
Gesichter. Da ist eine Gräfin Kintore. Ich habe von Leuten gelesen, die sich in Bilder verliebten, und von Andren,
die nicht eher ruhten, bis sie das Urbild gefunden hatten; ja,
einer starb vor Gram, weil es eine Todte war, die er liebte.
Das ist zum Lachen, — wie Alles in der Liebe; aber Jeder
lacht, bis ihm selber die Stunde schlägt. Wenn mich Jemand
fragte, was „Adel" sei, so würd' ich ihn schweigend am Arme
fassen und vor dies Bildniß führen; kein deutsches Wörter-
buch, könnte so zu ihm sprechen, wie diese stillen Züge. Da
ist nichts von der herrschenden Hoheit einer Königin, und
nichts von dem forcirten Stolz einer City-Tochter, die über
sich hinaus will; weich und doch fest, bescheiden und doch
selbstbewußt blickt Dich dies Auge an und erzählt Dir von
dem echten Adel, der weder sich brüsten noch sich bücken
mag, sondern, die Hand zum Volk und das Auge zum Thron,
gradauf und unbeirrt seine Pfade zieht. Und dazu wie
schön! wie neidisch blickt man auf dies Perlenband, das,
bis zum Knöchel des Arms herabgeglitten, die weiße Hand
zu küssen scheint!

Doch lassen wir die Gräfin; es thut ein für allemal
nicht gut, wenn sich Poeten für Prinzessinnen erwärmen und
wenn ich's nicht aus dem Tasso wüßte, so könnte ein zweites
Bild, zu dem wir uns jetzt wenden wollen, die Beweisführung

übernehmen: „Pope erklärt der Lady Montague seine Liebe."
Es ist ein vortreffliches Bild (von W. P. Frith) und erinnert
an die gelungensten Arbeiten unseres Adolph Menzel. Die
Situation, laut Katalog, ist folgende: „Zu der schlechtestge-
wählten Zeit von der Welt, wo die Lady alles Andere eher
als eine „Erklärung" erwartete, gestand ihr der Dichter seine
Liebe, und zwar in so leidenschaftlichen Ausdrücken, daß trotz
aller Anstrengung ernst und ehrbar zu bleiben, ein lautes
Lachen der Lady doch endlich ihre einzige Antwort war."
Der Künstler hat seine Aufgabe glänzend gelöst. Wir sehen
das Studirzimmer des Dichters, Bücherbände und mächtige
Folianten im Hintergrunde; am Schreibtisch aber, dran vor
wenigen Minuten noch vielleicht unsterbliche Zeilen niedergeschrieben wurden, steht jetzt, mit der rechten Hand sich auf die
Tischplatte stützend, und den Kopf vor herzlichem Lachen in
den Nacken gebogen, die schöne Lady, mehr eine italienische
als eine englische Schönheit. Das volle dunkle Haar in seiner Flechtenfülle macht den Eindruck, als sei es der Kammer-
frau am Morgen schwer gefallen, Raum für diesen Reichthum
zu schaffen; der rothe Morgenschuh, mit der chinesisch umge-
bogenen Spitze, guckt kokett unter dem bauschigen Schleppen-
kleid hervor, und das weit ausgeschnittene Mieder macht die
Raserei des Dichters doppelt begreiflich. Ach, und selbst ihr
Lachen leiht ihr nur neuen Reiz: der halbgeöffnete Mund und
diese Doppelreihe blendend weißer Zähne wären allein schon
genug für eine Liebeserklärung, und doch spricht dieselbe Lachen sein Todesurtheil. Kein Trost ringsum! im Hinter-

grunde steht eine reizende Marmorgruppe: „Amor und Pſyche",
und ihre lachenden Geſichter ſcheinen mit einzuſtimmen in die
Heiterkeit des ſchönen Weibes. Wie aber finden wir den Dichter! Im breitſchößigen ſchwarzen Frack, mit ſeidenen Strümpfen
und blitzenden Schuhſchnallen, dazu im Schmuck einer rie-
ſigen Alongen-Perrücke (vielleicht ſo lang nur, um den bekannten Höcker zu verbergen) ſitzt er mit übergeſchlagenen
Beinen auf einem der prächtigen Polſterſtühle und blickt, ſeinen Rücken der Lady zugewandt, mit einem unvergleichlichen
Ausdruck von Scham, Wuth und Rache vor ſich hin. Alle
Muskeln ſeines Geſichts ſind in zitternder Bewegung und,
aller Wuth zum Trotz, noch immer von ſeiner Leidenſchaft
beherrſcht (ein Wink von ihr, und er würde ihr die Spitze
des chineſiſchen Pantoffels küſſen), wägt er jetzt erſichtlich in
ſeiner Seele ab zwiſchen Don Juan und Fauſt, zwiſchen Ge-
nuß und Ruhm, und ſeine Schale hoch in der Luft erblickend,
ſchaut er drein, wie die leibhaftig-gewordenen Worte:

> „es kommt die Stunde,
> Wo Dir der Donna Anna Buſennadel
> Mehr Glück verbirgt, als Dir die Welt kann bieten."

Armer Pope, für wie wenig hätteſt Du Deine berühm-
teſte Ode hingegeben!

In demſelben Saale finden wir das beſte und bedeu-
tendſte Bild der ganzen Ausſtellung: „Charlotte Corday auf
ihrem Todesgange". Es geht was Geniales durch das
ganze Bild. Unter den vielen verfehlten Verſuchen, das

große französische Revolutions-Drama, oder wenigstens Sce-
nen aus ihm, zu einem Kunstwerk abzurunden, haben wir
hier endlich ein gelungenes. Charlotte (rechts vom Beschauer)
tritt eben aus dem Gefängniß; ihre Tracht ist ein blutrothes
Kleid; zwei republikanische Soldaten führen sie, und eine
Heldin des Marat-Klubs, in buntfarbigem Friesrock, mit
Jakobinermütze und Freiheitskokarde, hebt drohend ihre
Rechte gegen das fest und ruhig einherschreitende Mädchen.
Die Charakteristik dieser Gruppe ist eben so wahr, wie die
Kontraste frappant sind. Die brutal-schmunzelnden Solda-
tengesichter, die an dieser zweifellos mit Gemeinheiten aufge-
putzten Drohrede ihre unverhohlene Freude finden; das sonn-
verbrannte, stumpfnasige, von Sinnlichkeit und Fanatismus
beherrschte Weibergesicht, und zwischen all dem Schmutz die
hohe Stirn des todesmuthigen Mädchens, das (wer ver-
dächt' es ihr!) mehr Ekel als Lust an diesem Leben zu em-
pfinden scheint, — man kann nichts Ergreifenderes sehen!
Die andere Seite des Bildes fesselt nicht minder: hier haben
wir die Crème jener Tage: Danton, Robespierre, Camille
Desmoulins. Ich habe mir den letzteren, der schlechtweg „der
schöne" hieß, schöner gedacht und würde den Fleischkoloß ihm
zur Seite, mit Stulpenstiefeln und rother Mütze, eher für den
Fleischer Baboeuf als für den genialen Danton gehalten haben, der geistvoll, sprudelnd und schöpferisch, so zu sagen der
Mirabeau der Schreckensherrschaft war. Dennoch steh ich ab
davon, mit dem Maler um dieser seiner Auffassung willen zu
rechten; was er gegeben hat, ist an und für sich überwältigend,

7 *

und kümmert's mich wenig, wessen Auge es ist, das die
Kraft hat, mich mitten in jene Blutzeit zurückzuzaubern, und
wem die lebensvoll ausgestreckte Hand gehört, die ich, erschüttert von dem ganzen Hergang der Scene, ergreifen
möchte, um für das schöne, hohe, nun besudelte Weib um
Gnade zu flehn.   Und wär' ich eigensinniger, und brächt'
ich's nicht über das Herz, ihm diesen untergeschobenen Fleischer zu verzeihn, die Mittel- und Hauptfigur des Bildes —
Robespierre machte Alles wieder gut.   Im seidnen, himmel-
blauen Staatsfrack, sauber, zierlich, duftig, vom gepuderten
Toupet an bis herunter zur blinkenden Schuhschnalle, so haben wir den „Träger der reinen Idee“ vor uns, und wäre
nicht sein aschgrauer Teint und ein gewisses Zwinkern in den
Augenwinkeln, man könnte versucht sein, ihn für einen Hoch-
zeitbitter zu halten.   Er war es auch, aber des Todes;
Andre sagen — der Freiheit.   Das Mädchen hat keinen
Blick für ihn; sie kennt diesen blaubefrackten, zierlichen Mann,
der sich ihr nähert, als gedächt' er sie zum Tanze zu führen
(welch ein Tanz!), sie weiß, seine Seele hat nichts gemein
mit jenem Blumenstrauß im Knopfloch, sie weiß, das Bild
seines innersten Menschen — ist jener halbmannshohe, braun
und weiß gefleckte Bluthund, der jetzt von seines Herrn Hand
gehalten, noch finster vor sich niederstarrt, aber losgelassen im
nächsten Augenblick sich auf sein Opfer stürzen wird — auf
sie. — Das ist das Bild; der Name des Malers ist Ward.
Ich lieb' es, Kunstwerke nach der Tiefe des Eindrucks zu be-
urtheilen, den sie auf mich hervorbrachten; wenn dies

Kriterium gilt, so zählt es zu dem Besten, was ich je
gesehen.

Lassen Sie mich diesen Brief mit einer allgemeinen Be-
merkung schließen, deren Nüchternheit schlecht passen mag zu
der warmen, freudigen Hingebung, mit der ich das Ward'sche
Bild besprochen. Was sich mir beim Durchwandern dieser
Säle und bei wiederholten Besuchen immer wieder und wieder aufdrängte, das war (vielleicht mit alleiniger Ausnahme
des eben ausführlicher besprochenen Bildes) der gänzliche
Mangel an Originalität, an besonderem Styl, den man sich
versucht fühlen könnte, den englischen zu nennen. Vor
Jahr und Tag fuhr ich mit der Post. Ein Reisender
erzählte mir von Australien und dem Charakter seiner Land-
schaften; aus dem Wagen blickend, rief er aus: „wenn eine
Wunderhand uns jetzt in die Nähe von Melbourne trüge,
Sie würden ruhig weiter fahren und weder an Wald noch
Feld bemerken, daß wir bei den Antipoden seien." An diese
Worte wurde ich auf der londoner Kunst-Ausstellung auf's
Lebhafteste erinnert: ich war wie unter alten Bekannten, da
war nichts, was nicht eben so gut Produkt eines deutschen
Ateliers hätte sein können. Meine Leser mögen hierauf er-
widern: „wenn das ein Tadel sein soll, so trifft er Deutsch-
land so gut wie England" — und das soll er auch. An die
Stelle des Besonderen und Nationalen tritt mehr und mehr
ein gewisser Kosmopolitismus in der Kunst. Das gilt nicht
nur von der Malerei; vielleicht mehr noch von Dichtkunst
und Musik. Viele begrüßen das und träumen sogar von

einer Weltsprache. Die Partie steht so: Eisenbahn gegen Thurmbau zu Babel. Ich bin nicht zweifelhaft, wer der letzte Sieger sein wird; aber das falsche Werk der Einheit stieg hoch, eh es zu Falle kam, und unsere Zeit baut wieder daran. Ich denke so: ein Gesetz der Schönheit, aber in ihm die — Mannigfaltigkeit.

Die Middlesex-Wahl.

Die Wahlen in London waren vorüber und meine Erwartungen — getäuscht. Ich hatte nicht eben auf Krawall
und Zusammenrottung, oder gar ein Revolutiönchen nach der
Mode gerechnet, aber doch auf eine allgemeine und sichtbare
Betheiligung der Bevölkerung, auf eine veränderte Physiognomie der Stadt und ihres Treibens. Nichts von dem allen
traf ein. Hier und dort ein Riesenplakat in bunten Lettern;
auf den Märkten und Plätzen eine Votirbude; in den Bier-
häusern vermehrte Konsumtion von Porter und Ale; an den
Straßenecken ein Austernhändler, der seinen stummen Meer-
bewohnern ein „votire für X oder Y" auf die Schale geklebt
hatte; sonst nichts als schlaff herabhängende Fahnen, die
darüber nachzudenken schienen, was langweiliger sei: diese
Wahl oder ihre eigene Bestimmung. Keine Theilnahme,
kein gesteigertes Leben, kein Abweichen von dem ausgefahrenen
Gleise täglichen Verkehrs. Punkt 9 Uhr wie immer fuhren

die City-Commis im dichtbesetzten Omnibus die Oxford-
straße entlang; Punkt 1 Uhr wie immer zogen die Horse-Guards
auf Wache; im James-Park so viel Kindermädchen wie sonst,
im Hyde-Park so viel Ladys zu Pferde wie immer; ja selbst am
Büchertisch meines Nachbars, des Straßen-Antiquars, fehlte
kein theures Haupt und die „lieben alten Gesichter" blätter-
ten so emsig in den vergilbten Scharteken von „Bothwell,
der Königsmörder", oder „die Kunst, von jeder Frau geliebt
zu werden", umher, als wäre ihnen der Sieg von Whig oder
Tory so gleichgültig, wie der Sturz oder die Ernennung
eines chinesischen Mandarinen.

Das Schauspiel einer englischen Wahl wird nur noch in
kleinen Provinzialstädten aufgeführt, wo es, wenigstens auf
Tage, möglich ist, der ganzen Bevölkerung eine gemeinschaft-
liche Richtung zu geben und wo das Wahlfeuer noch nicht
auf jene eisige Apathie millionenfachen Unglücks oder doch
unvereinbarer Interessen stößt, die die Flamme dämpft, statt
sich von ihr entzünden zu lassen. Wer in London lebt der
wähle Brentford, wenn er das Bild einer englischen Wahl
mit in die Heimath nehmen will; er findet da noch die gute
alte Zeit mit ihrem Reiz und ihrem — Unsinn.

Brentford, kaum eine deutsche Meile von London
entfernt, ist der alte Sammelplatz der Wähler von Middlesex,
und die Hauptstadt jener kleinen Grafschaft, die sich in schmalem Streifen um die Riesenstadt herumlegt, wie ein werth-
loser Ring um einen Edelstein, den die Erde zu arm ist mit

ihrem Golde aufzuwiegen. Middlesex schickt zwei Vertreter
in's Parlament, seit Jahren dieselben Namen: Lord Gros-
venor und Mr. Osborne; jener ein Whig aus der alten
Schule, energisch nur in seiner Feindschaft gegen alles, was
Tory heißt, — dieser ein Freund und Geistesverwandter
des alten Radikalen Hume, des „Vaters der Reformbill."
Lord Grosvenor und Mr. Osborne waren auch diesmal wieder gewählt, der letztere jedoch mit einer kaum nennenswerthen
Majorität. Vielfach während der Zählung hatte sich die
Waage zu Gunsten seines Nebenbuhlers, des Marquis von
Blanford, eines eifrigen Derbiten und früheren Vertreters
von Woodstock geneigt, und nur die Anhänglichkeit des
Städtchens Brentford selbst hatte schließlich die Wiederwahl
des „Volksmannes" gesichert. Die Zählung war vorüber
und das Resultat gekannt, aber die amtliche Verkündigung
desselben durch den Grafschafts-Sheriff, in goldener Kette
und Galanterie-Degen, stand noch bevor. Heute war
der Tag, 12 Uhr die festgesetzte Stunde und — das Volk geladen. „Lord Grosvenor und Mr. Osborne werden die
Ehre haben, der Bevölkerung von Middlesex aufzuwarten
(they will attend)" — so lautete die Schlußversicherung in
vielen hundert Plakaten. Möglich daß das Wort im Englischen
eine mildere Bedeutung hat („erwarten" vielleicht), nichtsdestoweniger ist es ein „Aufwarten" der Sache nach, ein entschiednes
„Aufwarten", insofern der Gewählte durch Sitte oder Gesetz
verpflichtet ist, auf die oft dummsten Fragen eines bunt zusammengewürfelten Haufens Red' und Antwort zu stehn.

Das Ganze ist ein so prächtiges Stück von Volkssouverainetät, wie es nur irgendwie und wo gewünscht werden kann.

Es geht ein Omnibus nach Brentford. So lange wir London und seine Vorstädte noch zu beiden Seiten hatten, rang das politische Treiben vergeblich nach Geltendmachung; die Hochfluth des londoner Lebens, sein Handel und Wandel schlugen darüber zusammen und begruben es. Kaum aber, daß wir die „Stadt" im Rücken hatten, so trat an's Licht, was eben noch überwuchert war, und hundert Zeichen deuteten auf den Kampf, der sich in Brentford vorbereitete. Die Chaussee, auf der wir dahin rollten, glich wirklich einer Heerstraße. Anhänger beider Parteien, die einen mit blau-roth-weißen Bändern am Hut, die andern mit blau-gelb-grünen Schleifen im Knopfloch, galoppirten wie dienstthuende Adjutanten an uns vorüber; neue Truppenmassen, mit Musik an der Spitze und bei jedem Bierhause zum Weitermarsch sich stärkend, wurden von rechts und links in's Feuer geführt; Marketenderinnen mit ihrem Karrenkram saßen unter Ahorn- und Ulmenbäumen, schlechtes Bier aber guten Schatten feilbietend, und Maueranschläge zu beiden Seiten des Weges (denn die Häuserreihe reißt nicht ab) starrten sich wie feindliche Herolde einander an und sagten sich Dinge, die den Schimpfern und Helden vor Troja alle Ehre gemacht haben würden.

Doch das alles war Vorspiel. Das eigentliche Stück begann erst, als wir in Brentford einfuhren, und wenn gewisse Dramatiker Recht haben, die da meinen, „ein gutes

Schauspiel müsse mit einer guten Dekoration beginnen," so ist
kein Zweifel darüber, daß die Brentforder zu den Bühnen-
praktischen Leuten zählen. Das war nicht mehr die verräu-
cherte Fabrikstadt, das war ein Lauberhüttenfest. Wie bei
uns um Pfingsten, wenn halbe Birkenwälder in unsre Dörfer
wandern und selbst der Lehmhütte ein festlich grünes Kleid
anthun, so war das rußige Brentford jetzt ein mährchenhaft
geputztes Aschenbrödel geworden: es war auch zum Weiden-
baum gegangen, aber der Baum brauchte sich nicht aufzuthun,
aller Schmuck hing frei an den Zweigen. Die Häuser — ein
Wald, und die Fenster — ein Garten! Da blühten Fuchsia
und Rose, Erica und Rhododendron; hinter den Blumen
blühten die Mädchen und wieder über die Köpfe der Töchter
hinweg guckten die Mütter, freilich keine Blüthen mehr, und
ließen die blau=grün=gelben Haubenbänder im Winde flattern.
Alles nickte und grüßte und lachte, selbst Gouvernanten ent-
schlugen sich ihres vorschriftsmäßigen Ernstes und lächelten
so bedeutungsvoll, wie der Sklave, wenn er die Kette
bricht.

Dazu zahllose Guirlanden, die sich von Dach zu Dach
quer über die Straße zogen. Der Inhalt ihrer Tafeln und
Inschriften war es, was mehr als alles Andere der Fest=De-
koration meine Aufmerksamkeit in Anspruch nahm. Ich gebe
einige dieser Kernsprüche in wortgetreuer Uebersetzung.

„Triumph bürgerlicher und religiöser Freiheit!"
So empfing uns eine Fahne am Eingang in die Stadt.

„Wer ist bigott? wer predigt religiöse Verfolgung? wer stimmt gegen unsere katholischen Brüder? Wer?

Der Marquis von Blanford!

Mag er's leugnen, wenn er kann, oder dastehen als ein Wolf in Schafskleidern."

„Ein Derby-Hündchen (Marlborough-Race) hat sich verlaufen und ist von Woodstock nach Middlesex gerathen. Leider hat man ihn hier dermaßen gebissen, daß er froh sein mag, in seine alte Hütte zurückzukehren. Glückliche Reise!"

Diese letztere Spötterei war das Grundthema unzähliger Variationen, die ich übergehe; endlich unter einer zweiten Riesenfahne, die ohne Weiteres den „Sturz der Intoleranz!" verkündigte, fuhren wir auf den Marktplatz, wo die Vorstellung so eben begonnen hatte: Lord Grosvenor „wartete bereits auf."

Doch weg jetzt mit dem historischen Styl und das lebendige Präsens an seine Stelle! Lord Grosvenor ist ein ältlicher Herr; seinen Zähnen nach zu schließen keiner von denen, die das Derby-Hündchen herausgebissen haben. Er spricht undeutlich und sehr lange; so haben wir denn Zeit, uns umzusehen. In der Mitte des Platzes steht die Rednertribüne; unmittelbar dahinter erheben sich amphitheatralisch-ansteigend die Bänke der Wähler, im Vordergrunde befindet sich „Volk" und füllt den Platz, ein Konglomerat zerrissener Jacken und schmutziger Hemdsärmel. Mit seinen eigentlichen Wählern ist der Kandidat seit gestern fertig; nur noch mit „dem Volke" hat er sich auseinanderzusetzen. Drum kehrt er auch vorschriftsmäßig jenen den Rücken zu und wendet sich mit dem üblichen: „Gentlemen, ich habe die Ehre ..." an eine Musterkarte von Straßenkehrern und Schiffsknechten, die Oberst Bersdorf (ein Derbit in Norwich) so unhöflich war, „das erbärmlichste Gesindel" zu nennen, „das ihm all sein Lebtag vorgekommen sei."

Auch das „schöne Geschlecht" ist auf dem Marktplatz vertreten und steuert bei, je nach seiner Art, zur Verherrlichung und Charakteristik des Festes. Zunächst der Tribüne und mitten durch den Volkshaufen hindurch, zieht sich auf gepolsterter Bank ein Streifen reichgeputzter Damen, wie eine Amethyst-Ader durch Rauchquarz. Sie haben ihre Schirme aufgespannt; ich wette, mehr um sich gegen die „Gentlemen", als gegen die Sonne zu schützen. Das schöne Geschlecht von Brentford hat aber auch andere Vertreter abgesandt: Mannweiber, zwischen funfzig und sechszig, mit Katzenschnurrbart und grauen Augen; sie haben am äußersten Rande des Volkshaufens in langer Reihe Posto gefaßt, und wie Trabanten mit langen Stangen bewaffnet, lassen sie deren Inschriften und Embleme über den Köpfen ihrer Männer und Söhne hin und her wehen. Diese Inschriften lauten: „Der Marquis von Blanford ist gegen das billige Brot", und um es dem blödesten Sinne faßbar zu machen, um was es sich han-

delt, prangen auf andern Stangen die handgreiflichen Illustra-
tionen dazu: hier ein Brötchen, kaum größer als eine Faust,
mit der Aufschrift: „Blanford für Sixpence,“ dort ein Rie-
senbrot mit dem Zuruf: „Osborne für drei Pence.“

Endlich! Lord Grosvenor ist fertig und macht dem
„Volksmann“ Platz. Er wird wie eine Tänzerin empfangen, die fünf Monate auf Urlaub war und zum ersten Male
wieder die Wunder des großen Zehen vor ihren alten Freunden entfaltet; es ist nicht Huldigung mehr, es ist Raserei.
Und in der That, Mr. Osborne hat Anspruch auf diesen
Beifalls-Jubel: er tanzt die englischen National-Tänze, daß
es eine Freude ist, und seine Rede wimmelt von „großer Nation“ und „ehrenwerthen Gentlemen“, von „Freihandel“
und „billigem Brot“, — da widerstehe, wer kann! Sicherlich, daß die stereotype Schlußposse des Kontinents „das
Volk als Pferd“ auch hier Platz gegriffen hätte, wenn nicht
Mr. Osborne ein bescheidener Fußgänger gewesen wäre.
Noch ist der Beifall in der Luft, da lösen ihn plötzlich andere
Töne ab: der Marquis von Blanford (auch der besiegte Kandidat hat sich nach alter Sitte dem Volk zu präsentiren) ist
vorgetreten, um der Versammlung kaltblütig zu versichern:
„daß er und seine Sache das nächste Mal die Sieger sein
würden.“ Aber weiter bringt er's nicht; zwar spricht er
noch und versucht seine Stimme in allen Tonlagen, jedoch
umsonst. Ein Lärm hat sich erhoben, gegen den der Beifallssturm der vorigen Minute ein bloßes Gesäusel war.

Was menschliche Organe je erfanden, um ihre Verachtung auszudrücken, vereinigt sich hier zu einem Monster-Konzert; unsere vaterländischen Katzenmusiken sinken zu bloßen Stümpereien herab, oder erheben sich vergleichsweise zum Wohlklang einer Symphonie. Die Pfeife ist natürlich das Grundinstrument, aber auch das englisch-nationale Grunzen findet seine Virtuosen, und die zahnlosen Mäuler unzähliger alter Weiber blasen, wie Vansen im Egmont, dem unglücklichen Marquis ihr hämisches A, E, J, O, U ins Gesicht. Zu gleicher Zeit dringt jetzt die Amazonen-Garde vor, postirt sich mit dem Riesen- und Zwergbrot dicht vor die Augen des Redners, fächelt ihm mit den Papierfahnen: „Blanford ist gegen das billige Brot“ unerquickliche Kühlung zu und schwingt die grünen Büschel, mit den orangefarbenen Blumen*), nicht mehr im Triumph und mit den Zeichen der Freude, sondern drohend wie eine Ruthe. Umsonst erheben sich einige Stimmen: „give him fair play!“ oder: „let's hear him!“ umsonst tritt der „Volksmann“ vor und beschwört die Gentlemen, den Marquis zu hören, wenn sie seine (Osborne's) Freunde seien; umsonst dringt der Marquis noch einmal durch, um ihnen folgenden Satz in die Zähne zu werfen: „ich verstehe die Schnurren und Witzeleien meiner Gegner und nehme sie lachend hin als das Unvermeidliche einer Wahl; aber es ist unwürdig, mir höhnisch das Jahrgeld vorzuhalten, das ein

---

*) Unsere sogenannte „Studentenblume“, die um ihrer Farbe willen an diesem Tage eine Hauptrolle spielt.

dankbares Vaterland meinem Ahn für seine Dienste und seine
Siege bewilligte und das auf mich überging, weil ich das
Glück habe, ein Enkel Herzog Marlborough's zu sein." Armer
Marquis, wohin verirrst Du Dich? Du sprichst nicht im Un-
terhause und vor Leuten, die eine Ahnung von der Geschichte
ihres Landes haben, Du stehst vor „Gentlemen", die von
Höchstädt und Malplaquet so viel wissen, wie von den
Quellen des Nil. Wirf den Ruhm Deines großen Ahnen
nicht länger weg und gedenke der Perle im Sprüchwort.
Thu', was Du jetzt thust: lächle und tritt ab.

Das Schauspiel war aus, das Volk verlief sich, ich
selbst sprang auf den Omnibus, und während die heiße Mit-
tagssonne mich unbarmherzig briet, hatt' ich Zeit über die Er-
lebnisse der letzten Stunden nachzudenken. Was soll diese Farce?
Mag's immerhin recht sein, voll Mißtrauen auf die Superklug-
heit der Jungen zu blicken, dies Mißtrauen darf nicht zum
Freibrief für all und jeden Nonsens vergangener Jahrhunderte werden. Der ganze Akt ist ein Widerspruch. In
Ländern, wo alle Stimmen gleich schwer wiegen, mag dies
„Aufwarten" vor versammeltem Volk einen Sinn haben,
aber sinnlos ist es, und für den besiegten Kandidaten ein
Martyrthum, um nichts und wieder nichts sich einer, in den
meisten Fällen bezahlten Rotte in solcher Weise Preis zu
geben, einer Genossenschaft, die außerhalb des Wahlrechts
stehend, wie auf Abschlag nur mit dem Schimpfrecht aus-
gestattet zu sein scheint und allerdings versteht, den weitesten

Gebrauch davon zu machen. Weg mit solchem Plunder! „Das Jahr übt eine heiligende Kraft", aber man möge aus demselben Dichter auch die Wahrheit lernen:

„Das Alte stürzt, es ändert sich die Zeit,
Und neues Leben blüht aus den Ruinen."

Das goldne Kalb.

Spekulation, Rennen und Jagen nach Geld, Hochmuth, wenn es erjagt ift, und Verehrung vor dem, der es erjagt hat, der ganze Kultus des goldnen Kalbes ift die große Krankheit des englischen Volkes. Es giebt scharfe Augen, die das Uebel wenigftens erkennen und unermüdet darauf hinweisen, wenn auch die Heilung freilich von anderer Seite kommen muß. Unter den Warnerftimmen ift wie immer die der „Times" voran; — eine Stimme, die — was immer auch über die Käuflichkeit des Blattes gefabelt werden mag — mindeftens in allen außer=politischen Fragen noch ungleich mächtiger ift, als wir im Auslande uns vorftellen. Mit welch' treffender Entrüftung machte fie noch vor wenig Tagen wieder Front gegen die oberflächliche Art und Weise, mit der man den Pro= zeß eines Muttermörders behandelt und ohne alles ernfte Eingehen ihn für wahnfinnig erklärt hatte. „Hätte es fich um Geld ftatt um Blut gehandelt, an dem ganzen Gerechtig= keits=Apparat würde kein Rädchen gefehlt haben, aber was

vorlag, war nur die Kleinigkeit eines Muttermordes, war eine
Sache, durch deren Entscheidung, sie laute so oder so, Niemand ärmer oder reicher gemacht wurde, und solche Sachen
sind vor Richter und Jury ohne Belang." Steh' es mir frei,
in Folgendem eine ähnliche Stimme wiederzugeben.

„Lies dann und wann einen Roman, um die Phantasie
abzukühlen", sagte ein Schriftsteller und Menschenkenner zu
einem seiner Freunde, als dieser im Begriff war zu den Antipoden aufzubrechen. Die Weisheit dieses guten Raths wird
Jeder einsehen, der mehr als dreißig Jahre zählt. Romane
mögen die Handlung konzentriren, das Interesse reizen, das
Herz bewegen; die Phantasie zu überwältigen sind sie außer
Stande. Es ist die Wirklichkeit, was uns staunen macht;
die Dichtung darf nicht halb so kühn sein, selbst wenn sie könnte
und wollte. Was würde der Leser sagen, wenn wir ihm von
einem Manne erzählten, der vor etwa 150 Jahren in England lebte, seine Jugend in Saus und Braus, in Spiel und
Liederlichkeit verbrachte und endlich, zum Bettler herabgesunken,
Streit mit einem Freunde suchte und im Duell ihn tödtete;
der, vor Gericht gezogen, des Mordes überführt und zum
Tode verurtheilt, seine Flucht zu ermöglichen wußte und auf
dem Kontinent glücklich angelangt, sein altes Lasterleben fort-
setzte und bald eine wohlbekannte Erscheinung in den Spiel-
häusern Europas ward; der ausgewiesen, erst aus Venedig,
dann aus Genua, schließlich selbst aus dem duldsamen Paris,
dennoch in die Hauptstadt Frankreichs zurückzukehren wagte,
am Spieltisch einem Prinzen von königlichem Geblüt begegnete,

seine Freundschaft gewann, sein Geld- und Geschäftsmann
wurde und als solcher zu einem Glanz und Ansehn stieg, daß
Fürstinnen vor seinem Weibe sich neigten, sein Sohn der
Spielgenoß eines Königs, und er selbst der Abgott von Millionen
ward? Was sagt der Leser, wenn wir ihm erzählen,
daß eine Herzogin, um nur die Möglichkeit eines kurzen Zwie-
gesprächs mit diesem seltsamen Abenteurer zu haben, ihrem
Kutscher befahl, vor dem Palastgitter des großen Mannes
umzuwerfen, und daß eine Marquisin an derselben Stelle und
zu demselben Zweck „Feuer!" zu schreien begann. Wenige
Monate hatten ausgereicht, den überführten Mörder, den bettel-
haften Flüchtling, den verworfenen Spieler zu einem der größten Grundbesitzer Frankreichs zu machen, und hochherzig goß
er über sein zweites Vaterland einen trügerischen Reichthum aus,
dessen Summen alle Berechnung übersteigen. Aber das glän-
zende Bild hat eine Kehrseite: der Racheengel harrte schon, vor
seinem Athemzuge brach der stolze Bau zusammen und verschwand
wie eine Wasserblase. Der Baumeister selbst barg sich in Dunkel-
heit und rettete das elende Leben vor der Wuth derer, die noch
eine Stunde früher vor ihm gekniet hatten. Und nun der
letzte Akt des Dramas, wie berührt er den Leser? Das Schauspiel schließt, wie es begonnen: wieder ein glückliches Ent-
kommen aus den Händen der Gerechtigkeit, wieder ein wüstes
Wandern durch die Welt, ein Warten auf die Brosamen, die
vom Spieltisch fallen, und endlich das letzte, das Sterben.
Venedig, das er durch seine Gegenwart einst geschändet hatte,
ehrte er nun durch seinen Tod. Und nun fragen wir — wenn

wir Zeit und Muße hätten, diese Skizze zur Erzählung zu er-
weitern und jene tausend Einzelheiten zu berichten, worin erst
die Kraft und der Zauber jeder Darstellung liegt — wer
würde Lust haben, den Einfällen, den „Träumen eines fiebe-
rischen Hirns" zu folgen? Traum meint ihr?! Leben und
Tod John Law's und der Staats-Bankerott Frankreichs
als ein Resultat seiner kühnen und glänzenden Betrügereien,
sind so wirklich, wie das Leben George Hudson's und
die Geschichte der Eisenbahn-Spekulation in England.

Und die Geschichte Beider ist nicht nur wahr und wirklich,
nein, sie bietet auch in merkwürdiger und belehrender Weise
Punkte der Aehnlichkeit oder gar völliger Uebereinstimmung
dar. Beide waren aus Dunkel und Niedrigkeit hervorgegan-
gen, und beide erhoben sich zu einem Glanz, der ein ganzes
Land zu blenden und zu willfähriger Huldigung hinzureißen
vermochte. Hudson wie Law füllte die Koffer der Leute mit
eingebildetem Reichthum, und Hoch und Niedrig, Arm und Reich
schmiegte sich zu den Füßen des Einen wie des Andern. Auch
Hudson war Spieler, indem er Kredit und guten Namen an
ein verzweifeltes Glücksspiel setzte; auch er wußte festen Fuß
zu fassen unter den Inhabern des großen Grundbesitzes und
zählte zu Freunden und Gefährten, was irgendwie Klang
und Namen im ganzen Lande hatte. Auch er machte ein
Haus; seine Salons waren der nie leere Altar, darauf die
Goldanbeter Tag um Tag ihren Schmeichel-Weihrauch streu-
ten und die Dankesopfer ihrer Schacherseelen darbrachten, bis
plötzlich der Traum endete und der Tag der Rechenschaft

anbrach, der nun Flüche brachte aus Kehlen, die noch heiser
waren vom Lobgesang, und Mißhandlungen von Händen, die
sich einst hochgeehrt gefühlt hatten, auflesen zu dürfen, was
von des Herren Tische fiel.

Hundert und funfzig Jahre haben viel geändert, und es
soll nicht geleugnet werden, sie haben dem Ziel und der Aufgabe aller Civilisation uns näher gebracht. Welche Fort-
schritte in Wissenschaft und Kunst, welche Allgemeinheit der
Bildung, welch erleichterter Gedanken- Austausch innerhalb
des einzelnen Volks und zwischen den Völker-Familien! Doch
in manchen Stücken sind wir genau, wo wir waren. Zu den
Zeiten John Law's suchte man eine Herzogin, die ein Mit-
glied der königlichen Familie nach Genua begleiten sollte.
„Oh, wenn Ihr einer Herzogin bedürft — rief der Hof-
Kavalier — so schickt zur Madame Law; dort habt Ihr die
Auswahl, — sie versammeln sich dort." Wäre an einem jener
Tage, wo Mrs. Hudson „Freunde" empfing, plötzlich Nach-
frage nach einer Dame von Rang und Stand gewesen, der
dienstthuende Kammerherr am Hofe von St. James hätte eine
ähnliche Antwort geben dürfen, wie vor hundert und funfzig
Jahren sein französischer Kollege. Die Köder und Anziehungs-
kräfte waren 1720 und 1848 genau dieselben, und ob Gene-
rationen dahin gegangen sind, der Zauber des Goldes, seine
magnetische Kraft und seine entwürdigende Herrschaft sind geblieben. Zur Law'schen Zeit stand ein Buckliger in der Rue
Quincampoix (wo sein Bankierhaus sich befand) und vermie-
thete seinen Höcker auf Tag und Stunde als Schreibpult.

Law ist hin und der Bucklige auch, aber der häßliche Höcker ist geblieben. Lords und Ladies, wohlgeformt wie wir, tragen ihn mit sich herum und schließen Geschäfte darauf ab, die besser ungeschlossen blieben.

Wir sind eine imitative Spezies, Nachahmen ist unser größter Hang, und was die Reichen und Vornehmen thun, das thun wir auch, ohne Kritik, ohne Frage, ob es uns paßt oder nicht. Als Mr. Law's Kutscher die Entdeckung machte, daß sein Herr durch Papierverkauf reich geworden sei, schickte er sich an, mit ins Geschäft zu gehen, und that's. Zwei Kommisstellen waren zu besetzen, und der Kutscher-Kompagnon präsentirte zwei Kandidaten. „Wählt" — rief er seinem Herrn zu — „Ihr habt die Entscheidung, der Eine ist für Euch, aber der Andere für mich." Wie viele Thunichtgute zur Zeit des „Eisenbahnkönigs" und seiner Herrschaft nahmen sich ein Muster am Kutscher des Mr. Law! Angespornt durch das böse Beispiel ihrer Herren sank ehrliche Arbeit im Preise; „Spekulation" hieß ihr bequemes und einträglicheres Geschäft; feine Kleider traten an die Stelle des Arbeitsrockes, und statt des ehrlich erworbenen Brotes aß man das Brot lasterhafter Faulheit. So war es und so ist es noch. Kopfschüttelnd sehen wir die ungeheure Kluft zwischen Arm und Reich, zwischen Niedrig- und Hochgeboren; aber der Anblick wird trostlos, wenn der Reiche nichts ist als ein emporgekommener Rübenbauer, der mit etwas Goldstaub in der Tasche Alles, selbst das Höchste, neben oder gar unter sich zu stellen trachtet und, dem Vogelsteller gleich, mit einer Hand voll Silberkrümel die

lieblichsten Sänger des Waldes, selbst die Lerche aus ihrem
Himmel zu seinen Füßen zu locken weiß.

Unser gesellschaftliches Leben ist reich an Unglaublich-
keiten, für die nichts spricht, als — die Thatsache. Ihr tretet
Sonntags in eine überfüllte Kirche; kein Platz mehr für euch,
und stehend lauscht ihr einer Beredtsamkeit, die allsonntäglich
diese Räume bis unters Dach zu füllen pflegt. Der Redner
ist im höchsten Maße populär und steht sich tausend Pfund.
Sein Name ist makellos. Seine Gemeine verehrt ihn, und
um so mehr, je mehr er sie geißelt. Dekane und Bischöfe
seines Sprengels sind durchdrungen von seinem Talent und
begünstigen es. Seine Lehre und sein Leben stehen gleich hoch.
Er sagt euch heut, daß Getz die Wurzel alles Uebels sei; er
warnt euch vor dem heißen Verlangen nach Geld und Gut,
vor Mißgunst und Unzufriedenheit und ruft euch zu, über die
irdischen Güter das himmlische Erbe nicht einzubüßen. Er
citirt euch die Autorität der Bibel, er verweist euch auf Kapitel
und Vers, und nachdem er sicher ist, eure Ueberzeugung für
sich zu haben, öffnet er die Thore seiner Beredtsamkeit und
reißt euch vollends mit sich fort durch die Macht seines Worts.
Ihr geht nach Hause, fest entschlossen die neue Woche weiser
und besser zu beginnen — da fällt euch die Montagszeitung
in die Hand, ihr lest: die Stelle eines Nachmittags-Predigers
ist vakant, eine gute Stelle, vierhundert Pfund jährlich und
allwöchentlich eine Predigt. Zwei arme Kandidaten haben
sich gemeldet, aber es sind noch andere Bewerber da, und
obenan lest ihr den Namen eures christlichen Lehrmeisters, trotz

aller Glaubenstüchtigkeit, trotz tausend Pfund jährlich und trotz seiner Selbstverleugnungsrede, die euch beinahe vom Pfade des Irrthums abgelenkt hätte.

Ihr seid vielleicht ein Lord, oder der Sohn eines Lords. Parlament und Saison sind geschlossen, und ihr geht aufs Land. Euer Freund, Lord Birmingham, versammelt „einen auserwählten Circle" auf seinem Landsitz; ihr seid unter den Begünstigten. Es ist Frühstückszeit, ihr tretet ein, die Gäste sind bereits versammelt. Alles ist da, was ihr wollt: ein Herzog, ein Marquis, ein Graf, ein Vicomte und ein Baron. Ihr seid ein jüngerer Sohn und findet es in der Ordnung, daß der Baron den Herzog umschwänzelt. Wir haben hier zwei andere Gäste (wenn es gestattet ist, den stillen, blassen, trostlos dreinschauenden jungen Mann, der wie ein Verurtheilter bei der Henkersmahlzeit dasitzt, einen „Gast" zu nennen), einen Jüngling und einen Mann von vierzig. Von dem Ersteren hat Jeder zu viel und wünscht ihn weg, an dem Letzteren hat Keiner genug. Der junge Mann ist eines Landpredigers Sohn und Erzieher von Lord Birmingham's Sohn und Erben. Er hat in Cambridge seine Studien gemacht und hofft sich mit der Zeit durchzuschlagen. Er ist aus guter Familie, hat aber keinen Sixpence in der Tasche; sein halbes Gehalt schickt er nach Hause zur Unterstützung seiner Familie, und soviel von der bitteren Arznei: „Wissenschaft und gute Lebensart" dem Sohn und Erben beizubringen ist, so viel gibt er ihm gewissenhaft. Der Kandidat vertritt „Elternstelle" seinem Pflegling gegenüber; aber seine Titel, sein Wissen, seine gute Erziehung reichen nicht aus, ihm bei Tisch einen höheren Rang als den eines ersten Bedienten anzuweisen. Ihr kennt diese Art von Stellung und seid nicht erstaunt nach lautlos eingenommener Mahlzeit den blassen Erzieher schatten= haft und unbemerkt verschwinden zu sehen. — Aber hörtet ihr jetzt das Gewieher? Der Vierziger wird heiter und lacht. Ihr seht ihn heute zum erstenmal, aber ihr kennt die Gattung, man sieht sie zu Dutzenden auf dem Viehmarkt in Smithsfield. Es ist der berühmte Snobson; vor zehn Jahren stand er noch hinterm Ladentisch (mancher Bessere hat's auch gethan). Spe= kulation und allerlei sonst noch haben ihn zu einem Millionär gemacht, aber auch zu nichts weiter. Seine Seele ist gemein und seine Zunge fließt über davon. Der niedrigste Diener Mylords ist im Vergleich zu ihm ein König, ein Held. Wenn er sich bewegt, spricht, ißt oder trinkt, so überläuft es euch kalt, denn ihr erwartet jeden Augenblick, daß man ihn auf= fordern wird, seinen Platz in der Bedientenstube zu nehmen. Ihr fühlt, daß wenn man das Gold von diesem geschmack= losen Prachtbau, der sich „Snobson" nennt, abkratzen könnte, nichts übrig bleiben würde als die schmutzigste Lehmhütte. Ihr fühlt es, und Lady Birmingham fühlt es auch; dennoch ist sie ganz Ohr und ganz Bewunderung, und alle Lady's ringsum, jung und alt, sind es mit ihr. Die Lords bleiben nicht zurück: der Herzog an der Spitze, alle sind sie stolz auf solche Bekanntschaft, man hat kein Auge für die Gemeinheit dieses Menschen, oder will es nicht haben, und seine Unver= schämtheit wird pikant und unterhaltend gefunden. Wie heißt der Schlüssel zu diesem Räthsel? Geld! und ihr, die ihr von der „Aufgabe" sprecht, die ihr in der Gesellschaft zu lösen habt, und immer wieder Gewicht legt auf die Pflicht besonderer Rücksichtsnahme auf euch selbst, ich frag' euch, wo bleibt das erste Erforderniß — die Selbstachtung, wenn ihr überfließt von unwürdiger und entehrender Schmeichelei?!

Genug der Beispiele; jeder Tag gibt neue Belege. Wir schätzen nichts so sehr wie Geld, und begierig nach Ehre und Ansehn, setzen wir Alles an die Erlangung dessen, was nach unserem Dafürhalten einzig und allein Ehre und Ansehn gibt, und entschlagen uns dabei jeder Tugend, die im Kalender steht. Mr. Guizot, der mit philosophischem Forschergeist den Charakter des englischen Volkes geprüft hat, äußert sich gelegentlich dahin, daß den Fremden nichts so mit Bewunderung vor den englischen Hülfsquellen erfülle, als die unzähligen, aus edlem Herzen und freiem Antrieb hervorgegangenen Stiftungen zur Linderung und Minderung eines vielgestalteten Elends. Der Historiker hätte vielleicht kühner sprechen und sagen dürfen, daß nichts die verschwenderische Freigebigkeit des Engländers überbiete, als die Gier, mit der er die Mittel dazu erwirbt, und daß, wenn es seine Tugend ist liberal mit der Börse zu sein, auch unerträglicher Geldstolz sein Fluch ist. Die Geschichte vom „goldenen Kalb" in England ist noch nicht geschrieben. Es geht über die Kraft einer Publizisten-Feder das volle Bild davon zu entwerfen. Ein Genius mag sich dieser Aufgabe bemächtigen und mit dichterischer Gestaltungsgabe ausführen, was wir ihm als flüchtige Skizze überlassen.

Das deutsche Theater in England.

Ein deutsches Theater in London! Unsre Landsleute sind nicht mehr sie selbst: ein elektrischer Schlag ist durch die Nation gegangen; sie hat aufgehört der blinde Bewunderer fremder Sitte, der dienstfertige Schleppenträger fremden Hochmuths zu sein. Sie fühlt sich wieder als das, was sie ist, schätzt wieder, was sie hat und was sie in krankhafter Bescheidenheit weit unter den Werth taxirte. Vor zwanzig Jahren hätte sich hier eine deutsche Truppe unmöglich halten können; das Unternehmen wäre Hungers gestorben, St. James-Theater und horror vacui wären verwandte Begriffe gewesen. Das englische Publikum hätte gefehlt, noch mehr aber das deutsche; jenes weil das Interesse für deutsche Sprache damals noch außer Fashion war, dieses weil es mit Spott und Wohlbehagen tagtäglich die eigene Mutter zu verleugnen pflegte. Das ist anders geworden, und wiewohl der erste Bericht der „Times" von einem Publikum spricht, das der Aufführung des „Egmont" mit dem Schulbuch in der Hand

gefolgt sei, so kann ich Ihnen doch versichern, daß das Publikum entschieden deutsch und seine fast begeisterte Aufnahme
dessen, was geboten wurde, eine Art Demonstration war;
man wollte entzückt sein. Die Deutschen in London, die
es vor Zeiten für ihre Pflicht gehalten haben würden vor-
nehm auf die Sache herabzublicken, fanden jetzt eine Ehre
darin, das Unternehmen um jeden Preis zu stützen und zu
halten. Es war ein deutscher Theaterabend: auf den
Foyers klangen Einem alle Dialekte zwischen Oder und
Rhein ans Ohr, der sächsische natürlich, wie der Ton einer
Pickelflöte, jeden andren überpfeifend, und am Buffet hätte
man glauben können in Dresden oder Berlin zu sein, wenn
nicht die Ingwerbier-Flaschen gewesen wären und — die
londoner Preise.

Das Verdienst einer ersten Anregung zu diesem Unternehmen gebührt dem Dr. Künzel; nichtsdestoweniger hat
Emil Devrient das größere, die gegebene Idee muthig
erfaßt und trotz unendlicher Schwierigkeiten glücklich ausge-
führt zu haben. Ganz abgesehen davon, daß bei der Charak-
ter-Eigenthümlichkeit des Engländers, dessen Interesse durch
allerlei Zufälligkeiten angeregt aber auch verscherzt werden
kann, der Erfolg keineswegs vorher zu berechnen war, bot
das Engagement einer Truppe, wenn sie nicht den Kofferträ-
gern der Demoiselle Rachel gleichen sollte, unendliche Schwierigkeiten dar. Mittelmäßigkeiten durften es nicht sein, Berühmtheiten aber sind dieselben in der Schauspiel- wie in der
Feldherrenkunst: sie fechten nicht gern auf einem Terrain das

sie nicht kennen, und selbst im Fall eines Sieges, scheuen sie die Nebenbuhlerschaft eines Mit-Triumphators, der an der Seite Emil Devrients nicht fehlen konnte. Indeß — was vermöchte auf die Dauer einem beharrlichen guten Willen zu widerstehen! — endlich schifften sich dreißig deutsche Schauspieler in Ostende ein, die einzig denkbare Truppe, deren Landung auf keinen Widerstand rechnen durfte. Und doch kamen sie, wie vor 1400 Jahren, unter einem berühmten Sachsenführer und wie dieser bereit, das Land zu erobern.

Am 2. Juni wurde der Cyklus mit „Egmont" eröffnet. Ihm vorher ging ein Prolog, der besser fortgeblieben wäre. Der Vorhang rollte auf: rechts und links die Statuetten Göthe's und Schiller's, beide überragt von einer Büste Shakespeare's. Schon dieser leicht zu errathende Rebus war des Guten zu viel, wurde es aber vollends, als eine junge Dame vortrat und, mit einem Lorbeerkranz bewaffnet, anhob über Sprachverwandtschaft, englische Freiheit ꝛc. sich des Weiteren zu verbreiten. Die Huldigung war nicht fein, die Verse schlecht, und der Vortrag wie für deutschlernende Ladies eingerichtet. Unsere Sprache schien nur aus Spondäen und Molossen zu bestehen und die unglückliche Sylbe „en" durfte nie zuvor mit so viel Auszeichnung behandelt worden sein.

„Egmont" folgte. Mag da Handlung fehlen; auch das Wort hat gelegentlich sein Recht und es riß wieder mit fort und zündete, wie es schon tausendfach gezündet hat. Die Volksscenen, die Scenen Egmonts mit seinem Schreiber

und Clärchen, diese wunderbaren Dialoge hatten noch ihren
alten Zauber, und nur Eines berührte mich wie etwas Ver-
brauchtes — die Freiheitstiraden des letzten Akts. Ob es
ein Fluch der Phrasenhaftigkeit unserer Zeit ist, uns auch
die Freude an dem verleidet zu haben, was über dem tönen-
den Erz und der klingenden Schelle steht, oder ob jenes Pa-
thos: von Tod für's Vaterland, von Schergen- und Tyran-
nenthum wirklich einer Stufe angehört, die von einer politisch
reiferen Zeit überwunden werden mußte, lasse ich dahingestellt
sein; kurzum ich blieb kalt. Und gerade diese Stellen sind
es gewesen, die, dem Urtheil der londoner Presse nach, das
englische Publikum mit fortgerissen haben. Was ist das anders, als ein neuer Beweis, daß England in Geschmacksachen
zurück ist. Der Engländer verlangt alles gecayennepfeffert;
Curry-powder und Mixed-pickles in Kunst, wie im Leben.
Sie haben noch nicht begriffen oder es wieder vergessen, daß
die dramatische Kunst nichts sein soll als die Spiegelung
eines erhöhten, aber doch immer wahren Lebens, und daß es
Nonsens ist, einen Hamlet-Monolog im Tone eines Karl
Kunst'schen Otto von Wittelsbach herunter zu donnern, oder
den „lieblichen" Wahnsinn der Ophelia, und wär's auch nur
mit einer Zeile, in die Tobsucht der Königin Konstanze (im
King John) ausarten zu lassen.

Außer Dresden haben nur drei Theater von Bedeutung
ein Kontingent gestellt: Braunschweig, Stuttgart und Darmstadt. Den Reigen eröffnet wie billig Emil Devrient
selbst. Wie es in Buchhändler-Anzeigen heißt: „der berühmte

Name überhebt uns jeder Anpreisung", so laß auch ich es bei der bloßen Vorstellung bewenden. „Wer lobt den Homer?" citir' ich, natürlich cum grano salis. Emil Devrient*) weiß eben im vollsten Maße das, was die Engländer nicht wissen: „daß nur das Maß die Schönheit hat."

An Ruf und Bedeutung steht ihm Grunert am nächsten. Er ist bis jetzt noch nicht aufgetreten, wie Einige sogar meinen noch nicht eingetroffen,**) obwohl Alba (im Egmont), sowie auch König Philipp seinem Repertoire angehören. Die Berliner kennen ihn aus jener Zeit her, wo nach dem Tode Seydelmann's ein Ersatz gesucht und schließlich in einem Wettkampf zwischen Grunert und Döring zu Gunsten des letztern entschieden wurde.

Kühn aus Darmstadt, die Doublette Grunert's, gab uns die obengenannten zwei Rollen und gab sie mit jenem

---

*) Ich kann nicht umhin, über die später stattgehabte Aufführung des Hamlet (Devrients Glanzrolle) hier noch ein interessantes Faktum nachzutragen. Drei berühmte Hamletspieler verschiedener Epochen: der steinalte Kemble, der noch rüstige Kean und ein Dritter (nicht Macready) dessen Namen ich vergessen habe, hatten sich bei der Vorstellung eingefunden um voll Neugier und Theilnahme einem Spiel zu folgen, das mit ihnen und ihrem Ruhm concurriren wollte. In drei Rängen des Hauses saßen sie Einer über dem Andern, und der alte Kemble zu oberst. Der Triumph Devrients war ein vollständiger; an der Spitze des Beifall spendenden Hauses aber standen die drei Rivalen und begrüßten den Vierten, neidlos, wie es dem Künstler geziemt. — Eine Folge dieses Sieges war die von besondern Huldigungen begleitete Aufnahme Emil Devrients in den Shakespeare=Club.

**) Er blieb überhaupt aus; die Gründe hab' ich nie erfahren.

Verständniß, das in England (weniger von der Kritik als
vom Publikum) unverstanden bleibt. Er verschmäht jede
bloße Appellation an das Trommelfell. Sein Alba genügte
mir weniger, weil das Bild Seydelmann's in dieser Rolle
noch allzu lebhaft vor meiner Seele stand; desto vortrefflicher
fand ich seinen Philipp. Das mehr englische Publikum, das
dieser zweiten Vorstellung beiwohnte, blieb verhältnißmäßig
kalt; er schrie nicht genug. Wohl ihm, daß er sich durch diesen halben Erfolg nicht bestimmen ließ, auf falschem Wege
mehr erringen zu wollen und dadurch in den Augen der Ur-
theilsfähigen den ganzen einzubüßen. Nur etwas möcht' ich
tadeln, um so mehr und entschiedner, als ich damit gegen
eine ganze Schule Front mache, die von Frankreich aus her-
übergekommen, auch bei uns Mode zu werden droht. Der
Schauspieler liest seine Rolle, macht sich, so gut er kann, ein
Bild von der Persönlichkeit und dem Charakter dessen, den
er spielen soll und giebt uns nachher, mit Umgehung des
Dichters und seiner doch nicht immer nutzlosen Worte, ein
lebendes Bild; — man erniedrigt das Drama zur panto-
mimischen Darstellung. Der Dichter hat einen Cromwell
oder Wallenstein, einen Carl Stuart oder Richelieu gezeichnet; was thut der Schauspieler? er besucht Gemälde-Gallerien,
studirt die Bilder Van Dyks oder Paul de la Roche's, wirft,
wenn er Zeit hat, auch einen Blick in Rotteck's Weltgeschichte
und giebt uns hinterher ein charakteristisches Bild statt einer
Charakterrolle; — der Dichter und seine Worte werden
übergeschluckt. Es giebt Schauspieler (dazu gute), die in

Ueberschätzung ihrer selbst ganz ernsthaft versichern, der Dichter habe nichts weiter als ein Personenverzeichniß und die scenische Eintheilung des Stoffs zu geben, alles Andre sei Sache des ausübenden Künstlers, der somit Dichter und Schauspieler in einer Person zu sein trachtet. Ich laß es dahingestellt sein, wie viel Schuld die Dichter selbst, und insbesondere die französischen Lustspielfabrikanten, die es in der That gleichgültig machen, ob der Schauspieler ihre oder seine Worte citirt, an diesem Uebermuth der Bretterhelden tragen: — ich gebe nur die Thatsache und begnüge mich dabei hinzuzufügen, daß auch Kühn von dem Einfluß dieser Mode nicht frei geblieben ist. Das Murmeln in den Bart, das Verschlucken und dann wieder plötzliche Herausstoßen von Worten mag unter Umständen geeignet sein, das Charakterbild zu vervollständigen; das Drama soll aber mehr geben, als solche Bilder, und wie ein Kirchgang uns einen Spruch mit nach Haus giebt, so soll ich auch reicher im Herzen das Schauspiel verlassen; dazu braucht es aber der Worte.

Frau Stolte aus Braunschweig ist eben so hübsch wie wohlgeschult, eine Künstlerin, doch ohne die höchsten Staffeln erklommen zu haben. Dazu ein Klärchen! es wird immer einer verwandten Natur bedürfen, um den ganzen Zauber dieser Rolle wiederzugeben. Die „Klärchen" sind selten im Leben und müssen es noch mehr auf den Brettern sein; das Bühnenleben ist nicht das, was der schönen Einfalt Vorschub leistet. — Frau Stolte's „Königin" (im Don Carlos) schien mir gelungener; ihre Scene mit Philipp — im

vierten Akt — sogar ein Meisterstück. Die Leidenschaftlich-
keit des Moments überhob sie der, in den übrigen Scenen
gebotenen Grandezza, worin sie sich nur mühsam zurecht finden konnte und um deßhalb jener Würde entbehrte, ohne
welche die Grandezza zu bloßer Steifheit wird.

Genüge das Gegebene, und sei mir's zum Schluß nur
noch erlaubt, meine Muthmaßung über den Erfolg des
deutschen Theaters in London auszusprechen. Der äußere
ist nicht zu berechnen; doch wird das Publikum dem ganzen
Unternehmen gegenüber wohl zunächst jene ruhig-kalte Stellung einnehmen (was den fashionablen Besuch des Theaters
natürlich nicht ausschließt), die der mißtrauische Engländer
gegen alles Fremde zu behaupten pflegt. Auch das Kopf-
schütteln derer, die den alten Kean noch im Gedächtniß haben,
wird nicht ausbleiben. Nichtsdestoweniger, ob gelobt oder
getadelt, wird eine Wirkung auf die englische Schauspielkunst
sich geltend machen und die endliche Erkenntniß sich Bahn
brechen, daß nur ein Weg zum guten Ziele führt — die
Natur.

9 *

Der Tower.

Die Sonne lacht und der Himmel ist wolkenlos. Ein Steamer trug uns von Westend bis an die Londonbrücke, und auf gut Glück dem Menschenstrom uns überlassend, der jetzt in die Themsestraße einmündet, befinden wir uns plötzlich in- mitten des bunten City-Treibens und schwanken, staunenden Auges, was reicher sei: der blitzende Bazar, von dem wir kommen, oder das rußige Bergwerk, zu dem wir gehen. Ganz London ein goldener Baum: Westend seine Blüthe, aber die City — Wurzel und Stamm.

Doch wir haben andere Ziele heut als Dock und Speicher, als Keller und Werft, und vorüber an „Billingsgate", dem weltberühmten Fischmarkt, der mit seinen Austern und Muscheln und all seinem noch kribbelnden Seegewürm: Krabben und Krebse, Lobster und Spinnen — vor uns liegt wie ein trocken- gelegtes Stück Meer, vorüber auch an Zollhaus und Kohlen- börse, gerathen wir jetzt auf einen weiten, freien Platz, der mälig ansteigend einem gepflasterten Hügel gleicht. Auf ihm

liegt der „Tower." Gespenstisch-grau steht er da: ein
Grabmonument über einer gestorbenen Zeit und — die englische Geschichte seine Inschrift.

Der Tower ist eine Art Fort, von einem breiten, jetzt
ausgetrockneten Graben ringsum eingefaßt, und besteht aus
einem bunt zusammengewürfelten Haufen von Wällen und
Thürmen, deren bedeutendster, der weiße Tower, wiederum
eine Citadelle für sich bildet und isolirt aus der Mitte des
geräumigen Festungshofes emporragt. Wie weit der Tower
unsern modernen Anforderungen an einen „festen Platz" entspricht, muß ich dahin gestellt sein lassen; seine Lage indeß,
auf einem Hügel inmitten der Stadt und in unmittelbarer
Nähe der Themse, darf noch jetzt als überaus günstig bezeichnet
werden: er beherrscht Stadt und Strom. Es ist um deshalb
auch mindestens wahrscheinlich, daß der alte Römerthurm,
dessen Ueberbleibsel Einem noch jetzt als Fundament des weißen
Towers gezeigt werden, wirklich an dieser Stelle gestanden
habe, da keinem Kriegsverständigen, geschweige einem Cäsar,
die Vortheile dieser besonderen Lage entgehen konnten. Der
jetzige Tower, so weit er überhaupt dem Mittelalter angehört,
ist überwiegend eine Schöpfung Wilhelms des Eroberers, der
eine Festung nöthig glaubte, um das zu Aufständen geneigte
London (man ersieht nicht, ob aus Anhänglichkeit an die alte
Sachsen-Dynastie) im Zaume zu halten.

Nur wenige Theile des Towers, und nicht eben die in-
teressantesten, stehen dem Publikum zur Besichtigung offen.
Wer alles sehen will, bedarf einer Erlaubnißkarte von Seiten

des Herzogs von Bedford, wenn es ihm nicht bald gelingen
ist, verzieht. Sich jenes Obersten Schlüssel zu bekommen, der
ihm... ... ... in Tower zu leiten.

Der Bittsteller weist zunächst vier auf einander folgende
Thore, die jeden Morgen bei Tagesanbruch mit allen Förm-
lichkeiten einer Festung geöffnet werden. An dem ersten oder
zweiten Thore gewahrt man eine Art Wachtlokal, vor dem
ein halbes Dutzend seltsam gekleideter Gestalten auf und ab
patrouilliren und gähnend in die Morgensonne blicken: es
sind die Tower wächter in ihrem mittelalterlichen Trabanten-
kostüm. Vordem hießen sie „Yeomen"; die große Masse
Rindfleisch indeß, die sie in der königlichen Vorhalle zu vertil-
gen pflegten, wenn sie Dienst im Schlosse hatten, zog ihnen
den Namen „Beefeater" (Rindfleischesser) zu, eine Bezeichnung,
die ihnen — und ihren wohlgenährten Gestalten nach mit
vollem Recht — bis auf den heutigen Tag geblieben ist. Ihre
Tracht ist mehr auffällig als schön, wiewohl jedenfalls nicht
häßlicher, als der taillenlose Schwalbenschwanzfrack eines modernen englischen Soldaten. Das Kostüm der Beefeaters
besteht aus einem rothen, vielfach mit allerhand Plattschnur
besetzten Waffenrock und einem Hut, der, mit Ausnahme seiner
breiten Krempe, genau der sammtnen Kopfbedeckung unserer
protestantischen Geistlichen gleicht. Einen dieser Towerwächter
wählt man als Führer.

Was wir zunächst gewahren, ist der Bell-Tower (Glocken-
Thurm), auf dem sich die Alarm-Glocke für die Garnison
befindet. In diesem Thurme saß Prinzessin Elisabeth und

vor ihr Graf Salisbury gefangen; doch bedarf beides der
Bestätigung. Wenige Schritte weiter bemerkt man in dem
Steinwall zur Rechten eine schwere, eisenbeschlagene Thür;
das ist „Traitors Gate", das „Hochverräther-Thor". Von
einer zur Seite gelegenen Schreinerwerkstatt aus läßt sich ein
Ueberblick über diesen Ort gewinnen. Es ist ein Wasserbassin,
von der Größe und dem Ansehn einer geräumigen Badezelle;
von oben blickt der Himmel herein. Einander gegenüber
liegend gewahren wir zwei Thore: das eine führt auf den
Strom, das andere zum Tower-Hof. Geräuschlos, meist in
dunkler Nacht, glitt das wohlbesetzte Boot die Themse hinunter. Fernab von Volk, Freunden und jeder Möglichkeit
der Rettung, starrte der Angeklagte vor sich hin und ahnte:
ich fahre in den Tod. Wenn das Außenthor sich öffnete und
wieder schloß, war er schon wie im Kerker: vier hohe Wände
ringsum und nur ein Streifen Himmel über sich. Zu ihm
mocht' er aufblicken, ihn mocht' er anrufen: das Ohr und die
Gnade der Menschen lagen weit hinter ihm. Schweigend legte
sich das Boot an die steinernen Stufen, die noch jetzt zu dem
innern Thore hinaufführen, und der Verklagte bestieg sie wie
seine erste Leiter zum Schaffot. Der Letzte, der hier anlegte,
war Arthur Thistlewood, ein Führer der Cato-Street-Ver-
schwörung; wenig Wochen später war er gehenkt. Unter den
Wenigen, die diesen Weg zweimal machten, hin und zurück,
war Prinzessin Elisabeth.

Fast gegenüber von Traitors Gate bemerken wir einen
zweiten Thurm. Er heißt Bloody-Tower, Blut-Thurm. Hier

wurden die Söhne Eduards erwürgt. Im zweiten Stock gewahren wir ein Fenster mit trüben, in Blei gefaßten Scheiben; dahinter liegt der Ort der That. Das Fenster steht halb offen und schaut drein, als bät' es den sonnigen Tag um Luft und Licht. Umsonst! Der Blutgeruch haftet hier, wie an den weißen Händen der Lady Macbeth.

Das gewölbte Thor des Blutthurms führt uns auf einen geräumigen Platz, von Wällen, Thürmen, alterthümlichen Häusern und modernen Kasernen ringsum eingefaßt. In der Mitte des Platzes erhebt sich der White-Tower. Nach der Ostseite hin erblicken wir die Ueberreste des Bowyer-Thurms, wo der Herzog von Clarence im Malvasierfaß ertränkt wurde. Nicht fern davon ist der Brick-Tower, wo Lady Jane Grey gefangen saß, und der Wakefield-Thurm, wo Heinrich VI. ermordet wurde. Interessanter aber für den Besucher ist der Beauchamp-Thurm, das ehemalige Staatsgefängniß, worin die Mehrzahl derer saß, die unter der Anklage des Hochverraths standen. Wir treten ein. Was wir zuerst erblicken, ist, aus der Kellertiefe emporragend, der Obertheil eines backofenartigen Kerkers. Aber dieses Wort ist Beschönigung: es ist ein Kerkerloch. Der Raum reicht nur eben aus zum Sitzen; es ist unmöglich, sich darin zu strecken oder gar aufrecht zu stehen. Kein Lichtstrahl dringt hinein. Die Wände dieser Höhle sind mit eingekratzten Namen bedeckt (ich sah sie beim Schimmer eines angezündeten Lichtchens), aber theils unleserlich, theils ungekannt. Nur von Einem weiß man mit Sicherheit, daß er hier athmete: Lord Cholmondely (zur

Zeit Heinrichs VIII. oder der Maria Tudor) saß hier sieben Jahre. — Eine Steintreppe führt uns ins erste Stock und wir befinden uns jetzt in einem achteckigen Zimmer, dem ziemlich geräumigen Speisesaal der Tower-Garnisons-Offiziere. Vor drei Jahrhunderten saß hier minder heitere Gesellschaft am Tisch; zahllose Inschriften an den Wänden geben Kunde davon. Viele sind flüchtig eingekratzt, wie in der letzten Stunde vor der Befreiung, oder doch (denn zu oft nur war es Täuschung) in dem Glauben daran. Andere sind tief und sauber eingegraben; die Arbeit eines Mannes, der da wußte: ich habe Zeit. Oft begegnet man dem Schriftzuge AR, den Anfangsbuchstaben des Lords ARundel, Grafen von Norfolk. Hier saß Thomas Bell (Glocke); er hat eine Glocke gezeichnet und seinen Vornamen sammt Jahreszahl hinein. Hier saßen fünf Brüder Dudley: Guilford, Robert, John, Ambrosy und Henry. Guilford starb unterm Beil der einen Königin; Robert (Graf Leicester) stand neben dem Thron der anderen. Hier saß Arthur Poole, ein Enkel des Herzogs Clarence, und kratzte, halb Hoffnung, halb Verzweiflung, in die Wand: „Gefahrvolle Fahrt verschönt den Hafen." Hier saß Charles Bailly, der Freund der schottischen Marie; dem Gedanken nachhängend, daß seine Königin dulde, wie er selbst, schrieb er in den Stein: „Der ist der Unglücklichste, der verzagt wenn er leidet, denn nicht das Unglück tödtet uns, sondern die Ungeduld." Ein breiter Rand, gleich einem Rahmen, zieht sich um diese Worte und in ihm lesen wir: „Feind sei Keinem, Freund nur Einem." Hier saß Thomas Clarke. Die Geschichte hat

keinen Raum für ihn gehabt auf ihren Tafeln, aber die Wände
dieses Kerkers überliefern uns seinen Namen und in zwei
Zeilen sein Leben und seinen Schmerz:

> Prüfe den Freund bevor Du verträust,
> Und wohl Dir, wenn Du dann sicher baust.

Wir verlassen dies Zimmer wieder, das mir schlecht gewählt scheint für die Tischheiterkeit junger Offiziere und halten
uns, hinaustretend auf den Hof, zur Rechten, um der Tower-
Kapelle St. Peter ad Vincula einen flüchtigen Besuch zu machen.
Bevor wir sie erreichen, haben wir, fast in Front der Kirche,
einen mit Kalkstein gepflasterten Platz zu passiren, der durch
seine kreisrunde Form kaum minder auffällt, als durch die
Weiße seiner Steine, auf die eben jetzt das volle Licht der
Sonne fällt. Hier stand das Schaffot, auf dem das Haupt
der Anna Bulen fiel. Zehn Schritt davon, im sogenannten
Juwelen-Zimmer, wird Einem die Edelsteinkrone gezeigt, die
sie am Tage ihrer Vermählung trug. So nah bei einander
das Zeichen höchsten Glanzes und die Stätte tiefster Schmach!
Nun ist vergessen fast, was hier geschah; Kinder spielten auf
dem Platz. — Wir treten in die Kapelle. Es ist eine schlichte
Kirche, aber ein vornehmer Kirchhof. Du siehst nicht Kreuz,
nicht Stein; saubere Teppiche bedecken den Boden, helles
Sonnenlicht fällt durch die Scheiben, freundlich blicken die
Kapitäler auf dich nieder und doch — ein Kirchhof. Du
kennst die Bineta-Sage! Es ist, als ob Du bei sonnigem
Tag über den Meeresspiegel fährst: Gold und Glanz und
Bläue um Dich her, doch unter Dir die begrabene Stadt.

Wo sich der Altar erhebt in echt englischer Einfachheit, könnten Grabmonumente stehen, tiefer noch und poetischer gedacht, als der belebte Marmor in St. Paul und Westminster. Hier ruhen, den Kopf vom Rumpf getrennt, Anna Bulen und Kate Howard, Thomas Cromwell*) und Graf Essex, Jane Grey und Guilford Dudley, und zuletzt auch Herzog Monmouth, der unterm Beile sterben mußte, weil seines Vaters Blut in seinen Adern war; denn wer ein Stuart war, stand dem Schaffote näher, als dem Glück. — An der andern Seite, grad über dem Altar, ist eine zweite Grabstätte. Bänke und Betstühle ziehen sich darüber hin, und allsonntäglich singt hier die gedankenlose Menge und weiß kaum, auf wessen Köpfe sie tritt. Dort ruhen drei Schotten: die jungen Grafen Kilmarnock und Balmerino, und Lord Lovat, ein Greis von achtzig. Sie waren mit bei Culloden und sahen den Stern der Stuarts und ihren eignen untergehen. Die Schlacht schonte ihr Leben, nicht so der Henker. Da ist eine vielgesungene Ballade aus der Zeit der Königin Elisabeth, vom alten Norton und seinen sechs Söhnen:

> Sie fielen nicht auf blutigem Feld
> Und litten doch alle blutigen Tod:
> Vergebens war seine Locke so weiß,
> Vergebens war ihre Wange so roth —

das mochte man wieder singen im schottischen Hochland auf den Tod der drei Lords, des alten und der zwei jungen.

---

*) Der Diener Kardinal Wolsey's und dann sein Nachfolger in der Gunst Heinrich's VIII.

Wir verlassen die Kirche und wenden uns jetzt zum White-Tower. Er hat seinen Namen vermuthlich von dem weißen Kalkstein, womit seine Wände und Thürme an den Ecken eingefaßt sind. Was wir zuerst sehen, ist eine Rüstkammer: fünfundzwanzig Ritter zu Pferde, jeder ein König oder doch mächtig wie er. Wer entschlüge sich des Eindrucks, wenn er durch einen Ahnensaal geht und Bild auf Bild längst verschwundener Herrlichkeit auf ihn niederschaut! Dieser Eindruck verstärkt sich hier. Der Beschauer nimmt Revue ab: vierhundert Jahre und ein Geschwader von Königen ziehen an ihm vorüber. Der Zug beginnt mit Eduard I. und schließt ab mit Jakob II. Gegen ihn hat sich auch hier noch der Haß und die Verachtung des Volks gekehrt: das Schwert an seiner Seite gleicht einer Harlekins-Pritsche, und mit zerzauster Perrücke, schäbigem Rock und einem Gesicht voll unendlicher Stupidität schaut er drein, eher ein Barbier zu Pferde, als ein König von England. In der langen Reihe derer, die, wo nicht das Szepter, doch die Zügel des Reichs in Händen hatten, fehlt nur Einer — Cromwell. Statt seiner reitet Graf Strafford an der Seite seines königlichen Herrn, auch hier noch sein Schildknapp, wie einst im Leben. — Wir verlassen die Rüstkammer und treten zunächst in einen schmalen Gang. Auf einem Fenstersims liegt ein hartes, schweres Stück Holz; der Führer gibt es Dir in die Hand; Du wägst es; was ist's? Das ist Stammholz von einem Maulbeerbaum, der dicht unter diesem Fenster auf dem Grabe der Söhne Eduards wuchs. Während Prinzessin Elisabeth hier gefan-

gen faß, liebte fie es, unter dem schattigen Maulbeerbaum zu
fißen und in Sommerszeit von seinen Beeren zu essen. Süße
Frucht von bittrem Leid! — Eine schmale Stiege führt uns
in die Kapelle Wilhelms des Eroberers. Sie ist wohl erhalten und zeigt deutlich den alten Normannen-Styl: kein Spiß-
bogen, nur runde, mächtige Säulen mit stets wechselndem
Schmuck der Kapitäler. Im zweiten Stock treten wir in einen
weiten Saal. Seine Wände sind vierzehn Fuß dick; ein
dreimannsbreiter Gang ist rundum in die Mauer gehauen
und dient als ein versteckter Korridor. Der Saal selbst ist
das Tower-Archiv: Bücher, verstaubte Akten und Pergamente
ringsum. Einst lagen hier nicht Chroniken und die Be-
richte geschehener Dinge, sondern die Dinge selbst geschahen
hier. Hier hielt Richard III. Staatsrath; am teppichbedeckten Tische saßen Buckingham und Hastings, Stanley und
Bischof Ely, Catesby und eine lange Reihe stolzer Grafen
und Lords. Auf sprang Richard, ein Todesurtheil auf der
Lippe; und als Lord Hastings dazwischentrat, mit einem zitternden „wenn" das bedrohte Leben Elisabeths (der Wittwe
Eduards IV.) zu retten, rief ihm der König zu:

> Wenn?! Du Beschirmer der verdammten Beß,
> Sprichst Du von „wenn" mir noch? Verräther!
> Herunter seinen Kopf!

Und mit dem Fuße das Zeichen gebend, traten jetzt
seine Söldner aus dem verdeckten Gange hervor, und Lord
Hastings war — ein todter Mann.

Wir lauschen den Worten des Führers, die Eindruck
machen troß ihrer Leiermelodie, und schwerathmend unter der

schwülen, staubigen Luft dieser Räume, vielleicht auch unter ihren Erinnerungen, erklimmen wir jetzt die letzte schmale Treppe und treten durch einen der vier Thürme auf das flache Dach des Towers hinaus. Welcher Anblick!

Die Sonne lacht und der Himmel ist wolkenlos; glitzernd zieht sich der breite Strom vor uns dahin; tausend Boote durchkreuzen ihn; Bienenfleiß in den Straßen und geschäftiger Lärm an Dock und Werft. Das Gesumm steigt gen Himmel auf, bewußt und unbewußt, wie die fromme Bitte: „Unser täglich Brot gieb uns heute." Und der Himmel giebt's. Wir aber, verloren in dem Anblick, der sich vor uns aufthut, fühlen im Innersten: schön sind die Schauer der Romantik wie Gespenstergeschichten am Kamin, aber wohl uns, daß wir nur hören davon; — sie lesen sich gut, aber sie erleben sich schlecht.

„Not a drum was heard."*)

Tagüber war Regen; nun standen die Sterne klar am Himmel, aber sie spiegelten sich in Wasserlachen und die Luft ging kalt. Es mochte Mitternacht sein. Wir durchschritten die endlos langen Straßen Southwarks und froren bis auf's Mark. So kamen wir in die Nähe der Themse; schärfer blies der Wind und unsere sechs Augen glitten jetzt, wie von einem Willen regiert, die Häuserreihe hinab: sie suchten ein farbiges Licht, sehnsüchtig wie der Schiffer seinen Leuchtthurm. Nichts leichter zu finden in London, als eine bunte Laterne! Wir traten ein; der Zufall hatte uns glücklich geführt. Keine nackten Wände mit Zinnkrügen ausstaffirt und Qualm an

---

*) Dies sind die Anfangsworte des berühmten, von Charles Wolfe gedichteten Volksliedes: „the burial of Sir John Moore." John Moore war Generalmajor in Spanien und der Vorgänger Wellington's im Commando. Auf dem Rückzuge ward er bei Coruña (wo sich die englische Armee einschiffte) durch eine Kanonenkugel des verfolgenden Feindes getödtet. In St. Paul ward ihm, unfern von Abercrombie, ein Denkmal errichtet.

der Decke; nein, blendendweißer Stuck, Pfeilerspiegel und Seestücke von Meisterhand ringsum an den Wänden. Es war ein Matrosen-Salon. Wo der Matrose verkehrt, da herrscht Luxus und Reichthum. Zwölf Monat auf See, zwölf Tage an Land: mit der Blindheit der Leidenschaft stürzt er sich in den Strudel wilder Lust, wirft sein Geld weg, das ihm schon morgen nichts mehr frommen mag, und nennt das — sein Recht. Eine Stunde Rausch für jede Stunde Gefahr!

Aber die tollen Gäste fehlten heut: kein Tanz, kein Spiel, kein Zank; keine Mütze mit dem Dreifarbenstreif und keine knapp anliegende Jacke mit ihrer Doppelreihe goldblanker Knöpfe. Vergeblich flackert die Flamme im Kamin; taghell blitzen die doppelarmigen Kandelaber; umsonst! umsonst stimmen Baß und Geige ihre Saiten und proben und locken; jeder Eintretende bringt eine Enttäuschung — auch wir.

Dennoch ist eine Gesellschaft versammelt. Im Halbkreis um den Kamin herum lagen zwanzig Weiber: die Mehrzahl von dunklem Teint und schwarzem Haar, voll und üppig, Bilder der Kraft und Sinnlichkeit zugleich. Daneben — Kinder von fünfzehn Jahren und darunter, blaß, frech, schwindsüchtig, ganz vom Laster und halb vom Tod erfaßt. Orientalisch, mit untergeschlagenen Beinen sitzen sie auf gepolsterten Kissen: apathisch-schläfrig starrt die Eine in den Kamin; lachend über das Scherzwort ihrer Nachbarin zeigt die Zweite ihre blendend weißen Zähne; wohlgefällig, im Spiegel gegenüber, freut sich die Dritte ihrer dunklen Schönheit; eine

Vierte und Fünfte würfeln um die Zeche; der Rest lärmt und lacht und gähnt; nur Eines ist Allen gemeinsam — das Glas Grog in der Hand.

Rechts von ihnen, an einem Steintisch, sitzen drei Stammgäste, Männer zwischen vierzig und funfzig, feste Leiber und feste Seelen, gleichgültig gegen Leben, eigenes und fremdes, Helden im Kriege, Gesindel im Frieden, längst fertig mit den Weibern, nur zweierlei noch im Herzen: Alt-England und — Rum.

„Hört auf zu quitschen!" ruft jetzt der Aelteste von ihnen den Fiedlern zu, „wen lockt ihr noch um Mitternacht? Wer kommen will, wär' längst da. Aufgepaßt! ich sing' Euch eins."

„Bravo! Old-Bob will singen; still da!" ging's jetzt im Kreis herum, bis endlich die vielen Rufe in den einen zusammenklangen: „Dein Leiblied, Bob! fang an! not a drum was heard!"

Der Alte war aufgestanden. Er warf seinen breitkrämpigen Hut auf den Tisch, als ging er an das Lied wie an sein Gebet, fuhr mit der Hand rasch über Gesicht und Haar, räusperte sich und begann:

> Kein Trommelwirbel, kein Grablied hohl,
> Als wir an den Wallrand lenkten —
> Kein Schuß rief über ihn hin: „Fahr wohl!"
> Als wir ihn niedersenkten;
> Wir senkten ihn nieder um Mitternacht;
> Sein Grab — ohne Prunk und Flimmer;
> Wir hatten's mit Bayonnetten gemacht
> Bei Mond- und Windlicht-Schimmer.

Viel Zeit zum Beten hatten wir nicht,
Nicht Zeit zu Klagen und Sorgen,
Wir starrten dem Todten in's Angesicht,
Und dachten: „was nun morgen!"
Kein Grabtuch da, kein Priester nah,
Kein Sterbekleid und kein Schragen,
Wie ein schlafender Krieger lag er da
Seinen Mantel umgeschlagen.

Und kaum noch, daß unser Thun vollbracht,
Heim rief uns die Glock' von den Schiffen,
Und über uns hin jetzt, durch die Nacht,
Des Feindes Kugeln pfiffen;
So ließen wir ihn auf seinem Feld,
Blutfeucht von Heldenthume,
Da liegt er und schläft er allein, unser Held,
Allein mit seinem Ruhme.

Wir dachten, als wir den Hügel gemacht
Ueber seinem Bette der Ehre:
Bald drüber hin zieht Feindes Macht,
Und wir — weit, weit auf dem Meere;
Sie werden schwätzen viel auf und ab
Von Ehre, die kaum gerettet, —
Doch nichts von Allem dringt in sein Grab,
Drin wir Britischen ihn gebettet.

Er schwieg und einen Augenblick alles mit ihm. Dann
aber sprangen die Weiber von ihren Polstern auf, die Fiedler
ergriffen ihre Geigen wieder, und ohne daß ein Zeichen gegeben
oder ein Wort gesprochen war, klang jetzt in begeistertem
Chorgesang der letzte Vers des „Sir John Moore Liedes"
noch einmal durch die weiten Räume des Saales.

Die letzte Note war verklungen; man schwang die Glä-
ser, man schrie, man lärmte; wir aber brachen auf, ängstlich

bemüht, den Eindruck dieser Scene ungetrübt mit nach Hause zu nehmen. Schweigend schritten wir über die Londonbrücke, tausend Lichter spiegelten sich im Strom, hundert Schiffe streckten ihr Mastenwerk phantastisch in die Nacht, von St. Paul schlug es zwei, mir aber klang's noch immer im Ohr: not a drum was heard!

Das ist das Mark dieses Volkes: national bis auf die Matrosendirne hinunter. Solche Kraft kann gedemüthigt werden, aber nicht gebrochen; jeder Niederlage muß die Erhebung folgen.

Rudrer und Steuermann.

Die Themse hinauf, von London bis Richmond, lehnt sich Dorf an Dorf: Chiswick und Hammersmith, Fulham und Putney, Barnes und Mortlake; begleite mich der Leser in das letztere.

Mortlake ist eine jener hundert grünen Oasen, die nach allen Seiten hin die große London-Wüste umzirkeln. Dorthin eilt der City-Kaufmann, um nach der Hitze des Tages und Erwerbs in frischer Luft sich satt zu trinken; dort, fern dem lauten Strom der Menschen, freut sich sein Auge am stillen Themsestrom; und hinter sich den Weltverkehr und das Spiel der Spekulation, wirft er sich hier in den Rasen seines Parks — mit seinen Kindern zu spielen. Nichts Reizenderes als solch ein Themsedorf. Versteckt hinter Buchen und Ulmen ziehen sich die Häuser am Strom entlang, und nur hier und da lacht ihr Bunt aus dem Grün des Laubes hervor, wie Mädchengesichter hinter Blumenstöcken. Die City ist ein Einerlei, aber hier lebt Mannigfaltigkeit und ihr Reiz.

Prachtvoll erhebt sich die Villa des reichen Handelsherrn: Statuen schmücken die Treppe, Brunnen beplätschern das Grün, Stille liegt über dem geharkten Kiesgang, und gedämpft nur, aus der halb offenen Thür, klingen die Töne eines Flügels herüber. Daneben wohnt Einfachheit: Epheu und Rosen klettern am Spalier zu allen Fenstern hinein. Kein Springbrunnen bewässert den Rasen; statt des Wasserstrahles aber (die Familie trinkt ihren Thee im Freien) steigt der Dampf des singenden Kessels in die Höh', und der Himmel freut sich des Menschenglücks und lacht herab mit allen seinen Sternen.

Aber da sind noch andere Häuser in Mortlake. Dicht am Strom steht ein Wirthshaus, dort wohnt Richard Coombes, der erste Rudrer seiner Zeit. Sein Haus ist eine Taverne wie hundert andere: Goldbuchstaben versprechen das beste Bier; höflich hält der holzgeschnitzte Matrose über der Thür seinen gelben Hut in der Hand, und aus der Geisblattlaube, dem besten Trinkplatz des Hauses, schimmert's von braunen Gesichtern und irdenen Pfeifen; nichts Besondres, weder drinnen noch draußen. Aber alljährlich im Mai, wenn die Wettlust Alt-Englands in Blüthe steht, wenn man den Hähnen die Sporen anschnallt, wenn jeder in Epsom gewinnen will was er in Chester verlor, und die Königin selbst Schloß Windsor verläßt um den Staub und die wilde Jagd der Ascott-Haide an sich vorbeiwirbeln zu sehen, dann kommt auch der Tag Richard Coombes und seiner Taverne, dann ist sein Haus verdeckt von grünen Reisern und bunten Fah-

nen, dann steht unsrer Rudrer in weißem Hemd und weißem
Beinkleid, mit Strohhut und flatterndem Halstuch neben seinem Boot, wie der Reiter neben seinem Roß, und lächelnd
den Gruß junger Ladies erwiedernd, die erwartungsvoll auf
den Polstern ihrer Equipagen stehn, blickt er nicht um sich
wie der Bierwirth vom Tags vorher, sondern wie der Sieger
des nächsten Augenblicks. Seht da! das war das Zeichen:
die Regatta beginnt, und schneller wohl als je die Lagunen
solch Wettspiel sahen, schießen jetzt die Mortlake-Gondoliere
über die sich kräuselnde Themsefluth dahin. Nur Einer ist
zurück — Richard Coombes: er spielt. Aber jetzt, im Angesicht des Zieles schon, streift er die Aermel seines Hemds
in die Höh', und zwölfmal tief eingreifend mit seinem schlanken Ruderpaar, überfliegt er seine Nebenbuhler und springt
an's Ufer — der Sieger über alle. Lords schütteln ihm die
Hand, der Mob schreit „Vivat!" andern Tages aber hat
Richard Coombes seine Spalte in der „Times" und bis nach
Indien und zu den Siegern hin am Irawaddi dringt die
Nachricht von seinem Regatta-Sieg.

Das lustige Wirthshaus hat einen finstren Nachbar.
Die Häuser sind durch einen Zaun getrennt, ihre Bewohner
— durch zwei Jahrhunderte. Die kurzen, gedrungenen
Flügel dieses Nachbarhauses sehen aus, als hätten sie sich,
scheu vor jeder Berührung, in sich selbst zurückgezogen. Die
Fenster sind zerschlagen, der Kalk fiel ab, und der Epheu, als
könne er wählerisch sein wie der Tod, weigert sich, seine
Decke darüber auszubreiten. Hohe Feueressen überragen das

Dach, aber keine Rauchsäule wirbelt freundlich daraus hervor; nichts Lebendes hier, als die Schwalbe am Simms. Ein
altes Mütterchen hat die Schlüssel; sie führt uns. Das
Eisengitter knarrt, und nun die Thür: hinter uns schließt
sich das Haus des Todes. Wir durchschreiten die Zimmer
und Stockwerke, überall dieselbe Verwüstung: altmodische,
halbverfallene Kamine, abgerissene Tapeten, Staub, Spinn-
web, schwüle Luft. Hier ist die Bankethalle: Pannele mit
rohem Schnitzwerk umkleiden die Wände, und von zwei Seiten fällt mattes Licht in den schmalen, aber die ganze Tiefe
des Hauses durchlaufenden Saal. Wer saß hier? sie alle,
jene eisernen Stirnen, die dem Strafford das Schaffot bauten; jener Oberst, der Hand an seinen König legend und um
sein Recht befragt, auf die Gewehrläufe seiner Söldner wies,
und jener blasse Fleischerssohn vor allen, dessen Herz fanatisch
klopfte bis es die Hand des Henkers ihm aus dem Busen riß.
Und hier? dies ist ein Schlafgemach! wer schlief darin? wer
betete an diesem Pult, heute zum Schein und morgen aus
der Tiefe eines geängsteten Herzens? wer warf in jene Ecke
das breite Schwert von Marston-moor, knirschend, daß es kein
Scepter sei, — wer? kein Rudrer, aber ein Steuermann!
sein Name war vor der „Times“ und ihren Spalten; er
braucht sie nicht: tief eingegraben in die Tafeln der Geschichte
steht — Oliver Cromwell.

Smithfield.

Unter allen Plätzen Londons ist keiner mit der Geschichte des Landes inniger verwebt als Smithfield. Hier war es, wo der Fanatismus Maria Tudors in kurzer aber blutiger Regierung 277 Protestanten den Scheiterhaufen besteigen ließ und um vieles früher schon, zu den Zeiten des schwarzen Prinzen und während der Kämpfe der beiden Rosen, turnirte hier die englische Ritterschaft unter den Augen des Hofs.

Seitdem hat Smithfield viel von seinem Glanz verloren. Aus jener Zeit her hat es nur noch das Privilegium mit herübergenommen, der Markt- und Verkaufsplatz für unge-treue, des Ehebruchs überführte Frauen zu sein. Sie wur-den hier — noch im vorigen Jahrhundert — von ihren be-leidigten Männern, mit einem Strick um den Hals, öffentlich feil geboten, und wenn ich recht berichtet bin, ist das betref-fende Gesetz so wenig aufgehoben, daß sich vor wenig Jahren noch eine derartige Scene dem Auge des Smithfield-Publi-kums darstellen durfte. Der Verkäufer wurde einfach bedeutet,

„daß die Innehaltung solcher Gesetze nicht mehr zeitgemäß
sei." *) Relata refero.

Finstre, häßliche, allerhand Winkel und Buchten bil-
dende Häuser schließen jetzt den Platz ein, und zu welcher
Zeit auch man ihm nahe kommen mag, immer findet man
denselben unerträglich thierischen Geruch vor, der von jenen
20,000 Schafen herrührt, die hier allmonatlich zu Markte
getrieben, Montags und Freitags Nacht in unzählige, das
Auge verwirrende Hürden eingepfercht und dann am nächsten
Morgen verkauft werden. Mich brachte der Besuch dieses
widerlichen Platzes zwei Tage lang um allen Appetit, und
ich fand wieder einmal Gelegenheit, mich in Kraftausdrücken
über jenes englische Buchstaben-Recht auszulassen, das unter
andern die Bewohner von Smithfield unwandelbar mit dieser
Marktplage beglücken zu wollen scheint. Zur Zeit Karl
Stuart's wurde ein Gesetz erlassen, das jeden mit harter
Strafe belegte, der innerhalb der Stadt Vieh schlachten würde;
woran sich ein zweiter Erlaß schloß, demzufolge Smithfield,
in der nordöstlichen Vorstadt von London, als Viehmarkt
für die City festgesetzt wurde." Smithfield hat seitdem längst
aufgehört, innerhalb einer Vorstadt von London zu liegen,
aber noch immer beruft sich die City-Verwaltung auf ihr ver-
brieftes Recht und respektirt weder die Nasen noch die Ge-

*) Dies erinnert lebhaft an eine Anekdote vom walachischen
Kriegsschauplatz. Albanesen, die Russenköpfe mit heim ins Lager brachten, wurden bedeutet, „daß das aus der Mode sei."

sundheit jener Tausende, die diesen Platz und seine Nähe bewohnen.

Unter der wüsten Steinmasse, die die Conturen dieses
Platzes zieht, zeichnet sich nur ein einziges Gebäude nicht
eben durch Schönheit, aber doch durch das Abweichende seiner Bauart aus. Das ist das Bartholomäus-Hospital, ein
berühmtes, reich dotirtes Krankenhaus, das unter andern
Sehenswürdigkeiten zweiten Ranges, in seinem Treppenhause
auch einige mittelmäßige Bilder von Hogarth dem Besucher
zur Schau stellt. Aber das ist es nicht, worauf ich die Aufmerksamkeit des Lesers hingelenkt haben will. Hier lebte
Emma Lyons, später Lady Hamilton, als Kindermädchen
des Hospitalarztes Dr. Budd, und die Lebensgeschichte dieses
Mädchens ist es, die ich hier Gelegenheit nehmen möchte, in
Nachstehendem dem Leser zu erzählen.

Lady Hamilton.

Die Welt liebt es, zu Gericht zu sitzen und — zu verurtheilen. Da ist Keiner unter uns, der nicht begierig wäre,
der Themis seine Dienste aufzudrängen; aber wir sind bestech-
lich aus selbstischer Eitelkeit, wir werfen unsere Tadelsucht
zur Schuld des Angeklagten und handhaben das Schwert
besser als die Waage. Da ist nichts so oft vergessen, als das
Wort des Herrn: „wer unter euch sich ohne Sünde weiß, der
werfe den ersten Stein auf sie." Was thun wir? Den mode-
gewordenen Mantel „sittlicher Entrüstung" umschlagend, setzen

wir uns auf unseren Hochmuthsklepper und reiten erbarmungs-
los nieder, was uns kleiner dünkt (nicht ist) als wir selbst.
— Die Presse macht so oft den öffentlichen Ankläger, mache
sie auch 'mal den Vertheidiger.

Es hat vierzig Jahre lang zum guten Ton gehört, von
der Lady Hamilton wie von einer Messaline zu sprechen, deren
traurige Lebensaufgabe darin bestanden habe, die Glorie
Lord Nelsons zu verdunkeln, seiner Sonne — ihre Flecken
zu geben. Es wird Zeit, diese Verurtheilung auf ihr rechtes Maaß zurückzuführen. Geniale Persönlichkeiten tragen
ihren Maaßstab in sich und wollen vor allen Dingen nicht
mit der englischen Sittlichkeits-Elle (daran auch Shelley und
Byron zu kurz befunden wurden) gemessen werden. Zudem
hat noch immer die Strafe einen Theil der Schuld
gesühnt.

Mir erhellt aus der nachstehenden Biographie, der zum
Theil durchaus neue Papiere zu Grunde gelegt sind, eine
Rechtfertigung Lady Hamiltons schon aus dem einen Um-
stande, daß die Liebe und Verehrung Lord Nelsons zu ihr
darin zweifellos zu Tage tritt. Ein Nelson konnte
nichts Unwürdiges lieben. Nebenher aber geben diese
Mittheilungen Aufschluß über den unberechenbaren und in
solchem Umfange nicht geahnten Einfluß Lady Hamiltons
am neapolitanischen Hofe; ein Einfluß, den sie in den kritisch-
sten Momenten und unter Opfern und Gefahren zum Heile
Englands geltend zu machen wußte. England hat ihr diese
Liebe und diese Dienste schlecht gelohnt und der Leser mag

vielleicht, gleich mir, das Gefühl nicht unterdrücken können, daß die größere Schuld — wie so oft — nicht auf Seite des Verklagten, sondern des Klägers liegt.

Lady Hamilton war die Tochter Henry Lyons, eines Handarbeiters, der zu Preston in Lancashire lebte. Ihre Geschichte hat den Roman auf seinem eignen Felde geschlagen; ihr Leben ließt sich wie eine Fabel. Ihr Vater starb während ihrer Kindheit; die Mutter zog nach Hawarden in Flintshire und ernährte sich und ihr Kind so gut sie konnte. Einige erzählen, die Tochter habe hier eine beßere Erziehung empfangen, als der Lage der Mutter nach zu erwarten gewesen wäre; nichts indeß spricht für diese Annahme, wohl aber zeugt das dagegen, daß sie selbst in späteren Jahren und auf dem Gipfel ihres Ruhmes, alles eher verstand als — die Rechtschreibung. Sie wurde wahrscheinlich 1764 geboren, diente als Kindermädchen in ihrer Vaterstadt, ging dann nach London und trat dort, in gleicher Eigenschaft, in die Dienste des Dr. Budd, eines geschätzten Arztes am Bartholomäus-Hospital. Das Hausmädchen, das sie hier vorfand und mit der sie einen Freundschaftsbund schloß, wurde seltsamerweise kaum minder berühmt als sie selbst und glänzte jahrelang als die erste Schauspielerin (Mrs. Powell) des Drury-Lane-Theaters. Oftmals später, während die Sonne Lady Hamiltons in Mittag stand und ihr Geist und ihre Schönheit gleich gefeiert wurden, liebte sie es an der Seite ihres Gemahls Drury-Lane zu besuchen, um einer glänzenden Vorstellung Mrs. Powell's beizuwohnen. Die Aufmerksamkeit und Bewunderung des Hauses pflegte sich dann zwischen Bühne und Loge zu theilen, zwischen der berühmten Schauspielerin und — dem noch berühmteren Gast. Man wird die Geschichte der Haus- und Kindermädchen vergeblich nach einem Seitenstück durchsuchen.

Ihr Aufenthalt im Hause des Dr. Budd währte nicht lange; sie stieg zunächst noch eine Stufe tiefer und ward Schenkmädchen in einem vielbesuchten Lokal auf dem St. James-Markt. Hier erregte sie durch ihre Schönheit die Aufmerksamkeit einer zufällig vorübergehenden Dame, welche voll wachsender Theilnahme sich ihr näherte, sie aus dem Gasthaus entfernte und die Waise als eine Art Gesellschafterin zu sich nahm. Die Geschäfte des Hauses waren nicht groß, desto größer die gern bewilligte Muße; so finden wir denn Emma Lyons als begeisterte Romanleserin wieder, lesend mit jenem Eifer und jener Leidenschaft, die ihr eigenstes Wesen waren und womit sie, auch in spätern Jahren noch, alles erfaßte, was ihr überhaupt des Erfassens würdig schien. Die nächste Folge dieser andauernden Romanlektüre war die, daß ihre Phantasie stärker ward als ihre Tugend: sie fiel und ward die Geliebte eines Marine-Kapitains, den sie indeß nach wenig Wochen schon gegen einen reichen und landbegüterten Baron vertauschte. Sie ward bald Meisterin in allen freien Künsten, in Reiten und Jagen, in Wettspiel und Hazard, und wußte auf alle excentrischen Liebhabereien ihres Galans so gelehrig einzugehn, daß in Jahr und Tag der

Baron ruinirt und statt anderer Gäste der Gerichtsbote an
der Thüre war. Emma Lyons kehrte von Suffer nach London zurück, und gebieterisch auf Erwerb angewiesen vermie-
thete sie sich als Modell. Aber auch hier wie überall sicher-
ten Schönheit und die Blitze eines immer reicher sich entfaltenden Geistes sie vor einem Wandel auf gewöhnlicher Heerstraße, und das käufliche Modell, das seine Reize jedem
Künstlerauge und gelegentlich wohl auch profanen Blicken
preisgab, stand vor dieser Männerschaar nicht als eine ver-
achtete und mißbrauchte Sklavin, sondern als huldvolle Ge-
bieterin, und kein Finger wagte es sie zu berühren, wenn sie
wie Lais mit entblößtem Nacken vor die staunenden Augen
eines Malerkreises trat und triumphirend ausrief: seht, wie
schön ich bin!

Romney, einer der berühmtesten englischen Maler des
vorigen Jahrhunderts, benutzte sie vielfach zu seinen besten
Gemälden, und Hayley, ein Freund William Cowpers und
selbst Poet, besang sie in Sonetten als das schönste Weib
und den reichsten Geist seiner Zeit.

In diesem Künstlerkreise erregte sie alsbald die besondere Aufmerksamkeit des Mr. Francis Greville, der sehr reich
und in Sachen des Geschmacks ein Held des Tages war.
Emma Lyons ward seine Geliebte; doch als ob sie dazu bestimmt gewesen wäre, überall dem Bankerutte Thür und Thor
zu öffnen, theilte Franz Greville binnen Kurzem das Schicksal des Suffer-Barons, und war endlich noch froh, seinem
Onkel Sir William Hamilton die kostspielige Geliebte über-

laſſen zu können. Sir William ward Gesandter am neapolitanischen Hofe; Emma Lyons begleitete ihn.

Italien war der geeignete Schauplatz für die volle Entfaltung ihrer Fähigkeiten. Hier erwachte sie erst; hier war
sie in der Heimath ihrer innersten Natur. Dieser milde
südliche Himmel, der selbst im Ungeschick einen Rest von Grazie erweckt, ihrer Schönheit lieh er Ueppigkeit und ihren schon
reichen Geist ließ er überströmen von neuentdeckten Quellen.
Ueber alles gebot sie, was ihren Reiz erhöhen oder ihre
Kräfte steigern konnte; Luxus und Reichthum schütteten ihr
Füllhorn über sie aus, und jede Regung des Talents, jeder
künstlerische Trieb fand Vorschub und Befriedigung. Ihr
Gesang, ihre Schauspielkunst reizten den Neid künstlerischer
Berühmtheiten, und in der That, ein bloßes Stück Tuch oder
Seidenzeug reichte aus, sie eine Jüdin oder römische Ma-
trone, eine Helena, Penelope oder Aspasia darstellen zu las-
sen. Kein Charakter schien ihrer Seele fremd, und Jeder,
der nur einmal Gelegenheit fand, diesen Schaustellungen beizuwohnen, nahm das Gefühl mit nach Haus: die Grazie
selbst gesehen zu haben. Der berühmte Shawltanz war ihre
Erfindung, doch sein Reiz und sein Ruhm hafteten an ihrer
Person, und was nach ihr sich Shawltanz nannte, hatte nichts
als nur den Namen geborgt.

Sie war die Bewunderung aller Welt, aber kaum minder der Stolz Sir William Hamiltons, über den sie herrschte,
wie Delila über Simson. Sie beschloß Nutzen zu ziehen von
dieser unbeschränkten Gewalt, und im September 1791 finden

wir sie als — Lady Hamilton. Kurz zuvor war Sir William von seinem Gesandtschaftsposten in Neapel nach London zurückgekehrt, und die „Gesellschaft" jener Tage, nach französischem Vorbild nicht allzu peinlich in Sachen der Moral, beeilte sich, eine Erscheinung willkommen zu heißen, die, durch ihre Vergangenheit wie durch ihre Talente, in gleichem Maaße Unterbrechung der Salon-Einerleiheit versprach. Nur ei n e Ausnahme war und blieb: der prüde Hof der Königin Charlotte weigerte sich, die ehemalige Courtisane zu empfangen, und ignorirte es, daß das ehemalige Kindermädchen des Dr. Budd zur Lady-Hamilton und Gemahlin eines Gesandten am neapolitanischen Hofe emporgestiegen war. Ihr Aufenthalt in London währte nicht allzulange; schon im folgenden Jahre kehrte ihr Gemahl auf seinen Posten zurück, und es entstand jetzt am sicilianischen Hofe die Etiquetten-Frage, ob man einer Lady, die von ihrer eignen Souverainin mißachtet worden sei, Zutritt zu gestatten habe oder nicht. Marie Caroline indeß, die stolze Schwester Marie Antoinetten's, war viel zu eigensinnig und viel zu wenig wählerisch in der Wahl ihrer Mittel, um andauernd die prüde Laune einer englischen Königin zwischen sich und Lady Hamilton treten zu lassen, und binnen Kurzem war diese dort Freundin, rechte Hand und Rathgeberin, wo man auf Augenblicke die Möglichkeit ihres Erscheinens in Frage gestellt hatte. Das Band, was sich bald fester und fester zwischen beiden Frauen knüpfte, war kein Band wahrer und inniger Zuneigung: Marie Caroline verstand nicht zu lieben, aber ihr

unbegränzter und unvertilgbarer Haß gegen Frankreich brachten ihr die Gemahlin des englischen Gesandten schon um deshalb näher, weil diese (was immerhin sonst auch) zum mindesten doch eine Engländerin war; und nun erst schuf die
überraschende Gleichgeartetheit beider Gemüther ein Maaß
von Anhänglichkeit, das, wie fern auch von wahrer Liebe,
nichtsdestoweniger in Worten und Briefen gelegentlich einen
leidenschaftlichen Ausdruck fand.

Es war 1793, nach einem ohngefähr einjährigen
Aufenthalt in Neapel, als die erste Begegnung zwischen Lady
Hamilton und Lord Nelson, damals noch Kapitain des
Agamemnon, statt hatte. Nelson zählte fünfunddreißig
Jahre; nichtsdestoweniger paßte noch völlig jene Schilderung
auf ihn, die zehn Jahre zuvor der spätere König William IV.
als Midshipman in sein Tagebuch niedergeschrieben hatte.

Es heißt daselbst: „Wir lagen in Staten-Island und
ich hatte Wache am Bord des „Barfleur", als Kapitain Nelson vom „Albemarle" in seiner Barke anlegte und alsbald
auf dem Deck erschien. Es war das seltsamste Exemplar von
einem Kapitain, das ich all mein Lebtag sah. Schon sein
Anzug fiel auf: er trug eine reichbesetzte Uniform; sein schlich-
tes ungepudertes Haar war in einen steifen hessischen Zopf
von beträchtlicher Länge zusammengeflochten, und die altmo-
dischen Schöße seiner Weste waren wenig geeignet, seine Erscheinung minder auffällig zu machen. Ich wußte nicht wer
er war, und konnte nicht begreifen, was er überhaupt wolle.
Meine Zweifel schwanden indeß, als er mir durch Lord Hood

11

vorgestellt wurde. Es lag etwas unwiderstehlich Liebens-
würdiges in seiner Art zu sprechen und zu sein, und die Be-
geisterung, mit der er sich über jeden zum „Dienst" gehörigen
Gegenstand äußerte, bewies hinlänglich, daß er kein gewöhnlicher Mensch sei."

Die erste Begegnung zwischen Nelson und Lady Hamilton war nur flüchtiger Natur, dennoch hinreichend, um diese
ausrufen zu lassen: „er wird der größte Mann Englands
werden!"

Fünf Jahre vergingen, bevor Nelson an die neapolitanische Küste zurückkehrte. Er war nicht mehr „Kapitain
Nelson vom Agamemnon", er war jetzt Pair, Feldherr, Eroberer und umrauscht von dem Jubel und Beifall halb Europas. 1794 hatte er Calvi belagert und ein Auge verloren.
1797 in der unsterblichen Seeschlacht von St. Vincent und
unter dem Zuruf: „Westminster-Abtei oder rühmlicher Tod!"
hatte er den „San Josef" geentert und den „San Nicholas"
dazu. Zwei Monate später nahm er für immer Abschied von
seinem rechten Arm bei Teneriffa, und wieder nach zwölf Mo-
naten, in demselben Augenblicke als sich die Nilschlacht ent-
schied, empfing er eine Wunde in den Kopf. Dieser Nelson setzte jetzt seinen Fuß auf neapolitanischen Boden und
sah seine zukünftige Geliebte zum zweiten Mal. Er war
nicht schöner geworden, aber das Auge Lady Hamilton's
hatte die Bewunderung glatter Gesichter hinter sich und ihre
Seele jauchzte auf bei dem Triumphzug des Helden, als gälte

ein Theil davon ihr selbst. Selber ruhmesgeizig, konnte sie nur noch die Träger des Ruhmes lieben.

Lady Hamilton war inzwischen und lange vor dem Eintreffen Nelson's nicht müßig gewesen. Sie hatte so zu sagen Hand in Hand mit ihm gearbeitet und zu dem Erfolg seiner Unternehmungen, so wie zum wachsenden Glanze seines Ruhms nicht wenig beigetragen. Von dem Augenblicke ab, wo sie die Sache der englischen Flotte zur ihrigen machte, setzte sie ihre ganze Seele daran. Ihre Natur erlaubte ihr nicht sich mit halben Triumphen zu begnügen, und jeder Stein, der ihrem Bau nicht paßte, mußte umgeformt oder beseitigt werden. Sie hatte in gleichem Maaße den Muth, das Höchste zu wollen, und das Geschick, es auszuführen. Ein einziges Beispiel unter tausenden mag für den klugen und opferbereiten Eifer sprechen, mit dem sie unausgesetzt für das Wohl ihres Vaterlandes thätig war. Eines Morgens erfährt sie, daß Privat-Depeschen des Königs von Spanien an den König von Neapel eingetroffen sind. Was ist ihr Inhalt? Sie weiß es nicht, aber sie will und muß es wissen. Mit Hülfe der Königin wird das Dokument aus dem Schlafgemach des Königs entwendet, abgeschrieben und ruhig wieder in die Westentasche gesteckt, daraus es genommen wurde. Der Brief war des Stehlens werth gewesen. Er sprach den festen Entschluß des Königs von Spanien aus: „die englische Allianz aufzugeben und einen Bund mit Frankreich gegen England einzugehen." Kein Augenblick war zu verlieren. Ihr Gemahl lag lebensgefährlich krank darnieder,

11*

aber Entschlossenheit weiß sich selbst zu helfen. Schon in der nächsten Stunde war ein Privat-Courier Lady Hamiltons auf dem Wege nach London; aus ihrer Börse hatte sie die 400 L. St. genommen, die nöthig waren, das abschriftliche Dokument in die Hände Lord Grenville's gelangen zu laffen. Man mag über diesen gestohlenen Brief denken wie man will (das Größte muß sich oft der kleinlichsten Mittel bedienen); Niemand aber wird anstohen die Geistesgegenwart und den opferbereiten Patriotismus zu bewundern, der aus dieser Handlungsweise spricht.

Aber ein noch wichtigerer Dienst war ihrem Einfluß und ihrer Entschlossenheit vorbehalten, ein Dienst, den sie in gleichem Maaße dem Lande, wie der Person Lord Nelson's leistete und diesen fast zu ihrem Schuldner machte. Im Juni 1798 suchte Nelson die französische Flotte; er verfehlte sie am Ausfluß des Nils, weil ihm inzwischen Nachricht geworden war, sie läge bei Malta. Unschätzbare Zeit war verloren gegangen und schlimmer als das, die englische Flotte begann Mangel zu leiden; Trinkwasser und Lebensmittel gingen aus. In dieser Noth erschien Kapitain Troubridge in Neapel, um im Namen des Admirals die Erlaubniß um freien Eingang in die sicilischen Häfen nachzusuchen. Diese Erlaubniß ward verweigert, sie mußte verweigert werden, denn Frankreich und Neapel befanden sich zur Zeit in Frieden und ein Traktat bestand, wonach in allen sicilischen Häfen nicht mehr als zwei englische Kriegsschiffe angetroffen werden durften. Kapitain Troubridge stand auf dem Punkte mit seinem abschläglichen

Bescheid zum Admiral zurückzukehren, aber die immerwache Lady Hamilton war inzwischen nicht müßig geblieben. Während König und Minister in früher Morgensitzung beisammen waren und hin und her beriethen was zu thun und zu lassen sei, glitt Lady Hamilton leichten Fußes in das Schlafgemach Marie Carolinens, und sich vor sie auf die Knie werfend, beschwor sie die überraschte Königin, selbstständig und unbekümmert um das „Ja" oder „Nein" des Ministerraths, einen Entschluß zu fassen. Sie schilderte ihr in den lebhaftesten Farben, daß das Wohl beider Sicilien in ihre Hand gelegt sei, daß die französische Flotte, wenn sie dem verfolgenden Nelson entginge, nicht gegen England, wohl aber gegen das stets verdächtige Neapel sich wenden werde, und daß von dem Ausgange dieser Stunde das Stehen oder Fallen ihres Thrones nothwendig abhängig sei. „Schreiben Sie, Majestät! ein Federstrich und Sie sind Ihr eigener Befreier. Warum zögern? Ihre Unterschrift gilt überall im Lande wie die des Königs selbst; eine Zeile — und Land, Gemahl und Krone sind vom Untergang gerettet." Dieser siegenden Beredsamkeit unterlagen alle Bedenken; Feder, Dinte und Papier waren wohlweislich zur Hand; Lady Hamilton diktirte und die Königin schrieb eigenhändig den Befehl, daß alle Kommandanten beider Sicilien angewiesen seien, die englische Flotte mit Gastlichkeit zu empfangen und mit Wasser und Lebensmitteln nach Wunsch zu versorgen. Diese unschätzbare Ordre übersandte Lady Hamilton an Nelson, fügte aber in einem Privatschreiben den englisch-eifersüchtigen Wunsch bei, daß man die

Dienste der Königin nicht weiter in Anspruch nehmen möge, als es zum Gelingen des Plans und zum Ruhme Englands dringend nothwendig sei.

Nelson antwortete, daß, wenn er eine Schlacht gewönne, diese nach ihr und der Königin benannt werden solle, denn ihnen allein würde England den Sieg und den Dank dafür schuldig sein. Er gewann die denkwürdige Nilschlacht (Abukir). Wäre seine Flotte außer Stande gewesen sich im Hafen von Syrakus mit Wasser und Lebensmitteln zu versehen, so würde die Schlacht ungeschlagen geblieben sein. Es ist durchaus Pflicht hierauf hinzuweisen. Mag man die Fehler Lady Hamiltons und ihre sittliche Führung verurtheilen, es unterliegt auf der andern Seite keinem Zweifel, daß England ihrem Patriotismus große und unvergleichliche Dienste verdankt. Wie schnöde man diese Dienste vergaß, werden wir noch Gelegenheit finden, unter Erröthen zu schildern.

Krank und wund kam Nelson am 20. September 1798 nach Neapel. Er trat im Hause des britischen Gesandten ab und fand von Seiten Lady Hamiltons eine Abwartung und Pflege, die ihm nach verhältnißmäßig kurzer Zeit Frische und Gesundheit wiedergaben.

Doch von anderer Seite her zogen sich Wolken zusammen, und machten, alsbald für immer, den gastlichen Tagen in Neapel ein Ende. Der französische Gesandte zögerte keinen Augenblick, auf das Einlaufen der englischen Flotte in den Hafen von Syrakus als auf einen Friedensbruch hinzuweisen; aber so mächtig war der Einfluß Lady Hamiltons auf die

Entscheidung des Hofs, daß man sich entschloß, die Beziehungen zu Frankreich überhaupt abzubrechen und dem Gesandten der Republik zu bedeuten, daß er Neapel binnen vierundzwanzig Stunden zu verlassen habe. Dieser Schritt war kühn, aber nicht glücklich. Eine französische Armee drang aus Ober-Italien unaufhaltsam vor und warf das neapolitanische Heer über den Haufen, das halb aus Feiglingen, halb aus Verräthern bestand. Im December marschirten die Franzosen auf Neapel und der Hof mußte fliehen. Aber ohne die Geistesgegenwart der Lady Hamilton wär' es bereits zu spät gewesen: König Ferdinand würde als ein Opfer der Volkswuth gefallen sein und Maria Caroline das Schicksal ihrer Schwester Marie Antoinette getheilt haben. Lady Hamilton, wiewohl selbst von tausend mißtrauischen Augen bewacht, übernahm die Rettung der königlichen Familie und führte sie aus, wie Alles, was sie unternahm. Durch einen unterirdischen Gang, der vom Palast aus zur Küste führte und an dessen Vorhandensein, in der allgemeinen Furcht und Verwirrung, Niemand außer ihr gedacht hatte, schaffte sie die königliche Schatulle, Kostbarkeiten und allerhand Meisterwerke der Skulptur und Malerei, alles zusammen genommen zu einem Werth von dritthalb Millionen Pf. St., auf die britischen Schiffe; — mit einem Worte, sie war, wie der sonst sicherlich nicht poetisch überschwengliche Nelson sich ausdrückte, „ein vom Himmel gestiegener Engel", herabgesandt zu Trost und Rettung der königlichen Familie. Die Verluste Sir William Hamiltons bei dieser Gelegenheit waren außerordentlich bedeutend; um

nicht Verdacht zu erwecken und die Flucht glücklich bewerk-
stelligen zu können ließ er die ganze Einrichtung seines Hauses,
so wie alles bewegliche Eigenthum seiner Gemahlin zurück,
und büßte dabei ein Vermögen von 39,000 Pf. St. ein. —
Nelson empfing das neapolitanische Königspaar, so wie Sir
William und Lady Hamilton an Bord des Vanguard und
führte sie in Sicherheit nach Palermo.

Die politische Bedeutsamkeit Lady Hamiltons schließt
mit diesem Tage ab; der Hof eines flüchtigen Königspaares
bot kein Feld mehr für ihre Thätigkeit. — Wann ihre Beziehungen zu Nelson intimerer Art wurden, wäre nutzlos zu untersuchen; es genügt, daß sie es wurden. Wie man auch
über dies Verhältniß denken mag, es war wenigstens ein offe-
nes und ehrliches und entzog sich weder dem Licht des Tages,
noch dem Urtheil der Welt. Sir William kannte und — dul-
dete es. Nelson fiel bei Trafalgar 1805. Sir William
Hamilton starb 1808. Am 30. Januar 1801 gebar Lady
Hamilton eine Tochter; sie ward Horatia getauft; ihr Vater
war Lord Nelson.

Die Menschen lieben es (natürlich an andern) sich
Schuld und Strafe die Waage halten zu sehen. Das Leben
Lady Hamiltons gewährt dem Auge des Beschauers diese Befriedigung im vollsten Maaße; es endigt als Trauerspiel. Bei
der Rückkehr Sir Williams nach England lag diesem begreiflicherweise nichts näher, als um annähernde Ausgleichung der
schweren Verluste zu bitten, die er in Neapel erlitten hatte.
Lady Hamilton setzte ihre Juwelen an die Unterstützung dieses

Gesuchs. Vergeblich; Sir William starb nach Jahren; seine Bitte war und blieb unerfüllt. Sterbend beauftragte er seinen Neffen, Mr. Greville, zu Gunsten Lady Hamiltons Se. Majestät um Fortdauer der Pension anzugehen, die er bei Lebzeiten bezogen hatte. Er berief sich dabei auf den patriotischen Eifer, den seine Gemahlin im Dienste Englands gezeigt habe; umsonst, Eifer und Dienste waren undankbar vergessen.

Am 21. Oktober 1805, an Bord des „Victory" und Angesichts der vereinigten französischen und spanischen Flotte, zog sich Nelson in seine Kajüte zurück, um ein Codicill zu seinem Testamente zu machen. Er verwies auf die vielfachen und großen Verdienste Lady Hamiltons und schrieb wie folgt:

„Wär' ich selbst im Stande gewesen diese Dienste zu belohnen, ich würde jetzt nicht das Land anrufen, es zu thun; doch es lag außer meiner Macht, und so hinterlass' ich denn Emma Lady Hamilton meinem Könige und meinem Vaterlande als ein Vermächtniß, und erbitte für sie alles das, was nöthig sein wird ihre Stellung in der Gesellschaft aufrecht zu erhalten. Eben so empfehl' ich meine Adoptiv-Tochter Horatia Nelson Thompson der Wohlthätigkeit meines Landes und spreche hiermit den Wunsch aus, daß sie in Zukunft allein den Namen „Nelson" führen möge. Dies sind alle meine Wünsche, die ich in demselben Augenblicke an König und Vaterland zu richten habe, wo ich auf dem Punkt stehe eine Schlacht für sie zu schlagen.

„Möge Gott mein Land und meinen König segnen, und alle diejenigen, die meinem Herzen nahe standen. Auf meine Familie hinzuweisen ist überflüssig; es wird sich von selbst verstehen Sorge für sie zu tragen.‟

Wenige Stunden nach der Unterzeichnung dieses Dokuments lag Nelson auf seinem letzten Bett. Ein Schuß aus dem Mastkorb des „Redoutable‟ hatte sein Werk gethan. Dr. Scott war um ihn. „Doktor‟ — sprach der Sterbende — „wie ich Euch sagte, — es ist vorbei.‟ — Und nach einer kurzen Pause fügte er hinzu: „ich hinterlasse Lady Hamilton und meine Adoptiv-Tochter Horatia dem Lande als ein theures Vermächtniß.‟

Fünf Viertel-Stunden später trat Kapitain Hardy an das Lager des Admirals. „Ich hoffe, — sprach Nelson mit fester Stimme — daß keins unsrer Schiffe genommen wurde!‟ „Nein, Mylord, — antwortete Hardy — damit hat's nichts auf sich.‟ „Ich bin ein todter Mann, Hardy, — fuhr Lord Nelson fort — ich fühl' es, es geht schnell; bald wird's vorbei sein. Tretet näher. Bitt' Euch, sorgt dafür, daß meine liebe Lady Hamilton mein Haar empfängt und Alles, was mir sonst noch gehört.‟

Wieder verging eine Stunde und wieder war Hardy an seiner Seite. „Noch wenig Minuten und — es ist aus. Werft mich nicht über Bord, Hardy.‟ Der Kapitain antwortete: „o nein, gewiß nicht!‟ und Nelson fügte hinzu: „Ihr wißt, was Ihr zu thun habt. Sorgt für meine liebe Lady Hamilton, sorgt für die Arme!‟

Wenig Augenblicke noch und Nelson sprach seine letzten Worte: „Dank Gott, ich habe meine Pflicht gethan!" Doch die Worte, die diesen unmittelbar vorausgingen, waren die alten Klagetöne: „Vergesset mir nicht, Doktor, daß ich Lady Hamilton und meine Tochter Horatia dem Lande als ein Vermächtniß hinterlasse. Vergeßt mir Horatien nicht!"

Nelsons Codicill erwies sich nicht besser als ein unbeschriebenes Blatt Papier. Seine letzten Bitten verhallten in leere Luft; Lady Hamilton fand nicht Trost und nicht Hülfe. Schreiende Undankbarkeit, lieblose Härte brachen von jetzt ab in ununterbrochener Reihenfolge über die Verlassene herein. Kapitain Blackwood, gehorsam dem Wunsche seines Freundes, brachte das Dokument nach London und legte es in die Hände des Rev. William Nelson, Bruders des Admirals, und später Earl Nelson. Dieser ehrenwerthe Gentleman befand sich nebst Gemahlin und Familie gerade um diese Zeit in dem gastlichen Hause der Lady Hamilton und war derselben ohnehin dadurch verschuldet, daß seine Tochter bereits sechs Jahre lang im Hause der Lady lebte, und von dieser auf das liebevollste und sorgfältigste erzogen worden war. Der ehrenwerthe Gentleman hielt es indessen für angemessen alles dessen uneingedenk zu sein, und in nicht ungegründeter Furcht, daß die Ueberreichung dieses Codicills die Höhe der Summe beeinträchtigen könne, welche das Parlament auf dem Punkte stand für die Familie Lord Nelson's zu bewilligen, fand er es für passend das Codicill so lange in seine Tasche zu stecken, bis die volle Summe von 120,000 Pfd. St. der Famitte zugestanden war. An demselben Tage speiste er bei Lady Hamilton in Clarges-Street, und mit der befriedigten Miene eines Mannes der sich vorgesehen hat, überreichte er jetzt das werthlos gewordene Papier seiner Wirthin und bat sie sarkastisch, damit zu thun was ihr gut erscheine.

Und wie dieser, so Alle. Man zog sich zurück, ja mehr, man floh sie, sie, die einst der Mittelpunkt fürstlicher Feste und die Freundin einer Königin gewesen war. Man kannte jetzt plötzlich ihre Vergangenheit, weil man sie kennen wollte; die Welt war nicht tugendhafter, aber Lady Hamilton war — arm geworden. Wenige Meilen von London, nahe dem Merton-Schlagbaum, hatten Nelson und seine Geliebte einst ihren gemeinschaftlichen Wohnsitz gehabt. Das Haus mit allen seinen Schulden und Verpflichtungen kam jetzt an Lady Hamilton. Sie hatte nie zu sparen verstanden und verstand es auch jetzt nicht; nach kurzer Zeit schon ward ihr das Haus genommen. Sie ging nach Richmond, verließ es aber bald und miethete sich in Bond-Street ein. Von hier ward sie durch unbarmherzige Gläubiger vertrieben und verbarg sich längere Zeit vor ihnen, man weiß nicht wo. 1813 finden wir sie in Kings-Bench, bis das Mitleid eines City-Alderman sie aus dem Gefängniß befreite. Krank an Leib und Seele und durch einen gewöhnlichen Kutscher abermals mit Gefängniß bedroht, sehen wir das unglückliche Weib auf der Flucht nach Calais. Hier gab ihr der englische Dolmetscher, selbst ein unvermögender Mann, eine armselige Wohnung. Aber der Roman ist noch nicht aus.

Eine englische Lady pflegte täglich bei einem Metzger in Calais das Fleisch für ihren Lieblingshund selbst einzukaufen. Der Dolmetscher trat an sie heran: „Ach Madame, ich weiß, Ihr habt ein Herz für Eure Landsleute! da ist eine arme Lady, die froh sein würde, den schlechtesten Bissen zu haben, den Ihr Eurem Hunde gebt." Mistreß Hunter, eine mildherzige Dame, war zu helfen bereit; sie schickte Speisen und Wein und bat den Dolmetscher Alles zu beschaffen, was ihm nöthig erscheinen möchte die schreiendste Noth zu lindern. Er that's, und bat dabei Lady Hamilton wiederholentlich, den Besuch der menschenfreundlichen Dame zu empfangen. Endlich gab jene ihre Zustimmung, aber nur unter der Bedingung, „daß es keine Dame von Rang und Titel sei." Mrs. Hunter kam, die arme Kranke dankte ihr und segnete sie. — So starb Lady Hamilton, „schön", wie ihr letzter Besucher erzählt, „noch im Tode."

Der Earl Nelson aber, so wird einstimmig berichtet, ging alsbald nach Calais, um das Eigenthum Lady Hamiltons in Empfang zu nehmen. Er fand nur Pfandscheine und Schuldverschreibungen, die er Miene machte uneingelöst zu sich zu stecken. Im Uebrigen verweigerte er beharrlich jede Bezahlung oder Wiedererstattung und kehrte vermuthlich wenig befriedigt nach England zurück.

Das ist die Geschichte des Kindermädchens Emma Lyons!

Das Leben ein Sturm.

Glückliches Land im Süden, dessen großer Dichter niederschreiben konnte: „das Leben ein Traum", und armes,
gepriesenes Land du, das du die Seligkeit des Träumens
nicht kennst und immer wach und wirklich dein Leben ab-
haspelst wie im Sturm. Als ich noch jünger war, da kniet'
ich bewundernd zu den Füßen der That, da galt mir das
Schwert und der Arm, der es führte, da hing mein Auge an
der Kaisergestalt Barbarossa's und mein Herz jubelte auf,
wenn ich ihn einziehen sah in die Thore Mailands, den Wel-
fentrotz unterm Hufschlag seines Pferdes. Die Knabentage
sind dahin. Ich habe seitdem Anderes lieben gelernt: den
Geist erst, dann das Recht und zuletzt die Muße, die Be-
schauung, die Vorbereitung auf das, was da kommt. Es
ist was in mir, das mich mit unwiderstehlicher Sehnsucht zu
dem zerlumpten Lazzarone hinzieht, der an der Tempelschwelle,
gebräunt und lächelnd, in den ewig-blauen Himmel empor-
schaut; es ist was in mir, was mich den Diogenes mehr

bewundern läßt, als den Mann, der vor ihm in der Sonne stand, und was — wenn ich zwischen Extremen wählen soll — mir den Orden von La Trappe größer und beneidenswerther erscheinen läßt, als die London-City mit ihrem Leben ein Sturm.

Wir haben ein schönes, vielgesungenes Lied, ein Lied von der „Hoffnung", drin das Beste was der Mensch hat: seine Sehnsucht nach einem Genüge das jenseit liegt', den dichterischen Ausdruck fand:

> Nach einem glücklichen, goldenen Ziel
> Sieht man sie rennen und jagen.

Ach, unbewußt und nicht in seinem Sinne schrieb der Dichter in diesen Zeilen die Geschichte und den Fluch dieser Stadt, denn ihr Tagewerk ist „rennen und jagen", und ihr Ziel ist — Gold; nur eines täuscht sie — das Glück; es neckt sie wie die Spiegelung den Wüstenwanderer, und zu dem Verdurstenden spricht es in seiner letzten Minute: Dein Gold war Sand. Wer löste das große Räthsel von des Menschen Glück, und wer lehrte uns, „wie" und „wo" es sicher zu finden? Aber Eines fühlt sich: das Menschenglück ruht wo anders, als in der Bank von England. Glück! es ist nicht zu sagen, was du bist, aber es ist zu zeigen, wer dich hat. Der fromme Geistliche hat dich, der, selbst an den Trost glaubend, den er eben noch am Lager eines Sterbenden spendete, nun sinnend durch die Gänge seines Gartens schreitet und Samen in die Beete streut, hoffend auf die ewige Frühlingserfüllung. Glück! der Arzt hat dich, dessen geschickte

Hand eine Mutter ihren Kindern wiedergab und der, heimgekehrt zu seinen Büchern, weiter forscht in dem Wald überlie-
ferter Erfahrung. Glück! jene Waschfrau hatte dich, von
der uns Chamisso erzählt, die Freude hatte an ihrem selbst-
gesponnenen Sterbehemd und es Sonntags anlegte, wenn sie
zur Kirche und Erbauung ging. Glück! es haben dich Alle,
die eingedenk daß wir mehr sind als ein galvanisirter Leib,
ihrem unsterblichen Theile leben, jeder nach seiner Art.

Dem Menschen ist das Wissen von dem verloren gegangen, was ihm noth thut. Eine Krankheit, wie sie die Welt
nur einmal sah, als die Pizzarros in Blut und Gold erstick-
ten, schüttelt wieder das Menschengeschlecht, und England,
London ist der Heerd dieses Fiebers. Die Woche verrinnt
in rastlosem Mammondienst und der Tag des Herrn ist eitel
Lüge und Schein. Mechanisch wandern die Füße in die
Kirche, aber die Seele durchjagt schon wieder die City-Stra-
ßen und sucht in den Spalten des Börsenberichts nach Gewinn oder Verlust. Wie der König im Hamlet könnte dies
Geschlecht ausrufen:

> Mein Wort strebt auf, doch unten bleibt mein Herz:
> Gebet ohn' Andacht dringt nicht himmelwärts;

aber Selbsterkenntniß ist nicht ihr zugewogen Theil, und pha-
risäisch leben sie dem Glauben: sie ständen gut angeschrieben
im Kontobuch des Himmels. Trostloses Dasein, das sich
theilt zwischen athemlosem Erwerben und zitterndem Erhalten, das, reich oder arm, keine Ruhe, keine Muße kennt, das
Nachts von Kurszetteln träumt und die schwarze Sorge im

Nacken hat bei Wein und Weib, bei Jubel und Gesang. Dies ameisenhafte Schaffen bemächtigt sich der Gemüther mit der Ausschließlichkeit einer firen Idee und die reiche Menschenseele mit ihren tausend Kräften und Empfindungen kommt in die Tretmühle des Geistes und stapft und stapft. Es fördert vielleicht, nur nicht sich selbst. Des Lebens Reiz verblaßt und die ungeübten Kräfte versagen endlich ihren Dienst. Weihnachten kommt mit seinen rothen Backen an Aepfeln und Kindern; verlegen lächelnd steht er vor dem Lichtermeer und denkt an das Meer da draußen, auf dem seine Schiffe tanzen. Ein Jugendfreund kommt; „o ging er wieder!" ist Alles, was er fühlt. Seine Schwester stirbt; er erbricht den schwarzgeränderten Brief und liest und kann nicht weinen. Spät Nachts wirft er sich aufs Lager, die Erinnerung ärmerer Tage beschleicht ihn, er sieht sich wieder spielen in seines Vaters Garten und — die Thräne kommt. Aber sie gilt nicht der todten Schwester, sie gilt ihm selbst.

Glückliches Volk im Süden, das lacht und träumt! Armes, reiches Volk mit deinem Leben ein Sturm.

Blackwall.

Sonntag ist's und es treibt mich wieder hinaus. Aber zu oft schon zwang ich den Leser, mich stroman zu begleiten nach Kew und Richmond und Hampton-Court; fahren wir heute mit dem Strom und wählen wir Blackwall als Ziel. An der Londonbrücke besteigen wir den dichtbesetzten Steamer, der bereits pruſtet und schnaubt und von Zeit zu Zeit mit seinen Rädern schaufelt, wie ein Vogel, der seine Schwingen probt. Jetzt aber läutet's zum dritten Mal, die Taue werden eingezogen, im Rumpf des Schiffes brummt und dröhnt es wie eine Baßgeige und unter dem Gezisch des Dampfs, der wie ein Thauregen auf uns niederfällt, beginnt die Fahrt. In gleicher Höhe mit Billingsgate kaufen wir uns die neuste Zeitung, und mit der Andacht eines loyalen Engländers vom letzten Hofball und dem Spitzenkleid der Königin lesend, blicken wir nur auf, um Angesichts des Towers die grauen Thürme zu grüßen, die wie steinerne Anachronismen in diese Kaufmannswelt hineinragen. Weiter geht's; über den Tun-

nel hin fahren wir an bunten Barken und Fähnlein vorbei,
und jetzt, nach mancher Stromeswindung die Höhe von
Greenwich erreichend, deſſen weltberühmtes Hospital ſtolz
und prächtig wie ein Schloß herüberblickt, wendet ſich der
Steamer plötzlich nach Nordoſt, und die Themſe im Nu durch-
ſchneidend, hält er am Quai von Blackwall.

Unmittelbar am Landungsplatz erhebt ſich würfelförmig
ein zweiſtöckiges Gebäude, auf deſſen plattem Dach die Farben und Wappen Alt-Englands luſtig im Winde wehn.
Das iſt die Taverne von Blackwall. Im obern Stockwerk
an weit offen ſtehenden Fenſtern ſitzen behäbige Gentlemen
und jeder Fenſterrahmen umſchließt ein niederländiſches Bild.
Zwiſchen den Ale- und Porterkrügen leuchtet das rothe Phi-
liſtergeſicht mit den weißen Sonntags-Vatermördern, und die
ſilbernen Deckel über dem Roast-beef blinken im Sonnenlicht,
ſo oft ſie der Kellner mit einem yet a bit, Sir? von ſeinen
dampfenden Schüſſeln nimmt. Aber doppeltes Leben tobt
unten im Erdgeſchoß. Da ſind die Jacken zu Haus, alles
blau von der Schulter bis zum Knöchel, und nur ein rothes
Geſicht und ein gelber Strohhut darüber. Wie ſich's drängt
am Schenktiſch, man ſtößt zuſammen mit den zinnernen Krü-
gen, man grüßt ſich mit einem Schlag auf die Schulter und
ſchwört Freundſchaft mit einem Fluch. Das iſt altengliſches
Vollblut, Matroſen, zäh wie Leder und hitzig wie Schießpulver, die Kinder des Ruhms und der — neungeſchwänzten
Katze.

12*

Sie nehmen eben den Abschiedstrunk, denn siehe da, zur
Rechten, auf jenem Schleusenkanal der aus den Schiffe-über-
säten Docks in das Fahrwasser der Themse führt, schwimmt
bereits ein thurmhoher Ostindienfahrer, bestimmt über sein
gewohntes Ziel hinauszugehn und an Calcutta vorbei erst in
Port Philipp oder Sidney Anker zu werfen. Es ist der
„Marlborough", ein Auswandrerschiff, und das holzgeschnitzte
Bild des Helden von Blenheim trägt, am Bug des Schiffes,
den Kopf mit seinen wallenden Locken so stolz und sieges-
sicher, als sei der Ocean sein Feld wie die Ebene von Malplaquet.

Die Schiffsglocke lärmt; der Abschiedsmoment ist da.
An den herniederhängenden Strickleitern klettern die Blau-
jacken wie Katzen in die Höh und auf dem schwanken Brett,
das vom Bord des Schiffs bis an's Ufer in schräger Linie
herniederläuft, entsteht ein Drängen und eine Verwirrung
ohne Gleichen. Söhne, die von ihren Eltern Abschied genommen haben, werden im letzten Augenblick noch einmal von
unbezwingbarer Sehnsucht erfaßt und möchten zurück, nur
einmal noch an das Herz ihrer Geliebten. Aber umsonst,
die dem Schiff zudrängende Menschenwoge reißt sie mit fort
und die Getrennten haben nur Thränen noch und Tücher-
wehn und Hüteschwenken.

Nicht alle weinen sie. Da sind andre, die lächelnd da-
stehn mit gekreuzten Armen und auf das Schauspiel niederblicken wie eben auf ein Schauspiel nur. Sie sind von den
Stumpfen, denen es gleich gilt, wo sie die Hand zum Munde

führen und wo das Kissen liegt, drauf sie die letzte Ruhe finden. Da sind noch andre wieder! jenen Stumpfen ähnlich
in der Ruhe ihres Thuns und doch so verschieden von ihnen
in der Tiefe ihres Herzens. Das sind die Gottergebenen,
fromme Sektirer, Herrnhuter und Methodisten. Sie beten
und arbeiten. Sie haben nur eine Heimath und sorgen
nicht von welcher Stelle aus sie ihr Gebet zum Himmel sen-
den. Sie stehn nicht mehr auf Deck und sehen müssig dem
Treiben zu, sie sitzen bereits in ihrer Koje und rühren fleißig
die Hände wie sie zeitlebens gethan. Gestern noch stichelten
sie am Fenster ihrer Stadtwohnung und sahen durch die Blät-
ter eines Geraniumtopfs hindurch auf die Dächer ihrer Nachbarhäuser; heute steht derselbe Blumenscherben in der Fenster-
luke des Marlborough, und die Köpfe dahinter schauen nur
eben jetzt, und unwillkürlich fast, von ihrer Arbeit auf. Denn
siehe da, Leben und Bewegung ist plötzlich in den Riesen gekommen, und durch die sich öffnende Schleuse gleitet er jetzt
unter lautem Geschrei der theilnahmlosen Menge und unter
stillen Segenswünschen der zurückbleibenden Lieben majestä-
tisch in die Themse hinein.

Ich seh dem Schiff und seinem Menschen-Ballast nach,
und die Frage beschleicht mein Herz: was treibt sie hinaus?
Thorheit! sprechen die Einen, jene lügnerische Hoffnung, die
von Paradiesen träumt und nicht wissen will, daß Gottes
Fluch die Menschen draus vertrieben hat. Krankheit! —
sprechen sie weiter — jener dämonische Zug unsrer Zeit, dem
die Pflicht der Arbeit schlimmer däucht als die Möglichkeit

des Todes, und der drauf aus ist, die Erndte des Lebens an
einem einzigen Tage zu halten.   Weisheit! — sagen die
Andern — jener Rettungstrieb, der das Haus meidet, wenn
es dem Einsturz nahe ist; Gesundheit! die vor der Nähe des
Todes erschrickt und instinktmäßig eine Luft sucht, die über
dem Kirchhof Europas nicht mehr weht.

Sie haben Beide recht.

Sie aber denen Macht gegeben ist über die Völker, mögen eingedenk sein, daß es gegen alle Thorheit und Krankheit
dieser Zeit nur eine Waffe giebt: die Waffe des Lichts,
und die Frage mag laut an ihre Herzen klopfen: ob die überkommene Schablone Raum hat für die neuen Formen, nach
denen die Welt in heißen Kämpfen ringt, und ob es ein un-
trügliches Gesetz ist: um so weniger zu geben, je mehr
gefordert wird.

Ein Picknick in Hampton-Court.

Die Pickwicks und die Picknicks kommen aus England; von jenen wußt' ich es seit lange, von diesen — trotzdem sie von ungleich älterem Datum — sollt' ich es erst erfahren.

Es war im August; der Londonstaub ward immer dichter und die Sehnsucht nach einem Zuge frischer Luft immer größer, so kamen wir denn überein, zu Nutz und Frommen unsrer Lungen eine Themsefahrt zu machen und auf den Wiesen von Hampton-Court eine Picknick-Mahlzeit einzunehmen. Wir waren unsrer sieben, drei Herren und vier Damen, und zum Theil in entgegengesetzten Quartieren der Stadt zu Haus, hatten wir uns schon Tags vorher geeinigt, am Quai von Richmond zusammen zu treffen. Punkt zehn Uhr waren wir da; ein schmucker Gondelfahrer begrüßte uns am Ufer; eine Wagenburg von Körben kam in die Mitte seines Boots, wir lachend drum herum — und den blauen Himmel über uns ging es mit kräftigem Ruderschlage stroman, während der Quai mit seinen Böten allgemach hinter uns verschwand.

Erlaube mir der Leser, ihm jenen Kreis von Personen vorzustellen, in deren Mitte er eine Viertelstunde lang wird zu verweilen haben. Ich mache bunte Reihe. Da war vorerst Mr. Owen, ein junger Walliser mit den steifsten Vatermördern und den höchsten Stiefelabsätzen, die mir je zu Gesicht gekommen waren. Sein Großvater saß für Pembrokeshire im Parlament, und wiewohl das Enkelchen ein jüngerer Sohn war und der Baronetschaft des Alten um kein Haarbreit näher stand als der Lotteriespieler dem großen Loose, so hatte er doch die wallisische Baronet-Elle nicht nur steif und unbiegsam im Rücken, sondern war auch die unbestrittne Sonne des Tags, von der alles Uebrige erst Licht und Weihe empfing. Er war natürlich ein leidenschaftlicher Kahnfahrer und unterhielt sich mit dem Bootsmann in so technischen Ausdrücken, daß ich diesem Hochflug, auch wenn ich gewollt, nicht hätte folgen können. Neben ihm saß Mrs. May, die Ehrendame der ganzen Partie, eine stattliche Frau mit grauen Locken und zwei Töchtern von ähnlicher Gesichtsfarbe, die den May ihres Lebens nur noch im Namen trugen. Sie waren munter wie gewöhnlich Mädchen jenseits dreißig und gaben sich alle erdenkliche Mühe, durch reiche Entfaltung einer schönen Seele ihr Deficit an Schönheit zu decken. Sie waren fromm und galten für fleißige Bibelleserinnen, aber am liebsten lasen sie doch die Stelle: Du sollst Vater und Mutter lassen und dem Manne folgen, der Dich erwählet hat. Ich war ihr Hausgenoß und kannte die Geschichte ihres Herzens wie meine eigene. Mitunter, in der Schummerstunde, wenn aus dem Nachbarsgarten eine Nachtigall herüber klagte, sah ich wie sie traurig wurden und immer wieder und wieder gedankenvoll den Thee aus ihrem Löffel träufeln ließen, als sollte er ihnen ein Bild ihrer rastlos verfließenden Tage sein; aber heute leuchteten ihre Augen wie das Auge dessen, der schon hoffnungslos noch einmal von der Hoffnung beschlichen wird, heut kicherten sie und ließen die Fluth durch ihre Finger gleiten, heut schlugen sie die Augen nieder, wenn ein bezügliches Wort fiel, und verjüngten sich vor meinen sichtlichen Augen, denn Mr. Taylor, ein Advokat aus Chancery Lane, saß zwischen ihnen, behäbig, rothbäckig, ein Vierziger und ein Wittwer dazu. Wenn Mr. Owen die Sonne dieses Kreises war, so war Mr. Taylor der Vollmond zu dem die Liebenden sehnsüchtig aufschauten, und daß ich's nur gestehe, auch meine Huldigung trug ihm die Schleppe. Der Grund war folgender. Er war mir schon am Abend vorher als ein Mann genannt worden, der „geschaffen sei für eine Picknickfahrt", eine Charakteristik, der ich begreiflicherweise wenig Bedeutung beigemessen hatte. Kaum aber daß ich heute am Quai von Richmond des Picknickkönigs und seines Flaschenkorbes, aus dem nebst manchem andren vier blanke Stanniolkuppen verrätherisch hervorlugten, ansichtig geworden war, als ich auch schon die ganze Schwere jenes leichtgenommenen Wortes begriffen hatte und in meiner Anhänglichkeit noch aushielt, als mir im Lauf eines politischen Gesprächs kein Zweifel mehr darüber blieb, daß Mr. Taylor von der

ganzen preußischen Geschichte nichts weiter kannte, als die
Affaire von Jena.*)

Zürne mir der Leser um solches laxen Nationalgefühls
willen nicht; aber ach, ich war so kosmopolitisch in jenen
Augenblicken wie nie zuvor, denn neben dem behäbigen Ad-
vokaten saß Miß Harper, das lieblichste Gesicht, das zwischen
Richmond und Hampton-Court sich jemals in Themsewasser
spiegelte. Und doch glitt schon viel königliche Schönheit
diese Wasserstraße hinan: Anna Bulen, wenn das dürstende
Auge des englischen Königs Blaubart auf ihr ruhte; Elisabeth, wenn sie müde war der Herrschaft und ihrer Sorgen;
auch Henriette Marie, Karl Stuarts Gemahlin, wenn sie
London vergessen wollte und träumen von Frankreich ihrer
schöneren Heimath. Aber wie stolze Schönheiten sie alle sein
mochten — mein Wort und meine Kenntniß alter Holbeins
und Van Dyks zum Pfande! — sie schauten nie lieblicher
drein als Miß Francis Harper, und während ich sie so sitzen
und in das Wasser niederlächeln sah, konnt' ich nur zweierlei
nicht fassen: die Freundschaft dieses Mädchens mit den beiden
Misses May und die Unvorsichtigkeit der letztern, so viel fremdes

---

*) Schon Kaunitz äußerte sich mal: „zu dem Unglaublichsten
von der Welt gehört die Unsumme von Dingen, die ein Engländer nicht weiß.“ Mr. Taylor, ein gebildeter und vielgereister
Mann, meinte, daß wir wohl begierig seien die Scharte von
Jena auszuwetzen, und war sehr überrascht, als ich ihm versicherte, daß das durch zwanzig siegreiche Schlachten bereits geschehen sei.

Licht neben den eigenen Schatten zu stellen. Freilich war sie
verlobt. Wie hätte sie's nicht sein sollen!

So glitten wir denn dahin, zuerst am Fuß des schönen
Richmondhügels und jenes herzoglichen Sommerhauses vorüber, das nach seinem jetzigen Besitzer den Namen „Buccleugh-
Villa" führt. Mährchenhaft wuchern da die Rosen über
Wände und Dach hinweg, mährchenhaft klingen aus den halb-
geöffneten Fenstern die Töne eines Flügels hernieder, und
mährchenhaft vor Allem klingt die Sage vom Herzog Buc-
cleugh selbst, der diese Villa wie ein immer offnes Gasthaus
zu Nutz und Frommen seiner künstlerischen Freunde hält.
Gedichtet und gesungen wird hier wie zu den Zeiten des
Minstrelthums und eine flüchtige Sehnsucht beschlich mich bei
diesem Anblick in das alte romantische Land zurück. Aber
die Ruder unsres Bootsmanns griffen wacker ein, Richmond
und seine Villen dämmerten nur noch von fern, der Wind
war frisch und Miß Harper so schön, und siehe da, die
Sehnsucht ward nebelhaft wie jene Villen selbst und verschwand endlich ganz, als unter Mr. Taylors kunstgeübter
Hand der erste der Champagnerpfropfen knallend in die Luft
flog und mich die große Frage zu beschäftigen begann: ob
man zu Barbarossa's Zeiten den fränkischen Brausewein gekannt habe oder nicht.

Die Fahrt war lieblich und interessant zugleich: in selten unterbrochner Reihenfolge zogen sich die Land- und Som-
merhäuser der alten Adelsfamilien am Ufer entlang und die
Lapidarstyl-Antworten unsres Bootsmanns waren ein histo-

rischer Vortrag trotz einem. Durch alle Buchstaben des Alphabets hindurch, von den Arundels an bis nieder zu den Sutherlands, begrüßten uns hier von rechts und links die stolzen Namen der englischen Geschichte und wie bunte Bilder zu diesem Adelsbuch spiegelten sich im Themsewasser vor uns alle Baustyle des Mittelalters, vom Tudor-Giebel an bis aufwärts zum Normannenthurm.

So kamen wir bis Teddington und die Schleuse passirend, die den äußersten Punkt angiebt bis wohin die Meerfluth vorzudringen pflegt, war es plötzlich, als ob die Landschaft noch landschaftlicher würde. Der Villen wurden weniger, bis daß sie ganz verschwanden; weidendes Vieh trat an die Stelle belebterer Plätze, und Mr. Owen, den es plötzlich berühren mochte als führe er in seinem heimischen Pembrokeshire den River Teist hinauf, begann alsbald ein wallisisches Volkslied zu singen, das, trotz der Capriolen, mit denen er es begleitete, Niemand zu würdigen schien als er selbst. Alles war froh als Mr. Taylors Porter-Baß zu guter Stunde God save the Queen anzustimmen und alle Verlegenheit in den immer fahrbaren Canal des alt-englischen Patriotismus abzuleiten begann. Eine Pause noch, dann hielten wir; vor uns lag Hampton-Court.

Miß Harper sprang ans Ufer. Während sie sprang, fiel ihr der leichte Strohhut in den Nacken und ihr blauer Schleier flatterte weit hinter ihr im Winde. Es war, als flöge sie. Mr. Taylor folgte und machte gravitätisch den

Ritter der übrigen Damen; dann ging es in den Park, deffen geschorne Rasenflächen in jener Schönheit vor uns lagen, wie sie den englischen Gärten eigen ist. Ich erklärte das Schloß und seine berühmte Bildergallerie in Augenschein nehmen zu wollen, wozu man mir aufrichtigst gratulirte, aber auch all= seitig hinzusetzte, daß man mich meinem Schicksal überlassen müsse, da sie sammt und sonders die Sehenswürdigkeiten von Hampton=Court so genau kennten, wie die Nippsachen auf ihrem eigenen china-board, und die Portraits ihrer Könige viel zu gut im Gedächtniß hätten, als daß es einer Gallerie= auffrischung bedürfe. Ich war herzlich damit einverstanden; denn wenn es eine Strapatze ist Bilderausstellungen zum hundertsten Male besuchen zu müssen, so ist das Loos deffen um kein Haar breit beneidenswerther, der bei dem höchsten Interesse für das, was er zu sehen gedenkt, solchen wider= willigen Führern in die Hände fällt und durch lange Säle und Corridore hindurchgejagt wird, ohne etwas anderes als die Erinnerung an ein Schattenspiel und das kaum mit nach Hause zu nehmen. Denn die Gelangweiltheit solcher Be= gleiter legt sich wie ein Schleier über unsere Augen und ihr wiederholtes Gähnen verschlingt unsere gehobene Stimmung bis auf den letzten Rest. Ich war von Herzen froh, dieser Gefahr überhoben zu sein und während meine Gefährten den Park durchstreiften, schritt ich dem Schloffe zu, deffen Bauart und Bilderschätze meine Erwartungen noch weit übertreffen sollten.

Schloß Hampton=Court zerfällt in zwei verschiedene

Theile, die, wiewohl äußerlich miteinander verbunden, doch auf den ersten Blick ihre doppelte Abstammung verrathen. Die ältere Hälfte präsentirt sich im Tudorstyl und zeigt denselben in der ihm möglichsten Vollendung. Vier rechtwinkelig auf einander gestellte Häuserfronten bilden einen Hof und während die beiden Seitenflügel nur aus langen ununterbrochenen Fensterreihen bestehen, stellen die eigentlichen Fronten in ihrer Mitte zwei breite gothische Thorbauten zur Schau, deren Ecken durch abgestutzte, das eigentliche Portal nur wenig überragende Thürme flankirt werden. Es ist derselbe von Bauverständigen belächelte Styl, in dem sich bis diese Stunde der Palast von St. James dem Beschauer darstellt, ein Styl, der, wenn auch an Schönheit zurückstehend, doch etwas Charakteristisches, ich möchte sagen etwas Männliches hat, das mich um deshalb für ihn einzunehmen wußte, so oft ich ihm begegnete.

Der neuere Theil des Schlosses ist aus der Zeit Wilhelms III. und ein Werk Christoph Wren's, des berühmten Erbauers der Paulskirche. Das Ganze bildet wiederum ein geräumiges Viereck, dessen unterstes Geschoß (nach der Hofseite hin) auf ionischen Säulen die ganze Wucht des Hauses trägt. Vermuthlich gilt dieser Neubau als der schönere Theil des Schlosses; mir gilt der alte mehr.

Beide Theile haben ihre besondere Sehenswürdigkeit, der neuere: die Bildergallerie, — der ältere: die große Banketthalle aus den Tagen Heinrichs VIII. Diese betritt man zuerst. Sie ist auch in England, diesem Vaterlande der Hallen, ein Unicum, und übertrifft an Schönheit, wenn auch vielleicht nicht an Ausdehnung, die berühmte Westminster-Halle um ein Bedeutendes. Ich stehe ab von jeder erschöpfenden Beschreibung, aber das Eine heb' ich hervor, daß dieser mächtige Bau, in den wir wie in das Mittelschiff einer gothischen Kirche treten, die Sonne der Anna Bulen aufgehen und die Huldigungen eines Hofes zu ihren Füßen sah. Noch jetzt gewahrt unser Auge die Buchstaben AH (Anna und Heinrich) wie ein Bild ihres Einsseins an verschiedenen Stellen des Deckengetäfels; Buchstaben, eingeschnitten vielleicht, als schon die Schneide des Beils über dem Nacken der schönen Büßerin war. — Aus dem hohen gothischen Fenster blickt, in Glas gemalt, jenes Tyrannengesicht auf uns hernieder, dessen leisestes Stirnrunzeln ein Todesurtheil war, und vom Kamin her, charakteristisch und wohlerhalten, trifft uns das Auge Wolsey's, jenes stolzen Prälaten, dessen Klugheit die viehische Wildheit seines Königs wie einen Stier an den Hörnern hielt. Zwanzig Jahre lang! Dann kam die Stunde, die nicht ausbleibt und seinen Führer hoch in die Lüfte schleudernd, trat ihn das schäumende Thier mit Füßen.

Eine Tragödie ersten Ranges spielte sich innerhalb dieser Mauern und im Zeitraum weniger Jahre ab. Wolsey war auf seiner Höhe und wiegte sich in Sicherheit. Nicht die Dauer seines Glückes, nur die Dauer seines Lebens machte ihm Sorge und die klügsten Aerzte nach allen Seiten hin aussendend, gebot er ihnen, den gesundesten Platz in der Nähe

Londons ausfindig zu machen. — Sie fanden Hampton Court. Da entstand jenes Schloß und jene Halle, die noch heut von der Macht und Prachtliebe ihres Erbauers Zeugniß geben und am 13. Juni des Jahres 1525 war es, daß König Heinrich von London hernieder kam und einzog in den Prachtbau seines ersten Dieners, der sein Herr war. Da stand hier ein Thronhimmel und ihm zunächst der Polsterstuhl des Cardinals, da mischte sich unter die Banner der Tudors, die von allen Pfeilern herabwehten, das zudringliche Wappen des Cardinals und der priesterliche Hofstaat, darunter alter Adel des Landes, überstrahlte an Gold und Glanz die Schranzen des königlichen Hofes. Der König sah's und ein Schatten zog über sein Antlitz; da verneigte sich der geschmeidige Cardinal und sprach: dies hab' ich gebaut, daß es Deiner würdig sei; Hampton Court ist Dein.

Das war ein königliches Geschenk; noch im Geben that es der Diener dem Herrn zuvor.

Glänzendere Tage kamen, die Tage Anna Bulen's und mit ihnen die Schicksalsstunde des Cardinals; zum ersten Male wagte er es, zwischen die königliche Leidenschaft und ihr Opfer zu treten und siehe da — er war das Opfer selbst. Ueber ihn hinweg ging der Hochzeitszug der Anna Bulen.

Und wieder andere Tage folgten. Wolsey lag vergessen auf einem Kirchhof in Leicestershire, seine Siegerin aber, nun selbst besiegt, schrieb jene schönen Sterbeworte: „Sie machten mich zur Königin und da ich auf Erden nicht höher steigen kann, machen sie mich heut zu einer Heiligen."

Dann fiel ihr Haupt.

Und stiller ward's in Hampton-Court, bis die Braun-schweiger kamen, die unberühmten George, die allen Ruhm dem Lande selber ließen. Die Wiederspiegelung vergangener Zeit begann, und hier in eben dieser Wolsey-Halle dehnte sich der Hof der Königin Charlotte auf Plüsch- und Polstersitzen und klatschte Beifall, als von der Bühne herab Shakespeare's Heinrich VIII. oder der Sturz Wolsey's an ihrem lau-schenden Ohr vorüberzog.

Doch lassen wir jetzt die Halle, um uns dem neueren Theil des Schlosses und seiner Bildergallerie zuzuwenden. Wir ersteigen eine schöne breite Treppe, freuen uns an den schlanken Ulanen-Gestalten, die, mit angefaßtem Karabiner, steif und stramm dastehen wie die Treppenpfeiler selbst daran sie lehnen, und treten jetzt in den ersten jener Bildersäle ein, die in scheinbar endloser Reihe sich durch zwei Flügel des Palastes hindurch erstrecken.

Die Gallerie von Hampton-Court hat keinen Weltruf wie die Dresdner, die Wiener und Versailler, der italienischen Schätze völlig zu geschweigen. Und in der That, wer lediglich von künstlerischem Interesse geleitet diese weiten Säle durch-wandert, wird ziemlich unbefriedigt sie wieder verlassen und seblst der National-Gallerie — deren drei Murillos sie ohnehin vor der Verurtheilung retten — im Stillen Abbitte thun. Aber ich mache kein Hehl daraus, daß ich Gallerien gelegentlich auch in anderem Interesse durchwandere, als um den Schönheitslinien Raphaels nachzugehen, und welcher Hamptoncourt-Besucher gleich mir ein Gefühl für die englische Geschichte mitbringt, das an Lebhaftigkeit dem künstlerischen mindestens die Wage hält, der wird diese Zimmerreihen nicht ohne Erregung und Befriedigung durchschreiten können.

Es ist ein Revueabnehmen über die Träger der englischen Geschichte seit jener Zeit, die dieses Schloß entstehen sah. Die ersten Säle bieten wenig, bis plötzlich im dritten oder vierten das Auge durch eine Fülle von Portrait-Schönheiten wie geblendet wird. In oberster Reihe, zunächst der Decke, gewahrst Du die schönen Buhlerinnen Karl's II. und Angesichts dieser lachenden Gesichter mit den koketten Ringellöckchen und den sinnlich aufgeworfenen Lippen, mildert sich Dein Urtheil über die Schwäche des liebenswürdigen Stuart. Je länger Du verweilst, je mehr wirst Du erschüttert in Deinen festesten Grundsätzen, zumal wenn Du zu Füßen jener verführerischen Weiber, in gleicher Höhe fast mit Deinem Auge, die lachenden Portraits ihrer Söhne und Töchter gewahrst, zu deren angeborener Schönheit sich das durchgeistigende Bewußtsein gesellt: wir sind von königlichem Blut.

Weiter ziehen wir an Hunderten von Bildern aller Schulen gleichgültig vorüber, bis endlich der Hauptsaal der Gallerie, schon durch seine Größe auffällig, sich vor uns aufthut und uns verweilen macht. Ich möchte ihn den Holbein-Saal nennen. Mindestens 20—30 Stücke des alten Meisters finden sich hier vereinigt und die ganze Tudorzeit — der er

angehörte — tritt an eben dieser Stelle in ihren Haupt-
gestalten uns sprechend entgegen. Da ist Heinrich VIII. (drei
oder viermal) und neben ihm — sein Narr; da ist Maria
Tudor, reizlos und wie es scheint mit widerstrebender Hand
gemalt; da ist Elisabeth, in einer ganzen Reihe von
Blättern: als Kind, als Mädchen, als Königin, als Greisin
selbst und zwischen inne in einem persischen Phantasie-Kostüm.
Ich sah nie etwas Entsetzlicheres. Da grüßt uns mit hoher
sprechender Stirn, über der eine thurmhohe, abenteuerliche
Frisur balancirt, die schöne Anna von Dänemark, die Ge-
mahlin Jakob's I., jenes aufgeschwemmten Vielwissers, der
eifersüchtig die Augen seiner Frau verfolgte, wenn sie, wie zur
Erholung, ausruhten auf der Schönheit eines jungen Schotten-
Lords. Ein rührendes Lied blieb uns aus jener Zeit, ein
Lied vom hübschen Grafen Murray, der zur Unzeit seiner Kö-
nigin gefiel und sterben mußte, weil er schöner war als König
Jakob selbst. Das Lied ist alt und lautet so:

> Ihr bunten Hochlands Clane,
> Was waret ihr so fern?
> Sie hätten nicht erschlagen
> Lord Murray, euren Herrn!
>
> Er kam von Spiel und Tanze,
> Ritt singend durch die Schlucht, —
> Sie haben ihn erschlagen
> Aus Neid und Eifersucht. —
>
> Im Lenze, ach, im Lenze —
> Sie spielten Federball,
> Lord Murray's stieg am höchsten
> Und überflog sie all.

Im Sommer, ach, im Sommer —
Auszogen sie zum Strauß,
Da rief das Volk: Lord Murray
Sieht wie ein König aus.

Im Herbste, ach, im Herbste —
Zu Tanze ging es hin,
„Mit Murray will ich tanzen!"
Rief da die Königin.

Er kam von Spiel und Tanze,
Ritt singend durch die Schlucht, —
Sie haben ihn erschlagen
Aus Neid und Eifersucht. —

Ihr bunten Hochlands Clane,
Was waret ihr so fern?
Sie hätten nicht erschlagen
Lord Murray, euren Herrn!

Armer Lord Murray, arme Königin! Aber Euer Leid
erlischt vor einem größeren: dort aus schlichtem Rahmen
heraus schaut, als weine sie im tiefsten Herzen, das blasse
Antlitz Maria Stuarts. Und doch war sie noch halb ein Kind,
als sie dem Maler zu diesem Bilde saß. Ein Klosterschleier
umhüllt weiß und dicht das schmale, feine, geheimnißvolle
Gesicht, das nichts hat von jugendlicher Heiterkeit, und es
beschleicht uns der Gedanke, als fühle sie sich unheimlich unter
diesen Elisabethköpfen, die von allen Seiten her auf sie her-
niederblicken.

Noch weitere Säle folgen, aber unser Interesse hat seinen Höhepunkt erreicht und selbst ein Pastellbild „des alten

Fritz," der aus einer Gesellschaft reifröckiger Prinzessinnen heraus uns mit seinem klaren Königsauge grüßt und unser preußisches Gefühl erwachen macht, fesselt uns nur auf Augenblicke. Gleichgültig an muthmaßlichen Raphaels (wo gäb' es deren nicht!) und noch muthmaßlicheren Michel Angelos vorüber eilend, erreichen wir auf's Neue die breite Aufgangstreppe, deren Ulan noch immer wie in Stein gehauen dasteht und die teppichbedeckten Stufen schnell herniedergleitend, athmen wir auf, als nach der Schwüle, die uns von Saal zu Saal begleitete, jetzt plötzlich die frische Parkluft unsre Stirne kühlt und statt einer endlosen Reihe von Bildern jenes eine vor uns hintritt, das immer wieder mit seinem Zauber uns beschleicht.

Schnell durchflog ich die Gänge, von jenem Kraftgefühl beherrscht, das in der letzten Stunde eines Galleriebesuchs der Herr über alle anderen zu werden pflegt — vom Hunger.

Fünf Stunden waren seit jenem feierlichen Augenblick vergangen, wo Mr. Taylor's erster Champagnerpfropf in die Luft paffte, und als ich so hin und her irrte, wandelte mich plötzlich wie ein Gespenst der Gedanke an: wenn Du zu spät kämst, wenn alles vorüber wäre! Da weckten mich Stimmen und munteres Gelächter aus meiner finsteren Betrachtung und um mich blickend, gewahrt' ich unter einem Kastanienbaum meine gesammte Begleiterschaft: die beiden Gentlemen stehend und schwatzend, die Lady's in's Gras gelagert und Kränze flechtend. Miß Harper warf mir den ihren zu und lachend fing ich ihn, wie einen Reifen beim Reifenspiel, mit meinem vorgestreckten Arme auf. „Ich glaubte, Sie hätten uns vergeſſen," rief ſie ſchelmiſch unter ihrem Hut hervor, und ſah mich an als wiſſe ſie's doch am beſten, daß keines Mannes Auge ihrer Lieblichkeit jemals vergeſſen könne. Dann erhob ſich alles — geſunder Appetit umſchlang uns mit einem Ein-trachtsbande — und dem Boote zueilend, glitten wir in der nächſten Minute ſchon quer über den Strom hin an das jenſeitige Ufer, wo eine prächtige, nach allen Seiten hin von Weidengebüſch umgrenzte Wieſe wie geſchaffen war für ein luſtig verſchwiegenes Diner. Eine Koppel Pferde, die im erſten Augenblick halb ſtutzig halb neugierig die ungeladenen Gäſte empfing, machte bald den beſcheidenen Wirth und über-ließ uns das Terrain. Wir aber hatten bereits den Stamm einer mächtigen alten Rüſter zu unſerm Lagerplatze auserſehen und eh eine Viertelſtunde um war, breitete ſich auf dem Raſen vor unſern bewundernden Augen eine wohlgedeckte Tafel aus. Reizend ſtach das weiße Linnen von dem ſaftigen Grün des Raſens ab, aber reizender noch ſchimmerte die gelbe Kruſte einer koloſſalen Hühnerpaſtete, die von den kunſtgeübten Händen der alten Miſtreß May gebacken, den gebührenden Platz in der Mitte der Tafel einnahm. An den vier Zipfeln des Tiſchtuchs ſchimmerten abwechſelnd die Staniolkuppen Mr. Taylors und die geſchliffenen, Portweingefüllten Ka-raffen, die Mr. Owen und ich ſelber als Picknick-Contingent geſtellt hatten; am linken und rechten Flügel der Rieſenpaſtete aber lagen in ſchlichter Brodgeſtalt die Gaben der Miß Harper: zwei Königskuchen, deren kleine Roſinen zahllos wie die Sterne am Himmel lachten. So war das Mahl; drum herum aber, auf den umgestürzten Kisten und Körben, saßen sieben lachende Menschen und dankten in kindlicher Fröhlichkeit dem Geber aller Dinge. Der Portwein war längst hin und die Hühner- pastete nur noch eine Ruine, da ergriff ich ein volles Glas Champagner, und mich hoch aufrichtend, schloß ich die Mahl- zeit mit jenem Toaste, der von Herzen kommend, in britischen Herzen noch immer sein Echo fand: Old-England for ever!

Der verengländerte Deutsche.

Einer meiner Freunde erzählte mir: Gebrüder Miller sind eine wohlbekannte Firma in der City von London. Vor Zeiten hießen sie Müller und waren so loyale Berliner, wie sie das Spandauer Viertel nur je in seiner Mittte sah. Vor zehn Jahren vertauschten sie die Papenstraße mit Moorgate-Street und ersetzten den heimathlichen Klappkragen durch aufrechtstehende Batermörder. An diese — fuhr mein Freund fort — hatt' ich einen Kreditbrief in der Tasche. Guten Muthes trat ich bei ihnen ein und mich gegen zwei blonde Männer verbeugend, die am Pult einander gegenüberstanden, fragt' ich auf deutsch: „ob ich die Ehre habe, Gebrüder Müller" . . . .? our name is Miller! unterbrach mich der Angeredete und schrieb weiter. „Ich bringe Ihnen Grüße vom Banquier Meyerheim. . . . very much obliged! . . . . und wollte mir erlauben, Ihnen diese Zeilen persönlich zu übergeben." Müller II. nahm den Brief in Empfang, durchflog ihn und antwortete dann: to-morrow, Sir! ten o'clock if you please.

Das war mir zuviel und beide Arme in die Seite stemmend, schnarrte ich im entschiedensten Jargon unserer Heimath: „Wat! zwee Berliner un keen Wort deitsch nich? Shame, indeed!"

Ob wahr oder erfunden (mein Freund excellirt in Anekdoten), jedenfalls darf ich versichern, daß die Gebrüder Miller aus dem Leben gegriffene Typen sind. Unter hunderterlei Namen bin ich ihnen in allen Kreisen der Gesellschaft begegnet und dem Niederdrückenden dieser Erfahrung hab ich nur den einen Trost entgegenzuhalten, daß das Jahr 48 dieser nationalen Verkommenheit ein Ende gemacht zu haben scheint. Was von dieser Misere bisher mir in den Weg trat, war in vormärzlicher Zeit über den Canal gegangen. Nicht als ob ich — wie man geneigt sein könnte aus diesem Lob zu schließen — den unbedingten Bewunderern jener Bewegungsepoche angehörte. Keineswegs. Aber die Untreue und die Maßlosigkeit, die Illoyalität und die Verkehrtheit jener Zeit, die so oft und so gebührend verurtheilt worden sind, sollten uns die nationale Seite, diesen gesunden Kern jener Erhebung, nicht undankbar verkennen lassen und uns nicht blind gegen die Thatsache machen, daß ein deutscher Geist, wie ihn die Freiheitskriege sahen, erst unter den Gewehrschüssen des 18. März wieder erwachte, ähnlich wie der Frühling unter Donnerschlägen seinen Einzug zu halten liebt.

Selten nur trifft man im bunten Treiben der Weltstadt auf Einzelne jener Flüchtlinge, die der Sturm der letzten Jahre an die englische Küste geworfen hat; sie lieben Zurückgezogenheit und verkehren (mit Ausnahme eines in Kneipenroheit ver-

kommenen Abhubs) geräuschlos unter einander. Aber häufiger
fast als einem lieb ist, begegnet man den „Landsleuten aus
der alten Schule." Ueberall in der City — in den Lese-
zimmern des Lloyd wie an der Kornbörse in Mark-Lane, in
den Docks-Kellern wie an den Eßtischen des Mr. Simpson —
stößt man auf ihre unerquicklichen Gesichter; keiner aber
lernt sie besser kennen als der Beneidenswerthe, der in einer
Kaufmannsstadt an der Nord- oder Ostsee zu Haus, ein Em-
pfehlungsschreiben an diese oder jene deutsch-englische Firma in
seinem Lederkoffer mit herüberbringt, — und an die Erfahrungen solcher Bevorzugten richt' ich jetzt die Frage: ob es etwas
Trostloseres giebt, als die Gestalt des „verengländerten
Deutschen."

Der englische Kaufmann ist praktisch, ist auf Erwerb
aus, ist Kaufmann durch und durch. Aber — vorausgesetzt,
daß er jemals die Ader eines Gentleman in sich hatte — so
bleibt ihm diese wie eine Schutz- und Grenzlinie gegen den
Schacher durch alle Phasen seines Lebens hindurch, und wenn
er begreiflicherweise auch in der Einseitigkeit und Ausschließlichkeit seines Strebens nach Erwerb, kein Gegenstand unserer
besonderen Zuneigung werden kann, so können wir ihm doch
um der Klugheit seiner Combination und der Energie, Ruhe
und Gradheit seiner Handelsweise willen, unsre Hochachtung
nicht versagen. — Wie anders der deutsche Kaufmann, der
herüberkommt! Aengstlich bemüht, an den englischen Kaufmann gleichsam hinan zu wachsen, hat er bei seinem Betreten
britischen Bodens nichts Eilfertigeres zu thun, als unter der

Aufschrift: „Sachen ohne Werth" das Bischen deutsche Liebenswürdigkeit, das er in Gestalt von Bonhommie, gemüth-
lichem Spießbürgerthum, Ungenirtheit und derbem Witze mit
herüberbrachte, in die väterliche Wohnung zurück zu schicken,
und ohne im Geringsten das feine Auge für all die Vorzüge
zu haben, die den englischen Kaufmann — und sei er der er-
werbslustigste — noch immer charakterisiren, setzt er seinen
ganzen Eifer daran, ihn in allerhand Manieren (natürlich
immer die schlechtesten) zu erreichen, in Manipulationen und
Kunstgriffen, die freilich am meisten in die Augen springen,
aber den ächten Engländer so wenig ausmachen, wie etwa das
Dreinschlagen mit Kolben einen tüchtigen Offizier.

Dennoch ist der verengländerte Deutsche innerhalb der
Geschäfts- und Handelssphäre nur halb er selbst. Be-
reicherung! steht auf der Fahne jedes Kaufmanns und die
ungeschickteren Hände, mit denen die deutsche Copie des englischen Kaufmanns im Golde wühlt, die gierigeren Augen, mit
denen er es verschlingt, wollen wir ihm nicht zu hoch in Rechnung stellen. Er ist eben nur eine Steigerung dessen, was
jeder Kaufmann, auch der englische, mit ihm theilt und selbst
das Uebermaaß seiner Erwerbslust ist immer noch gleichsam
zu Haus innerhalb des kaufmännischen Berufs. Aber widerlich wird diese Goldjagd auf anderen Gebieten und um so
widerwärtiger, je geistiger das Gebiet ist, das der verengländerte Deutsche nicht verschmäht, durch seinen Schacher (wofür
er den Ausdruck „praktische Richtung" hat) zu verunglimpfen.
Die Künstler, die Schriftsteller, die Gelehrten — sobald sie

dieser englischen Krankheit verfallen, machen ihr ganzes Thun zum bloßen Gewerbe und von einer liebenden Hingabe an die Sache findet sich keine Spur mehr. Kunst und Wissenschaft werden sich in solchen Händen niemals Zweck; sie sind nur Mittel. Nicht Mittel in jenem hohen Sinne, wie innerhalb der christlichen Kunst des Mittelalters; auch Mittel nicht in jenem erlaubten Sinne, wo sich das Leben selbst als Zweck ergiebt; nein, Mittel in jenem schlechtesten Sinne, Mittel zum Reich- werden, zur plötzlichen Erhebung und zum endlichen Nichts- thun, als süßen Lohn kurzer, lügnerischer Arbeit. Das Trost- loseste sind die deutschen Aerzte, über die das Engländerthum hereingebrochen ist. Ich wohnte mit einem solchen zusammen; er forderte und erhielt für ein kurirtes Schnupfenfieber 20 L. St (130 Rthlr.) und erzählte mir unter Lachen den Fischzug, den er gehalten habe. Ich kannte auch das Opfer dieser Prellerei und habe die betreffende Rechnung mit Augen gesehen. Man spricht in Deutschland von interessanten Fällen und unsere Patienten sträuben sich dagegen, ein solcher zu sein. Verarg' es ihnen, wer mag. Aber unter allen Umständen sind sie, um eben ihres Leidens willen, einer lebhaften und gleich- sam nobeln Theilnahme von Seiten ihres Arztes sicher. Solche interessanten Fälle kennt der deutsch-englische Arzt nicht; mit der Wissenschaft hat er abgeschlossen, lernen oder verdummen gilt ihm gleich, und nur ein interessanter Fall ist für ihn ge- blieben: die gefüllte Börse eines Westend-Lords oder eines City-Kaufmanns aus dem Ostindien-Viertel.

Ich habe mich bis hieher gemüht, ein Charakterbild des

Deutsch-Engländers zu geben; wend ich mich jetzt seiner mehr
äußeren Erscheinung zu. Er spricht alle Sprachen mit Ausnahme des Deutschen. In seiner Tracht und Haltung über-
engländert er den Engländer. Er hat beständig schwarzen
Flor um den Hut, trägt Röcke, deren Taille mehr dem süd-
lichen Wendekreis des Steinbocks, als dem mittellinigen
Aequator entspricht, excellirt in buntfarbigen Sommercravat-
ten, scheitelt sein Haar in der Mitte des Kopfes und verwendet
alle möglichen Pasten und Schönheitswässer zur Herstellung
des (unübersetzbaren) „egalen Teint's," dieses entscheidenden
Kennzeichens des ächten Gentleman. O ja, sie lernen ihm
ab, wie er sich räuspert und wie er spuckt, und nur ein letztes
Etwas entgeht entweder ihrem Auge oder liegt jenseits ihres
Nachahmungstalentes. Dies Etwas ist es dann, was schließlich doch einen Strich durch die Rechnung macht.

Ihre Taschen liegen sämmtlich unterm Schutz eines
Brama-Schlosses, zu dem der Schlüssel verloren gegangen ist.
Für schlechtweg Bedürftige haben sie ein stereotypes Achselzucken und für die Flüchtlinge der letzten Jahre einen bequemen
und billigen Hohn.

Begegnet man ihnen in der Gesellschaft, so suchen sie
das Flachsenfingen, wo ihre Wiege gestanden, bis zum
Aeußersten hin zu verleugnen. Fallen sie der Ehrlichkeit des
vorstellenden Wirths aber dennoch zum Opfer und zieht Neugier oder Spottlust sie in eine vornehme Unterhaltung mit
dem jungen Huronen, der keine glanzledernen Stiefel trägt
und das Unglück hat, Deutschland sein Vaterland zu nennen,

so beginnen sie (versteht sich englisch) „wie befindet sich Ihr König? Alles noch wohlauf bei Hofe? kein neuer Orden kreirt? kein Garde-Leutnant zum Cultus-Minister avancirt, oder kein Alt-Lutheraner General der Kavallerie geworden?"

So geht es fort. Wer möchte ihnen die Anerkennung versagen, daß die Pfeile ihres Spottes gelegentlich treffen; aber diese Renegaten und verkommenen Söhne eines auch in seinen Schwächen noch großen und herrlichen Vaterlandes haben nicht das Recht, diese Pfeile abzudrücken. Ihr Wesen geht auf in Lieblosigkeit und Undankbarkeit gegen den Boden, der sie gebar. Sie kennen nur Schattenseiten und vergessen, daß hier wie überall der Schatten das Licht voraussetzt. Sie verwechseln die eigene Verkommenheit mit der vorgeblichen des Volkes, dem sie angehörten und halten die Einflüsterungen eines bornirten und selbstgefälligen Egoismus für die Stimme der Freiheit und politischen Weisheit.

Der einsichtige Engländer (freilich wie überall ein kleiner Bruchtheil) blickt bescheiden auf die Besonderheit seines durch Lage und Gang der Geschichte bevorzugten Landes und ist weitab sich persönlich das Verdienst von Dingen zuzumessen, die Gottes Rathschluß ungleich mehr als der englische Nationalcharakter, geschweige dessen modernste Erscheinung, hervorgerufen hat. Wilhelm III. konnte unterliegen, und England wäre unterm Scepter der katholischen Stuarts denselben Weg wie die Staaten des Continents gegangen. Das verhehlt sich kein gebildeter Brite.

England ist kein Polizeistaat; aber warum nicht? weil
es keiner zu sein braucht. Disraeli selber sprach es aus:
unser Land hat keine Ahnung von der Macht und Ausdehnung
jener Umsturzpartei, die auf dem Continent ihr Wesen treibt.
Hätten wir Aehnliches, wir würden zu ähnlichen Mitteln grei-
fen müssen und der Londoner Philister, der seit 40 Jahren
gewöhnt ist, seinen Morgenimbiß in Gesellschaft der Times
oder Morning Post zu nehmen, würde sich daran gewöhnen
müssen, seinen Frühstücksgefährten von Zeit zu Zeit nicht
erscheinen zu sehen,

So sprechen Engländer. Der verengländerte Deutsche
aber schimpft über Polizei und Soldateska, spricht von der
Theilung Deutschlands wie von einer abgemachten Sache,
nennt Leibnitz einen Schleppenträger des Newton und Göthe-
Schiller die Aushökerer des Shakespeare. „Ihr habt nichts
als den Hegel — so schließt er — und den lassen wir Euch.“
Ihn widerlegen, hieße ihn ehren; man läßt lächelnd einen
Strom solcher Thorheiten über sich ergehen und schreibt
Abends in's Tagebuch: bei Mr. N. einen Landsmann aus der
alten Schule getroffen; einer wie alle: flach, eitel, undankbar!

Von Hydepark-Corner bis London-Bridge.

Es ist Sonnabend Nachmittag, die Sonne lacht so heiter nieder wie's die dunstigen Straßen nur irgendwie gestatten, aber mir selber nimmt die Sonnenheiterkeit nichts von meiner irdischen Verstimmung und ich greife zu meinem letzten Erhebungs- und Zerstreuungsmittel, zu — einer Omnibusfahrt von Westend bis in die City.

Da kommt er schon mein alter Freund der Royal Blue, der zwischen Hydepark-Corner und der Londonbrücke läuft, und seinen höchsten Platz mit der doppelten Raschheit eines deutschen Turners und Londoner Pflastertreters erkletternd, rollt der Wagen in demselben Augenblick weiter, in dem er anhielt mich aufzunehmen. Ein Blick nach links in den Hydepark und rechts auf den Triumphbogen des alten Siegesherzogs! nun aber die Augen gradaus und hinein in das Treiben Piccadillys, dessen Pflaster wir jetzt geräuschlos hinunterfahren.

Die erste Hälfte Piccadillys gleicht einem Quai: zur Linken nur erheben sich Paläste und Häuser, rechts aber dehnt sich, einer Wasserfläche gleich, der Green-Park aus und labt das Auge durch seinen Rasen und die freie Aussicht zwischen den Bäumen hindurch. Ein leiser Wind weht herüber und nimmt auf Augenblicke dem Tage seine Schwüle; mir aber wird freier um die Stirn und unter Lächeln gedenk' ich meines Heilmittels, das sich wieder zu bewähren scheint.

Weiter geht es, der Quai verengert sich zur Straße und verliert an Vornehmheit, schon aber biegt der coachman rechts in Regent-Street hinein, und die Zügel nachlassend geht es jetzt bergab und rascher denn bisher dem schönen Waterloo-Platze zu. Vor uns steigt die York-Säule auf; Carlton-House, der Sitz der preußischen Gesandtschaft, zeigt uns seine hohen Eckfenster; Palast neben Palast lagert sich vor unserm Blick, aber eh' wir noch die Minerva-Statue auf einem derselben mit Sicherheit erkannt haben, wendet sich der Omnibus, links einbiegend, dem östlichen Ausläufer der Pall-Mall-Straße zu, und an Hotels, Kunstläden und Clubhäusern vorbei geht es dem eigentlichen Mittelpunkte Londons, dem Trafalgar-Square entgegen.

Da sind wir: die Fontainen thun das ihre (freilich nur ein bescheidner Theil); der Sieger von Trafalgar schaut von seiner Colonne herab; die National-Gallerie zieht sich, als fühle sie die Schwächen ihrer Schönheit, bescheiden in den Hintergrund zurück, und von Northumberland-House hernieder grüßt uns der Wappenlöwe des Hauses, der mit gehobenem Schweif dort oben frei in Lüften steht und von den Percy's, dem Löwengeschlechte Alt-Englands erzählt.

Immer weiter! Der Square liegt dicht hinter uns; das ist der „Strand", der sein buntes Leben jetzt vor uns entfaltet. Er ist die Verbindungslinie zwischen Westend und der City, und der Charakter beider findet sich hier in raschem Wechsel nebeneinander. Neben den immer zahlreicher werdenden Läden und den Theatern zweiten Ranges erheben sich Paläste wie Kings-College und Sommerset-House, und neben der Lady, die eben die Requiem-Probe oder das Oratorium in Exeter Hall verläßt, an dessen Aufführung sie sich mit gutem Willen und schwacher Stimme betheiligte, schreitet der Affichenträger, diese originelle Erfindung englischer Marktschreierei, wie ein wanderndes Schilderhäuschen einher, dessen papierne Wände nach allen vier Seiten hin ausschreien: „Feuerwerk in Cremorn-Gardens", oder „Rasirmesser, scharf und billig, Ecke von Strand und Cecil-Street."

Mein Auge hält sich rechts; kurze Querstraßen laufen zur Themse hin, mitunter blitzt der Strom selbst blau und schimmernd hindurch. Wie lacht mir das Herz! aber die nächste Nähe fesselt aufs Neu das Auge: Häßliches und Blendendes, Alltägliches und Niegeschautes drängen sich mit Blitzesschnelle an uns vorüber. Hier zur Rechten scheinen die Dentisten ihr Quartier zu haben. An den Fenstern und Hausthüren begegnen wir künstlichen, zierlich aus Elfenbein gedrechselten Todtenköpfen, die sich gespenstisch im Kreise

drehn und mit ihren grinsenden Mausezähnchen, ländlich sittlich, die Annonce übernehmen: hier wohnt ein Zahnarzt.

Weiter! der „Strand" erweitert sich zu einem Kirchen-
platz, aber nur um sich plötzlich wieder zu verengen, — und
durch Temple Bar, das alte City-Thor hindurch, rollt jetzt
unser Omnibus in Fleet-Street hinein. Was ist das? Tausende sperren an jener Ecke den Weg. „Weekly Dispatch"
oder „Illustrated News", ich hab' es vergessen welches von
beiden, steht mit riesigen Buchstaben an der Front des bela-
gerten Hauses. Was will man? hat sich der Redacteur
gegen die Souverainetät des Volkes vergangen? hat er eine
Brot-Taxe beantragt? nichts von dem allen. In Chester ist
heut Wettrennen, das ist Alles. Unablässig spielt der Tele-
graph von dort herüber und jede neue Meldung wird zu Nutz
und Frommen des theilnahmvollen Publikums in großen
Buchstaben sofort ans Fenster geklebt. Unerklärliche Begei-
sterung! Armes Volk ist's, was sich da drängt, Tagelöhner
die keine Geis geschweige ein Pferd im Stalle haben, und
doch will jeder wissen, was 50 Meilen nördlich in Chester geschieht und ob der „Lalla Rookh" oder der „Wilberforce"
gewonnen hat.

Endlich sind wir hindurch; der Menschenknäuel schließt
sich wieder, während wir Farringdon-Street durchschneiden
und das ansteigende Ludgate-Hill in kürzerem Trab hinauf-
fahren. Jetzt sind wir oben, unmittelbar vor uns steigt der
Massenbau St. Pauls in die Luft. Seine Glocken beginnen
eben zu tönen, um den Sonntag einzuläuten. Aber selbst

14*

die Stimme seiner Glocken wird verdröhnt und überrasselt,
denn immer näher kommen wir der Handelswerkstatt der
eigentlichen City und schon haben wir Cheapside rechts und
links. Welche Läden das, welche Fülle, welcher Glanz!
Alle Früchte des Südens, dazwischen die großen spanischen
Trauben, liegen hochaufgeschichtet hinter den Spiegelscheiben
der Schaufenster und ein Londoner Witzwort wird uns gegenwärtig, das da heißt: ein Franzose macht zwei Läden von
dem, was ein Engländer ans Fenster stellt.

Und nun Poultry, und nun die Börse und die Bank!
Von allen Seiten münden hier die Straßen ein, schon wird
die Masse unentwirrbar und noch immer hat die City nicht
ihr Letztes gethan. Südlich geht's, in King William Street
hinein und der Londonbrücke unter verdoppelten Peitschen-
schlägen zu. Da ist sie, oder doch da blinkt sie herüber, denn
siehe, so nah am Ziel sind wir noch weitab von ihm. Es ist
fünf Uhr und die City-Omnibusse haben sich eben angeschickt,
alles was die Woche hindurch am Pulte stand und die Com-
toir-Feder hinterm Ohre trug, nach den aberhundert Vor-
städten und grünen Dörfern hinaus zu schaffen, die in meilen-
weitem Kreise die Stadt umgeben und nach denen die City-
Menschen sich sehnen, wie der Bergmann in seinem Schacht
nach Gottes Sonne da oben. Hunderttausende wollen hinaus, in dieser Stunde, in dieser Minute noch, und selbst der
London-Brücke und ihren Dimensionen versagen die Kräfte.
Tausende von Fuhrwerken bilden einen Heerwurm; die lange
Linie von King William-Street bis hinüber nach Southwark

ist eine einzige Wagenburg und minutenlanger Stillstand
tritt ein.

Ich spring herab, ich dränge mich durch; treppab komm
ich an den Landungsplatz der Dampfschiffe, ich besteige das
erste beste und wieder stroman fahrend, schau ich von der
Mitte des Flusses her dem Drängen und Treiben zu, das
auf der Brücke noch immer kein Ende nimmt. — Die Fluth
kommt und bringt eine lustige Brise mit, ich nehme den Hut
ab und sauge die Kühlung ein. Mein Kopf brennt und fie-
bert, aber hin ist alle Verstimmung und mir selbst zum Trotz
murmle ich vor mich hin: dies einzige London!

Miß Jane.

Ich hatte Empfehlungsbriefe an Miß Jane. Als ich sie abgab war sie aufs Land. Wochen vergingen; ich hatte die Briefe vergessen. Eines Morgens beim Frühstück erhielt ich folgende Zeilen:

10 Angel Terrace, New-Road (Pentonville).

Miß W. empfiehlt sich Herrn F. und drückt ihm ihr lebhaftes Bedauern darüber aus, daß sie außerhalb der Stadt war, als Mr. F. die freundlichen Zeilen aus Deutschland ihr in Person zu überbringen gedachte. Miß W. würde sich Herrn F. sehr verpflichtet fühlen, wenn er ihr Gelegenheit zu mündlicher Aeußerung ihres Dankes geben wollte und erlaubt sich ihm anzuzeigen, daß sie allabendlich nach 7 Uhr zu Hause ist. — Freitag Nachmittag.

Andren Tages schick' ich mich an, dieser freundlichen Aufforderung nachzukommen. Es war Sonnabend und einer

jener schwülen, staubigen Tage, wo man die Luft Londons
wie den Puls eines Fieberkranken fühlt. Von meiner Wohnung aus bis Angel-Terrace war nicht allzuweit. Ich pas-
sirte Euston-Square und bog in die nördliche Lebensader
Londons ein, die unter dem Namen New-Road von Paddington und Bayswater bis Pentonville und Islington läuft.
Mein Weg führte gradaus; ich konnte nicht fehlen. Von
Zeit zu Zeit blieb ich stehen und ließ den Wirrwarr der Scene
an mir vorüberziehn. Es war das erste Mal, daß ich in diese
Gegend kam und so gewiß es London war, das nur ein neues
Blatt seines Wunderbuches vor mir aufschlug, so gewiß doch
war dies Blatt eben neu, und fast vergaß ich im Anschauen
dieses wechselnden Treibens, daß mich Andres hierher geführt
hatte als die Lust an einer Straßen-Studie. Dieselbe Fülle
von Leben lag hier vor mir wie in Piccadilly und Oxford-
Street und doch hatte Alles wieder einen andren, zum Theil
völlig abweichenden Charakter. Die blitzenden Kaufläden
fehlten ganz, Cabs und Gigs waren selten, kein modischer
Frack in ganz New-Road, geschweige das Barègekleid einer
Lady von Stande. Nur Omnibus auf Omnibus jagte vorüber, Arbeiter in Jacke und Mütze hockten oben auf; — ein
Augenblick Halt! und wieder weiter trabend wirbelte eine
neue Staubwolke in den Straßenstaub hinein. Trödelläden
überall und Magazine für Auswandrer; an den Ecken aber
das unvermeidliche Bierhaus. Freilich auch Reizendes bot sich
dar. Die Breite der chaussirten Straße und ihre Bäume
und Gärten thaten dem Auge wohl; und der Goldregen, der

bestaubt über die Eisengitter hing, dazu das Auf und Nieder des Terrains, vor Allem aber die dämmerblauen Hügel von Highgate, die von fern her in dies wüste Treiben niederblickten, gaben dem ganzen Weg, der sich vor mir hinzog, einen wunderlichen Misch-Charakter von Landstraße und Weltstadt.

Kings-Croß hatt' ich passirt; die Häuser zur Rechten wurden eleganter, Mädchen-Pensionate lagen hinter den Gittern und kündigten sich durch klösterliche Stille noch deutlicher an als durch Inschriften, oder das messingne Klingelschild ihrer Mistreß. So erreicht' ich Angel-Terrace. Als ich die Gitterthür hinter mir zuwarf, war es als sei ich in eine neue Welt getreten. Das Gitter und das hohe Strauchwerk das sich an ihm entlang zog, lagen wie eine Scheidewand zwischen hier und draußen. Der Staub drang nicht durch und gönnte mir wieder einen freien Athemzug; selbst der Lärm brach sich an dieser hohen grünen Wand und klang wie fernes Summen und Rauschen. Heiter schritt ich den Kiesgang entlang, der zwischen zwei blumenlosen und doch so erquicklichen Rasenplätzen hinlief und war eben im Begriff den Klopfer zu fassen, als die Thür sich wie von selber öffnete und ein alter Herr mit freundlicher Stimme mir zurief: „Kommen Sie nur, Jane wartet schon!" Es war ihr Vater. Wir traten in ein Zimmer zur Linken. Sein Anblick bot nichts Besondres dar; englische parlours gleichen sich wie ein Ei dem andren. Miß Jane trat mir entgegen und reichte mir, nach schöner englischer Sitte, ihre Hand. Es war eine weiße vornehme Hand. Die gewöhnlichen Begrüßungsworte wurden gewech-

selt; dann nahm ich Platz. Das Wasser im Kessel siedete,
der Alte nahm die Tassen vom cup-board, Miß Jane löste
die Schalen von den zierlichen kleinen Krebschen, die auf dem
Tische standen, und sprach und fragte zu mir herüber. Sie
war nicht schön, nur ihre Augen waren es. Es lag ein Etwas in ihnen als lachten sie gern, und zugleich doch sah man,
sie hatten viel geweint. Ich kannte die Geschichte Miß Ja-
nes; hätt' ich sie nicht gekannt, ich hätte sie aus diesen Augen
lesen können.

Ihr Vater war nach Deutschland gegangen als sie noch
ein Kind war. Damals war er reich gewesen, fast ein Millionär. Unter Glanz und Fülle war Miß Jane herange-
wachsen; sie sang, sie spielte, sie hatte berühmte Lehrer gehabt,
sie hatte in Concerten gesungen und den Ertrag ihres Spiels
der Armuth in den Schooß geschüttet. Nun sang sie auch
und spielte und lehrte, aber nur für sich und ihren Vater.
Sie waren selber arm geworden. Das verwöhnte Kind, die
vornehme Dame erwarb ihr Brot jetzt als englische Gover-
neß. — Die Armuth in Deutschland hatte sie leicht getragen;
sie hatte Freunde gehabt, deutsche Freunde, die den Menschen nicht nach Guineen wägen, — und in fremden Häusern
weiter genießend, was sie einst im eignen geboten hatte, war
sie arm geworden ohne zu fühlen, was Armuth sei. Aber
diese Tage halben Glücks hatten nicht angedauert. Der alte
Kaufmannsgeist war wieder über den Vater gekommen, es
hatte ihn zurückgezogen nach England, nach London, nach der
City, nach der alma mater des Handels; — er wollte wieder

reich werden wie er arm geworden war und Jane hatte ihn
begleiten müssen. Sie hatten Wohnung genommen in der
City, auf deren finstren Comtoiren der Alte nun wieder saß
und rechnete wie 30 Jahre früher; er hatte das Glück auf's
Neue versucht, und vergessen, daß die Göttin nur die Jugend
liebt und vorbeigeht an jedem weißen, sorgenvollen Haupt.
Alles schlug fehl; schwere Tage kamen; Miß Jane war entschlossen und suchte ihre Bücher und ihre Noten hervor. O,
sie war klug und ihre Stimme glockenhell, sie brauchte sich nicht
lange umzuthun, und die Demüthigung wenigstens blieb ihr
erspart, ihre Dienste vergeblich angeboten zu haben. Die
mühevollen Tage einer governess begannen für sie. Früh
morgens nach Kings Croß, um den Omnibus abzuwarten,
spät Abends heim mit dem Notenbuch unterm Arm. Wie
viele dieser blassen, abgehärmten Gesichter sah ich auf meinen
Kreuz- und Querzügen, wenn ich von London-Bridge bis
Chelsea fuhr, — wie eilten sie die Treppe hinunter, um den
Steamer nicht zu verpassen und wie schnell ging's wieder über
die hölzerne Brücke und über den schwankenden Pier hinweg,
wenn das Boot anhielt bei Lambeth Palace, oder Bauxhall-
Bridge! Wie oft hatte ich theilnahmvoll in solche stillklagende
Augen geblickt, nicht ahnend, daß ich ihnen einst so nahe
gegenüber sitzen sollte.

Und saß ich solchen Augen denn gegenüber? war das
noch dieselbe Miß Jane, waren das noch die umflorten Augen,
die mich bei meinem Eintritt begrüßt hatten? Sie lachten
jetzt, als hätten sie nie geweint. Ein Zauber war wirksam

geworden und dieser Zauber hieß Deutschland und deutsches
Wort. Der Alte selbst ging auf in den Jubel seiner Tochter
und die Erinnerung an zwanzig glückliche Jahre, die er unter
uns verbracht, ließ ihn sein Engländerthum und die fixe
Idee neu zu erwerbenden Reichthums vergessen. Sein Herz
floß über von Liebe und Dankbarkeit gegen unser Land und
mehr denn einmal rief er: „Bei Ihnen giebt es Menschen und
Herzen, aber dies England hat nur Beine und Börsen.“
Vater und Tochter wetteiferten und der ganze Reichthum
deutschen Lebens wurde mir an dieser Stätte gegenwärtig
wie nie zuvor. Hundert kleine Züge unsres Lebens, über=
sehen sonst um ihrer Alltäglichkeit willen, machte mir hier die
dankbare Rückerinnerung dieser Beiden wie zum Geschenk
und ich erschien mir gleich dem reichen Hypochonder, der über
Noth und Elend klagt, weil er die Schätze seines Nachbars
nicht mitbesitzt, bis ihm plötzlich die schwarze Binde vom
Auge fällt und er sieht, was er lange hätte sehen können, daß
er reich ist und immer war.

Von dem Abend an war ich ein häufiger Gast in Angel-
Terrace; jede Klage über das selbstische England und jede
Sehnsucht nach Deutschland hin fand dort ein lautes Echo.
Wollt' ich Herzen haben, die sich mit mir freuten über Em-
pfang eines Briefes aus der Heimath, so richtete ich meine
Schritte New=Road hinauf, und als ich zum letzten Male die-
sen Weg ging, war mir's, als sollt' ich eine zweite Heimath
aufgeben, um die erste wieder zu gewinnen.

Der Abschied war kurz; Miß Jane's Augen lachten nicht mehr; der Alte war schweigsam. „Unsre Wünsche begleiten Sie; könnten wir es selbst!" Das waren ihre letzten Worte.

Alte Helden, neue Siege.

Ich kam von Dulwich. Der Leser kann nicht bereit-
williger sein zu fragen: „was ist Dulwich?" als ich geneigt
bin, ihm darauf zu antworten. Dulwich ist eine Art Schön-
hausen, ein freundliches Dorf mit Park und Wiesen, mit hohen
Ulmen am Weg und Spalierrosen an den Häusern, mit einem
Schulgebäude im Königin Elisabeth-Styl und einer Bildergallerie als Zugabe. Diese hatten wir besucht. Es ist bekannt, daß die englischen Gallerien hinter denen des Kontinents
zurückbleiben und in der That, es sollte Einem schwer werden,
hier den Rubens unbedingt lieben zu lernen, oder gar den
Titian als das zu begreifen, was er ist. Mit Ausnahme von
einem halben Dutzend Murillo's, worin sich die Gallerien von
London und Dulwich brüderlich theilen, fehlen überall die
Gemälde ersten Ranges. Man begegnet Raphael's, Correggio's,
Titian's und selbst (ungenießbaren) Michel-Angelo's, aber sie
blicken zum Theil so trübselig drein, als hätte man sie nur
aufgestellt um das Register berühmter Namen vollständig zu

haben. Dennoch haben diese englischen Gallerien ihren Reiz
und ihr Verdienst. Wenn es ihnen versagt blieb, das Beste
der großen italienischen Meister unsern Sinnen näher zu führen, so bieten sie doch stets ein Besonderes und Charakteristisches
dar und man verläßt kaum eine derselben ohne das Gefühl:
über diesen oder jenen Namen erst jetzt den rechten Aufschluß
gewonnen zu haben. So hat die Vernon-Gallerie (eine Sammlung ausschließlich englischer Meister) ihren Hogarth und
David Wilkins; so hat die National-Gallerie ihren Claude-
Lorrain; so haben die Säle in Hampton-Court ihre seltsamen
halb lächerlichen, halb klassischen Holbeins und so hat die
Dulwich-Sammlung ihre braunen Poussins. Schade, daß
sich einige von der Heerde in die Räume der National-Gallerie
verirrt haben und dort, ohnehin an unrechter Stelle, neben den
Madonnas, ihre bacchantisch-sinnlichen Tänze tanzen. Könnte
man sich entschließen diese mit genialer Ockerverschwendung
gemalten Satyrleiber die, grinsend, schlafende Nymphen be-
lauschen, oder nüsternd sie umschleichen — der Dulwich-Gal-
lerie einzuverleiben, man würde eine Poussin-Sammlung haben,
wie sie nicht besser gewünscht werden könnte. Dies Anstreben
einer wenigstens einseitigen Vollständigkeit — ein Zug,
der überhaupt das englische Wesen charakterisirt — ist's, was
der Mehrzahl dieser Gallerieen einen Werth verleiht, den sie
anderweitig nicht beanspruchen könnten, und was einen praktischen Takt bekundet, der vielen unsrer kontinentalen Bilder-
sammler als Richtschnur dienen sollte. Es ist alter Weisheits-
spruch: nur das Erreichbare zu wollen. Wessen Mittel nicht

ausreichen die Weltgeschichte zu umfassen, der macht sich nütz-
licher, wenn er die Chroniken von Müncheberg oder Treuen-
brietzen studirt, als wenn er die römischen Kaiser mechanisch
auswendig lernt; und reiche Banquiers, die gewissenhaft mit
einem Prozent ihres jährlichen Ueberschusses „der Kunst auf-
helfen wollen," thun besser eine Sammlung von Meyerheim's,
Koeckoeck's oder Jordan's an den Wänden zu haben, als das
„Sümmchen" an einen zweifelhaften Titian, wie z. B. „Venus und Adonis," zu setzen, wovon, wie ich glaube, sieben
ächte Exemplare existiren.

Ich kam also von Dulwich; und in die Omnibus-Ecke
gedrückt versuchte ich zu schlafen. Aber umsonst! Wer kennte
nicht jenen unbehaglichen Zustand, wo der abgespannte Körper
keine Freude am Wachen hat und der Geist zu aufgeregt ist,
um uns das Schlafen zu erlauben. Die alten bewährten
Mittel: bis hundert zählen, und Meilensteine Revue passiren
lassen waren bereits erfolglos durchprobirt, so deklamirte ich
denn in humoristischem Aerger:

> „Schlaf, holder Schlaf,
> Des Menschen zarte Amme, sag, was that ich,
> Daß Du mein Auge nicht mehr schließen willst
> Und meine Sinne in Vergessen tauchen."

Aber auch die rührende Bitte König Heinrichs fand kein
Ohr und ließ den Knicker Morpheus kein Körnchen Mohn aus
seiner Kapsel fallen. Ein Engländer neben mir las die „Times."
Einen Augenblick war ich geneigt ihn zu beneiden und fest
entschlossen mich an der nächsten Ecke nach ähnlicher Lektüre

umzuthnn, aber noch rechtzeitig ward ich andern Sinnes.
Zwei „Times" lesende Omnibus-Nachbarn sind gerade so ein
Ding der Unmöglichkeit, wie zwei Freunde, die Arm in Arm
gehen und jeder einen Familien-Regenschirm aufspannen wollen. So sah ich denn über die nachbarliche Zeitung hinweg
und begnügte mich damit, die ringsherum geklebten Omnibus-
Annoncen: „letzte Woche von Albert Smith's Besteigung des
Mont-Blanc;" „Webster's wohlriechende Sparsamkeits-Nacht-
lichte;" „Surrey-Theater! Unerhörter Triumph! Balfe's
neue Oper; „„Der Teufel sitzt drin!"" (The devil is in it) mit
Schlußfeuerwerk," — zum hundertsten Male durchzustudiren.
Man male sich mein Erstaunen, als ich unter den alten Bekannten plötzlich einen Fremden gewahrte, der mir in roth
und blauen Buchstaben zurief: „Cricket!! Wettspiel zwischen
elf Greenwich-Pensionären mit einem Arm und elf Chelsea-
Pensionären mit einem Bein. Eintrittspreis: Sixpence.
Ort: Kennington-Oval." Das war was nach meinem Geschmack; von Müdigkeit keine Spur mehr: an Vauxhall-Bridge
ließ ich halten und hatte die eine Sorge nur, vielleicht zu spät
zu kommen; denn die Sonne stand bereits tief am Himmel.

Während ich rasch zuschritt, nahm meine Besorgniß freilich bald eine andere Gestalt an. Mir fiel ein Gedicht, halb
Lied halb Ballade ein, das eine ähnliche Situation behandelt
wie die, der ich zuschritt; und während das Mißbehagen wieder
lebendig in mir wurde, mit dem ich das sonst zierlich und reizend
gearbeitete Gedicht stets betrachtet hatte, stand ich einen Augenblick auf dem Punkte, das seltsame Schauspiel drän zu geben

Jene Ballade spricht von einem alten Stelzfuß, der — einst
Schill'scher Husar und mit unter den Kämpfern von Stralsund
— nun im geflickten Kollet inmitten der Jahrmarktsbuden
steht und vergnüglich dem Karussellspiel der Kinder zuschaut.
Die türkische Musik wird wilder, die hölzernen Pferde drehen
sich rascher, die Kinder jubeln lauter und siehe da, das alte
Husarenherz wird wie von alter Zeit berührt, und Spiel und
Wirklichkeit zusammenwürfelnd, schwingt er sich auf eines der
fliegenden Pferde und „jagt hinein in vergangenes Glück.“
In glatten Versen macht sich so was recht gut, aber des Pu-
dels Kern wollte mir nimmer behagen. Das Alter
wird kindisch; gewiß! aber ich mag diese Wahrheit an keinem
Schill'schen Husaren demonstrirt sehen. Nichts trostloser,
als heruntergekommene Ehre oder gar kindisch gewordener
Ruhm.

Das waren meine Gedanken als ich in das Kennington-
Oval, eine ringsum eingezäunte, wunderschöne Parkwiese eintrat. Ein Blick auf das Spiel, und alle meine Bedenken
waren dahin. Das war kein kindisches Wesen, keine verzerrte
Lust, das war die Heiterkeit die den Mann ziert, und ihn
doppelt ziert, wenn er ein Held. Das ganze Schauspiel bot
den Anblick eines Amphitheaters. Stühle und Bänke waren
der erste Rang, der, von mehr als tausend geputzten Menschen
besetzt, sich in weitem Kreis um die Spielenden herumzog;
der Bretterzaun bildete die zweite Gallerie, darauf die abge-
schworenen Feinde des Entreezahlens in bekannter Reiter-
Attitüde saßen, jeden Augenblick zur Flucht bereit; und endlich

über den ganzen Schauplatz hinweg, blickten ringsumher die Häuser und Balkone, auf denen die Ladies standen und bald auf das Spiel, bald in die untergehende Sonne schauten. Es war unendlich lieblich, und ein mäßiger Trompeten-Virtuos, der seine Stückchen in die Abendluft hineinblies, gab der ganzen Scene etwas von dem Zauber, den die Klänge unseres lieben, gestorbenen Posthorns über jede Landschaft auszugießen wußten.

So war die Scene; wie aber standen Spiel und Spieler? Die Entscheidung war nah, die nächsten Minuten mußten zeigen, wer Sieger sein sollte: Greenwich oder Chelsea. Die Chelseamänner, in ihren langen Röcken von englisch-rothem Tuch, standen um drei Nummern besser, aber die Männer von Greenwich mit ihren matrosenblauen Jacken und dem ehrwürdigen Dreimaster auf dem Kopf, waren am Spiel und ein guter Treffer konnte den Sieg wieder auf ihre Seite bringen. Viele hatten ihre Hüte zur Erde geworfen und das spärliche weiße Haar der Greise flatterte im Winde. Es waren fast lauter Siebziger: bemooste Häupter von Trafalgar und selbst von Abukir, und wer seinen Arm bei Navarino gelassen hatte, war nur ein Fuchs. Da standen nun die alten Schöpfer und Träger britischen Ruhms, kaum minder eifrig als an Bord der Dreidecker, wenn die berühmte Enterbrücke Nelsons fiel; und Matrose und Soldat, die so oft gemeinschaftlich ihre Hände nach dem Kranz des Ruhmes ausgestreckt hatten, hier standen sie sich blitzenden Auges einander gegenüber und forderten ihn jeder für sich. Wie gesagt, Greenwich war am Spiel, und ein Alter mit einem Arm und einem Bein*) (ein völliger Krüppel und doch ein ganzer Mann) stand, die Kelle fest in der Hand und kein Auge von seinem Gegner lassend, vor den drei Gitterstäbchen seines Spiels und parirte den anfliegenden Ball mit sichrem Blick und fester Hand. Dreimal hatte er ihn zurückgeschlagen, aber nicht weit genug, um mit seinem Stelzfuß den Hin- und Herlauf, den das Spiel vorschreibt, zu wagen; aber jetzt, beim viertem Schlage, war das Glück mit ihm und mit der Ehre von Greenwich. Weit über das Feld weg flog der Ball und schnell berechnend, daß er den vorgeschriebenen Weg werde dreimal zurücklegen können, setzte er sich jetzt, auf und ab, in Geschwindschritt. Aber an einem Haare hing der Sieg: ehe er zum dritten Male die Stäbe erreichen konnte, war sein Gegner (den er unterschätzt haben mochte) dem Ziele näher als er selbst. Was thun? Greenwich schien verloren; da sieh, mit schneller Geistesgegenwart, warf sich der Alte zur Erde nieder und schon im Fallen die Kelle vorstreckend, durchmaß er im Nu die acht Fuß Entfernung, die ihn noch von den Gitterstäben trennten. Nicht er, aber die äußerste Spitze seines Holzes war am Ziel. Ein Beifallssturm erhob sich ringsum; auf den Balkonen winkten die Damen mit ihren weißen Tüchern und die uner-

---

*) Das Spiel lautete: „elf mit einem Bein gegen elf mit einem Arm;" es blieb indeß jeder Partei unbenommen, sich mit weniger Gliedmaßen zu begnügen, weil begreiflicherweise die Chance des Gegners dadurch wuchs.

müdliche Trompete schmetterte Tusch. — Das Spiel war aus
und Greenwich Sieger.

Aber das wäre ein schlechtes englisches Fest, das nicht
ein Festmahl hätte! Geschäftige Hände schleppten Eichentische
herbei, Kellner und Mägde trugen Beef und Pudding in
dampfenden Schüsseln auf, und ehe zehn Minuten vorüber waren, saßen die Gegner in bunter Reihe am Tisch, schwatzend
wie am Wachtfeuer nach schwergethaner Kriegesarbeit, und
schwenkten die Zinnkrüge, auf die das weiße Licht des Mondes
fiel. „Die Königin hoch! Die Flotte hoch!" ging's im
Kreise herum; weiter vernahm ich nichts, denn leichte Wolken
hatten sich inzwischen über den Mond gelagert und aus dem
nachbarlichen Garten von Vauxhall stiegen zischend drei Raketen
in die Luft. Mein Auge hatte nicht Zeit sich von seinem
Staunen zu erholen, denn plötzlich flammte, unter Blitzen und
Knattern, der ganze Garten auf: Schwärmer und Feuer-
räder, Sonnen- und Bienenkörbe; — es war als flöge der
„l'Orient" zum Zweitenmale in die Luft.

An den Eichentischen aber saßen bei Porter und Ale die
Helden jenes Tags und manches andren, unangefochten von
der Erinnerung an sich selbst; denn der Mensch vergißt alles:
seine Liebe, wie seinen Haß, und selbst auch — seinen Ruhm.

Der Fremde in London.

Ich hörte einmal die Hypothese irgendwo, daß unsere Erdachse vor Zeiten anders gerichtet gewesen wäre, daß wir einen andern Nord- und Südpol gehabt hätten und daß ein mildes Italien in Kamtschatka vielleicht und ein eisiges Spitzbergen in Sumatra zu Hause gewesen sei. Ich laß es dahin gestellt sein, wie viel und wie wenig es mit dieser Erdverdrehungstheorie auf sich haben mag, muß aber meine Ansicht dahin bekennen, daß innerhalb jener Geographie, die ihre Karten nicht nach Ländern und Völkern, sondern nach gewissen moralischen Eigenschaften entwirft, solche Revolutionen an der Tagesordnung zu sein scheinen. Die deutsche Treue z. B. wo ist sie hin? Und die biedren Schweizer, wo sind sie geblieben? Der Großtürke cultivirt die christliche Sittenlehre und China schneidet seinen Zopf ab. Das galante Frankreich geht in die Kirche und überläßt die Vertretung seiner Artigkeit den Zoll- und Mauth-Beamten; der Holzstoß des spani-

schen Inquisitors ist niedergebrannt und die englische Hospitalität liegt unterm Leichenstein.

Alt-Englands Gastfreundschaft ist nur eine Phrase noch,
im günstigsten Fall eine Ausnahme. Sie lebt in alten Ge-
setzes-Paragraphen, aber sie ist erstorben in den Herzen; das
Land steht offen, aber die Häuser sind zu. Ich erhalte Briefe
von Zeit zu Zeit (aus Surrey und Essex), in denen die Wendung „our english hospitable house" in jeder dritten Zeile
wiederkehrt; aber der ohnehin bedenklichen Versichrung dieser
Gastfreundschaft folgt immer das Bedauern auf dem Fuße,
„aus diesem oder jenem Grunde an Ausübung derselben ver-
hindert zu sein," und nach einigen in höchster Artigkeit ge-
wechselten Briefen nimmt man Abschied von einander, ohne
sich jemals mit Augen gesehen zu haben. Die Hospitalität
Alt-Englands ist todt, und der mag es doppelt bedauern,
dem es, gleich mir, in frühern Jahren vergönnt war, diesen
liebenswürdigen Zug des englischen Volkscharakters in vollster Blüthe kennen zu lernen. Im Jahre 44 verbracht' ich
einen schönen Mai in diesem Lande. Wie war da Alles anders. Mein Fremdenpaß war eine Art passe par tout und
jede in schlechtem Englisch geschriebene Zeile ein selbstausge-
stellter und doch vollgültiger Empfehlungsbrief. Auf der
Straße fand ich freundliche Führer, an öffentlichen Orten
willfährige Dollmetscher und an der table d'hôte meines
Gasthauses Tischgenossen, die mich in ihre Familien einführ-
ten und einluden zu Sonntagsbesuchen auf ihre Villen und
Landhäuser. Mir war es mitunter als durchlebt' ich einen

Traum, als sei ich an die Küste einer Zauberinsel geworfen, und wenn ich aus diesem Traum mich selbst erweckte, so beschlich mich ein Mißtrauen gegen solch Uebermaaß von Freundlichkeit. Es war zuviel, als daß ich nicht hätte nach Motiven voll Selbstsucht suchen sollen.

Acht Jahre sind seitdem vergangen und an die Stelle einer Liebenswürdigkeit, die den Argwohn rege machen konnte, ist nun selber der Argwohn getreten. Ein Fremder sein heißt verdächtig sein. Die Flüchtlinge, die das Jahr 49 an diese Küste warf, haben theils mit, theils ohne Schuld den Fremden diskreditirt. Im Gefolge von Patrioten und Ehrenmännern, die dankbar diese Zufluchtsstätte betraten, überfluthete allerhand Gesindel die Straßen und Plätze Londons, und an die Stelle herzlichen Willkomms trat alsbald Abneigung und Ekel. Hundertfacher Mißbrauch des Asylrechts rechtfertigte die Kälte und Abgeschlossenheit nur allzu sehr, die englischerseits alsbald zum guten Ton zu gehören begann, und die Dürftigkeit der Erscheinung, die Noth, Armuth und Abgerissenheit vollendete, was der Undank gegen gebotene Gastfreundschaft zu thun noch übrig gelassen hatte. Dieser Punkt ist wesentlich. Der Engländer begreift es entweder nicht, daß unter einem zerrissenen Rock das Herz eines Gentleman schlagen kann, oder das Absehn von Aeußerlichkeiten ist ihm so völlig unmöglich geworden, daß er lieber mit einem Laster in Frack und Handschuh, als mit einer hemdsärmlichen Tugend verkehrt. — Der Fremde bringt es zu keiner Gemüthlichkeit mehr in diesem Lande. Im Gegen-

ſaß zum preußiſchen Landrecht, das jeden Menſchen a priori
für unbeſcholten hält, gilt hier jeder Fremde für beſcholten,
ſo lange er nicht das Gegentheil bewieſen hat. Der billig
denkende Fremde erklärt ſich das und entſchuldigt's, aber unter allen Umſtänden nimmt es ſeinem Wohlbefinden die
eigentliche Lebensluft und er erſcheint ſich überall wie ein vor
Gericht Befindlicher, der ſich unbehaglich umſchaut, auch
wenn er mit dem reinſten Herzen von der Welt an die Barre
tritt. Unter einem Verdacht ſein iſt immer halb ſchuldig
ſein.

Es macht wenig Unterſchied, ob man Empfehlungsbriefe
hat oder nicht. Hat man keine, ſo ſucht man natürlich ſich
ſelber zu empfehlen und Talente und Perſönlichkeit nach Kräften wirken zu laſſen. Im glücklichſten Falle mißglückt es
nicht geradezu, man macht eine Bekanntſchaft, ſei's zu Haus
ſei's am öffentlichen Ort; aber es iſt wenig gewonnen damit.
Man erobert ſich eine froſtige Artigkeit, auch wohl — den
Damen gegenüber — ein muntres, lachendes Geſchwätz, aber
ſo oft man ſich auch ſehn und ſcheinbar herzlich begrüßen
mag, man kommt ſich nicht näher, und der Verdacht, unter
dem der Fremde als ſolcher ſteht, bleibt auch im beſonderſten
Einzelfall immer derſelbe. Dieſer Verdacht muß bleiben,
denn ein für allemal ſei hier der Grundſatz aufgeſtellt: der
Engländer iſt praktiſch, aber ohne Menſchenkennt-
niß. Er iſt betrogen worden und nun ſind alle Betrüger.
Dieſen Grundſatz hält er aufrecht, nicht blos weil er's für
praktiſch hält, ſondern weil er faktiſch der Fähigkeit entbehrt,

den ehrlichen Mann vom Beutelschneider zu unterscheiden. Blind, wie er sonst in seinem Vertrauen war, ist er jetzt in seinem Argwohn, und der Fremde, der noch die alten Zeiten kannte, seufzt, wenn er an die schönen Tage zurückdenkt, wo vierundzwanzig Stunden ausreichten, ihn „zum Kind vom Hause" zu machen.

Und nun Empfehlungsbriefe! Sie füllten ein ganzes Fach in meinem Koffer und wogen schwer, aber ihr Segen, wog federleicht. Was haben sie mir, mit Ausnahme von einem oder zweien, eingetragen, als einen glänzenden, langweiligen Abend. — Es ist Frühstückszeit. Der Briefträger schlägt dreimal mit dem Ring des Klopfers an den gußeisernen Löwenkopf, und die zierliche Mary, in weißer Schürze und getolltem Morgenhäubchen, überreicht mir in der nächsten Minute einen feingeränderten Stadtbrief. Welch elegantes Siegel, welch feiner Lack! Ich öffne; auf einer Visitenkarte finde ich die lakonischen Worte: „Mrs. Butler wird am Freitag Abend zu Hause sein." Der Freitag kommt; es ist neun Uhr Abends; ich spring in einen Cab: „Park-Lane" ruf ich dem Kutscher zu, und eh ich noch die engen Glacéehandschuh meinen Fingern angepaßt habe, hält der im schnellsten Trabe fahrende Cab an Ort und Stelle, die Wagenthür wird aufgerissen und unter einem zeltartigen Gange, über gelegte Decken hinweg, eil' ich dem in hundert Lichtern blitzenden Hause zu. Ein dicker Portier ruft meinen Namen, ein Bedienter auf dem ersten Treppenabsatz wiederholt ihn echohaft, ein dritter schreit ihn (natürlich falsch und unverständlich) in

den Empfangssaal hinein, und im nächsten Augenblick hat
mich der Herr des Hauses bereits an einer Handschuhspitze,
um mich der im Parade-Anzug dasitzenden Lady und ihren
Küchlein vorzustellen. Einige Salon-Redensarten werden
gewechselt, bis ein zweiter, vorzustellender Schwarzfrack mich
ablöst und meinem Rückzug in eine der Zimmerecken kein
weitres Hinderniß im Wege steht. Die Fenster sind hoch,
die Gardinen sind blau; der Kronleuchter brennt wie überall
und die Virtuosen bleiben nicht aus. Ein Sohn vom Hause
beginnt mit einem Burns'schen Liede; man lobt die Compo-
sition, um doch etwas zu loben. Dann nimmt ein Saison-
Löwe, ein Violinist ersten Ranges, seine Geige zur Hand
und spielt brillant, wie sich von selbst versteht. Es folgen
Virtuosen auf allen Instrumenten. In einer der Pausen
schüttelt mir der Wirth die Hand und fragt mich, ob ich dem
Parlamentsgliede für Finsbury vorgestellt zu werden wünsche? Ich drücke ihm mein lebhaftestes Verlangen aus. In
demselben Augenblick aber setzen sich die beiden ältesten Töchter an den Polysander-Flügel, um in einem quatre-mains
dem anwesenden Virtuosenthum ein Paroli zu bieten, und
der halb aufgeregte halb besorgte Vater verabschiedet sich,
ohne den Kreis meiner Bekanntschaften durch den Vertreter
für Finsbury erweitert zu haben. Inzwischen findet eine
starke Auswandrung nach einem der Nebensäle statt, und mich
auf gut Glück dem allgemeinen Strome überlassend, werde
ich endlich an ein Büffet geworfen, das mit seinen Sherry-
Karaffen und Selterser-Flaschen zu den erfreulichsten Bekannt-

schaften des Abends zählt. Hier endlich entdeck' ich einen Freund, einen deutschen Professor. Er flüstert mir zu: wie finden Sie's? schlürft, ohne meine Antwort abzuwarten, eine zweite Tasse Thee hinunter und nimmt mich unterm Arm, um zunächst in der Garderobe, dann über Flur und Treppe hinweg in einem herbei citirten Cab mit mir zu verschwinden. Wie langweilig! seufz' ich in das Ohr des Landmanns. „Mit nichten!" antwortet er gähnend — „Sie werden es schlimmer kennen lernen." Und fort rollt der Wagen.

Nach zwei Tagen eine abgegebene Karte und das Lied ist aus. Der Empfehlungsbrief hat seine Schuldigkeit gethan. Seine Kraft wirkt nur einmal wie Schießpulver. Der Leser spricht: das ist die große Stadt überhaupt. Gewiß! nur entschiedner, ausgeprägter, ausnahmsloser. Man giebt ein halbes Dutzend ähnlicher Briefe ab und überzeugt sich endlich von der Unabänderlichkeit seines Schicksals. Die Heimath, in nicht rastender Liebe, versorgt uns mit immer neuen rothgesiegelten Reservetruppen, aber der Muth ist hin, um sie in's Feld zu führen. Man empfängt sie lächelnd und fest entschlossen, hinführo weder sich noch andre zu bemühn, besteigt man um die übliche Visitenstunde statt des Cabs den Steamer, und zwischen London-Bridge und Vaux-Hall auf und niederfahrend, vergißt man — auf Augenblicke wenigstens — vor der Größe des sich entfaltenden Schauspiels, jenes Eine das zum Glücke fehlt — das Menschenherz und seine Liebe.

The hospitable english house.

Lieber kleiner Mr. Burford, wie gern gedenk' ich Deiner! Es sind nun volle acht Jahr, daß ich an Deinem Tische saß, aber Dein gaftlich Haus ist unvergeffen geblieben. Ich habe auch diesmal nach Dir gefragt; aber man kannte Dich nicht mehr. Bist Du hinüber? Ach, mit Dir ist vieles Andere noch gestorben, — die ganze Hospitalität Deines Landes. Mag der Tag mir wieder lebendig werden, wo ich zum ersten Male durch die Gänge Deines Parkes schritt, und die Sonne so freundlich lachte und Deine Augen dazu.

* *
*

Es war in einem londoner Hotel; meine deutsche Reise-gesellschaft hatte mich im Stich gelaffen; unter lauter fremden Gesichtern saß ich an der Table d'hôte. Bald merkte ich, daß ich der Gegenstand allgemeiner Aufmerksamkeit war: es galt damals noch was, ein Fremder zu sein. Einige Worte wurden gewechselt; man fragte mich, wie lange ich in London sei, was ich gesehen habe, und da ich eben aus der Vernon-Gallerie kam, waren wir bald in lebhaftem Gespräch über englische Maler und Malerei. Als ich, nicht ohne Absicht hinwarf, daß David Wilkie und neuerdings namentlich Land-seer bei uns in Deutschland sehr wohl gekannt und gewürdigt seien, konnte ich deutlich wahrnehmen, welche Freude das auf allen Gesichtern hervorrief; sowie ich denn — damals wie jetzt — vielfach zu bemerken Gelegenheit fand, daß Selbst-gefühl und Bewußtsein eigenen Werthes die Engländer gegen Anerkennung von außen her durchaus nicht unempfindlich ge-macht hat. Es ist mit dem Nationalgefühl wie mit dem Künstlerstolz: wie guten Grund sie haben mögen, über Schmeichelei sind beide nicht erhaben.

Mein Nachbar zur Rechten, ein kleiner hagerer Mann, dessen Gesicht unerschöpfliches Wohlwollen ausdrückte, schloß mich ganz besonders in sein Herz, und lange bevor es mit der Tafel zur Neige ging, erklang das bekannte, alle Freundschaft einleitende Wort: can I have the honour to drink a glass of wine with you? Ich war begreiflicherweise nicht abgeneigt, mich bei einem vortrefflichen Sherry nach bester Kraft zu be-theiligen, und als wir nach einer lebhaft durchschwatzten Stunde uns erhoben, war die Freundschaft geschlossen. Beim Abschied lud mich der kleine Mann ein, ihn nächsten Sonntag auf seiner Villa zu besuchen, entwarf in aller Eile einen Reise-plan für mich, und schied dann, nachdem ich frohen Herzens zugesagt hatte. Das englische, schwer zugängliche Familienlenen kennen zu lernen, war mein lebhafter Wunsch gewesen: er sollte mir nun erfüllt werden.

Sonntag war der Frühzug, der damals (des Sonntags wenigstens) für Dover und Brighton noch ein gemeinschaftlicher war, was ich auf: bald war American-Station erreicht: hier stieg ich aus, um den Rest meiner kleinen Reise zu Fuß zu machen. Es mochte noch eine halbe deutsche Stunde sein. Der Weg führte mich abwechselnd durch Baumfelder, freien Landboden, heiden Bruch und Heidekraut: es war nur eine halbe Meile aber die Grafschaft Kent, der Garten Englands, rollt alle hundert Schritt ein anderes Bild vor mir auf: mit nicht eine Stunde mich mehr sehen als immer: Lagereien, die in durch nordischen Sand gemacht wurde. Wir aber in unsern Niederungen, z. B. in Oderbruch einen Sommer: aber hier in den Kreis der Gegensätze schnell erkannt: er raschere Serie, der Dinge ist eine verbundene, aber in Zahl, die Mannichfaltigkeit aller deren, was die möchte: ist ungleich geringer.

Ich werde jenen Sonntag Vormittag, wie mit ein gehören. Kirchentürl lag es über der Landschaft: und so ost da zwischen irrtäglich gesetzte Kunst vor der andern Häuschen, oder Kind und Amie. schwangen, wenn er durch Laubholz schritt. Ueberall trat mir an Ort der Dinge eine Zierlichkeit, eine Reinerheit der landschaftlichen entgegen, wie sie bei uns selbst in der Nähe aus Jahr nicht zu finden ist. Es war wunderschönes und Sonnige auf der ich verwirrte schritt, mit den was die Spaziertür:

zu beiden Seiten befanden sich breite Abzugsgräben, hier und da selbst Rasenbänke für den Fußgänger. Der Eindruck der ganzen Landschaft war der eines großen Parks.

Gegen elf war ich bei Mr. Burford. Seine zierliche Villa bildete den Mittelpunkt einer Parkanlage, die in nächster Nähe des Hauses ein üppiger Blumengarten, an der äußersten Grenze aber ein Stück Wald war. Fast herrschte zu viel Symmetrie in dem Ganzen; von den Blumenbeeten aus sah man es nach allen Richtungen hin sich staffelweis erheben: erst Weißdorn, dann Goldregen, dann spanischer Flieder und Haselstrauch, bis endlich über Akazie und Sycomore hinweg, Ahorn und Rüster hoch in die Lüfte stiegen.

Mr. Burford stand vor der Thür seines Hauses und war eben beschäftigt, in Aquarell-Manier einen besonders hübschen Theil seines Gartens aufzunehmen und auszuführen, als ich eintrat. Er ließ sich nicht stören, bat im Interesse seines Bildes um Entschuldigung und überwies mich vorläufig seinen beiden Söhnen, von denen der eine achtzehn, der andere ein Paar Jahre weniger zählen mochte. Wir schlenderten durch die Gänge des Parks: zu beiden Seiten dichtes Buschwerk, das sich oft zur Laube über uns wölbte, dann wieder ein blauer, lachender Himmelsstreif; im Gehölz der pickende Specht; auf der Hanfstaude der sich schaukelnde Hänfling; von Zeit zu Zeit ein prächtiger Silberfasan, der kreischend vor uns aufflog.

Als wir von unserm Spaziergang zurückkehrten, war das Aquarell-Bild fertig. Mr. Burford führte mich in eine Art

The hospitable english house.

Lieber kleiner Mr. Burford, wie gern gedenk' ich Deiner! Es sind nun volle acht Jahr, daß ich an Deinem Tische saß, aber Dein gastlich Haus ist unvergessen geblieben. Ich habe auch diesmal nach Dir gefragt; aber man kannte Dich nicht mehr. Bist Du hinüber? Ach, mit Dir ist vieles Andere noch gestorben, — die ganze Hospitalität Deines Landes. Mag der Tag mir wieder lebendig werden, wo ich zum ersten Male durch die Gänge Deines Parkes schritt, und die Sonne so freundlich lachte und Deine Augen dazu.

* * *

Es war in einem londoner Hotel; meine deutsche Reise-gesellschaft hatte mich im Stich gelassen; unter lauter fremden Gesichtern saß ich an der Table d'hôte. Bald merkte ich, daß ich der Gegenstand allgemeiner Aufmerksamkeit war: es galt damals noch was, ein Fremder zu sein. Einige Worte wurden gewechselt; man fragte mich, wie lange ich in London sei, was ich gesehen habe, und da ich eben aus der Vernon-Gallerie kam, waren wir bald in lebhaftem Gespräch über englische Maler und Malerei. Als ich, nicht ohne Absicht hinwarf, daß David Wilkie und neuerdings namentlich Land-seer bei uns in Deutschland sehr wohl gekannt und gewürdigt seien, konnte ich deutlich wahrnehmen, welche Freude das auf allen Gesichtern hervorrief; sowie ich denn — damals wie jetzt — vielfach zu bemerken Gelegenheit fand, daß Selbst-gefühl und Bewußtsein eigenen Werthes die Engländer gegen Anerkennung von außen her durchaus nicht unempfindlich ge-macht hat. Es ist mit dem Nationalgefühl wie mit dem Künstlerstolz: wie guten Grund sie haben mögen, über Schmeichelei sind beide nicht erhaben.

Mein Nachbar zur Rechten, ein kleiner hagerer Mann, dessen Gesicht unerschöpfliches Wohlwollen ausdrückte, schloß mich ganz besonders in sein Herz, und lange bevor es mit der Tafel zur Neige ging, erklang das bekannte, alle Freundschaft einleitende Wort: can I have the honour to drink a glass of wine with you? Ich war begreiflicherweise nicht abgeneigt, mich bei einem vortrefflichen Sherry nach bester Kraft zu be-theiligen, und als wir nach einer lebhaft durchschwatzten Stunde uns erhoben, war die Freundschaft geschlossen. Beim Abschied lud mich der kleine Mann ein, ihn nächsten Sonntag auf seiner Villa zu besuchen, entwarf in aller Eile einen Reise-plan für mich, und schied dann, nachdem ich frohen Herzens zugesagt hatte. Das englische, schwer zugängliche Familienleben kennen zu lernen, war mein lebhafter Wunsch gewesen; er sollte mir nun erfüllt werden.

Sonntag, mit dem Frühzuge, der damals (bis Croydon wenigstens) für Dover und Brighton noch ein gemeinschaftlicher war, brach ich auf; bald war Annerley-Station erreicht; hier stieg ich aus, um den Rest meiner kleinen Reise zu Fuß zu machen. Es mochte noch eine halbe deutsche Meile sein. Der Weg führte mich abwechselnd durch Saatfelder, Dörfer, Laubholz, Hecken, Bruch und Weideland; es war nur eine halbe Meile, aber die Grafschaft Kent, der Garten Englands, rollte alle hundert Schritt ein anderes Bild vor mir auf und ließ in einer Stunde mich mehr sehen, als manche Tagereise die ich durch märkischen Sand gemacht habe. Wir haben in unsern Niederungen, z. B. im Oderbruch, etwas Aehnliches; aber hier ist der Kreis von Gegenständen schnell erschöpft; der rasche Wechsel der Dinge ist auch vorhanden, aber die Zahl, die Mannichfaltigkeit alles dessen, was da wechselt, ist ungleich geringer.

Ich werde jenen Sonntag Vormittag nicht leicht vergessen. Kirchenstill lag es über der Landschaft; nur hier und da spielten sonntäglich geputzte Kinder vor den sauberen Häuschen, oder Fink und Amsel schlugen, wenn ich durch Laubholz schritt. Ueberall trat mir ein Geist der Ordnung, eine Zierlichkeit, eine Kulturstufe der ländlichen Bevölkerung entgegen, wie sie bei uns selbst in der Nähe großer Städte nicht zu finden ist. Es war unzweifelhaft eine Nebenstraße, auf der ich vorwärts schritt, und doch war der Weg chaussirt;

zu beiden Seiten befanden sich breite Abzugsgräben, hier und da selbst Rasenbänke für den Fußgänger. Der Eindruck der ganzen Landschaft war der eines großen Parks.

Gegen elf war ich bei Mr. Burford. Seine zierliche Villa bildete den Mittelpunkt einer Parkanlage, die in nächster Nähe des Hauses ein üppiger Blumengarten, an der äußersten Grenze aber ein Stück Wald war. Fast herrschte zu viel Symmetrie in dem Ganzen; von den Blumenbeeten aus sah man es nach allen Richtungen hin sich staffelweis erheben: erst Weißdorn, dann Goldregen, dann spanischer Flieder und Haselstrauch, bis endlich über Akazie und Sycomore hinweg, Ahorn und Rüster hoch in die Lüfte stiegen.

Mr. Burford stand vor der Thür seines Hauses und war eben beschäftigt, in Aquarell-Manier einen besonders hübschen Theil seines Gartens aufzunehmen und auszuführen, als ich eintrat. Er ließ sich nicht stören, bat im Interesse seines Bildes um Entschuldigung und überwies mich vorläufig seinen beiden Söhnen, von denen der eine achtzehn, der andere ein Paar Jahre weniger zählen mochte. Wir schlenderten durch die Gänge des Parks: zu beiden Seiten dichtes Buschwerk, das sich oft zur Laube über uns wölbte, dann wieder ein blauer, lachender Himmelsstreif; im Gehölz der pickende Specht; auf der Hanfstaude der sich schaukelnde Hänfling; von Zeit zu Zeit ein prächtiger Silberfasan, der kreischend vor uns aufflog.

Als wir von unserm Spaziergang zurückkehrten, war das Aquarell-Bild fertig. Mr. Burford führte mich in eine Art

Vorhalle, wo ich seinen Damen und einigen inzwischen angelangten Gästen vorgestellt wurde. Die Unterhaltung war anfangs dürftig, wie das in deutschen Landen wohl auch zu sein pflegt; auch das Hülfs- und Auskunftsmittel war dasselbe: Bücher und Kupferstiche, die auf verschiedenen Tischen vor uns ausgebreitet lagen.

Es ging zu Tisch, früher als es in England gemeinhin Brauch ist. Wir wollten noch ein Paar Nachmittagsstunden zu Ausflügen in die Umgegend gewinnen. Die Mahlzeit war nach englischen Begriffen glänzend. In Champagner wurde tapfer angestoßen oder richtiger getoastet, da unser deutsches Anklingen mit den Gläsern gegen die Landessitte verstößt. Dort sieht man einander blos an, läßt die Augen einige Zärtlichkeiten sagen, macht dabei mit Glas und Hand eine halbkreisförmige Bewegung und trinkt. Auch Reden wurden gehalten. Mr. Burford, dessen Unterhaltungsgabe sich unter dem Einflusse von fünf Sorten Wein bis zur Schwathaftigkeit gesteigert hatte, platzte zunächst mit einem „Germany for ever!" heraus; doch damit war's ihm nicht genug. Auf die ewige Freundschaft beider stammverwandten Länder wurde Glas auf Glas geleert, und als es schließlich in Mr. Burford's Kopfe selbst sehr kriegerisch geworden war, trank er auf ein zweites Waterloo, wenn's wieder einmal gelte, gleichviel gegen alte oder neue Feinde. Alles stimmte ein und in der muthigsten Stimmung von der Welt standen wir auf, um uns von Tisch in den Garten zu begeben. „Nun zu den Gipsies, Vater!" rief das jüngste Kind, ein reizender Junge von sechs Jahren;

und Groß und Klein lärmte lachend mit: „zu den Gip=
sies!" Gipsies sind Zigeuner. Man hält sie in England
für Söhne Aegyptens, woraus sich im Laufe der Zeit die Be=
nennung „Gipsies" (Egypter) gebildet hat. Wir waren noch
nicht allzuweit gegangen, als wir auf freiem Felde ein Gypsy=
Nest entdeckten. Tief in einer Lehmgrube, um Schutz gegen
den Wind zu finden, lagen drei zerlumpte Gestalten eng zu=
sammengekauert; sie mochten frieren. Kaum daß sie uns ge=
wahrten, so sprangen sie auf und gingen ihrem Geschäft nach,
d. h. bettelten uns mit einer Beharrlichkeit an, der der end=
liche Erfolg nicht fehlen konnte. Wir erfuhren von ihnen,
daß Großmutter zu Hause sei, und gingen nun, um Ihrer
Majestät der Zigeunerkönigin unsern schuldigen Besuch zu
machen. Ich hatte mich auf ein poetisches Zigeunerschloß:
dichte Hecken als Wände, Moos und Flechten als Teppich,
Baumstümpfe als Sessel, gefaßt gemacht, — statt dessen ward
ich in ein freundliches, grün abgeputztes Haus geführt, worin
so eben ein lustiges Kaminfeuer hoch aufprasselte. Die
Zigeunerkönigin war eifrig beschäftigt, sich und ihrem Mit=
regenten, einem steinalten Männchen, Kartoffeln zu kochen.
Unser Erscheinen indeß war ganz ersichtlich keine unwillkom=
mene Störung; sie trat uns entgegen und die kohlschwarzen,
trotz hohen Alters noch immer funkelnden Augen lachten freund=
lich, fast herzgewinnend, aus dem braunen, pockennarbigen Ge=
sicht heraus. Es schien mir aus Allem hervorzugehen, daß
Mr. Burford ihr und dem alten Manne dies Häuschen für
den Rest ihrer Tage geschenkt und sie überhaupt unterstützt

16

habe; wenigſtens trug ihr ganzes Thun, trotz mancher derben
Keckheit, den unverkennbaren Stempel der Dankbarkeit. Ich
erregte ihre Neugier, und ſie drang darauf, daß ſie mir wahr-
ſagen müſſe. Erſt ſträubte ich mich in einer Art abergläu-
biſcher Furcht; die freundlichen Augen aber machten mir
Muth, und ich gab ihr lachend meine Hand. Bald war ich
erlöſt: „drei Frauen und . . . .“ aber ehe ſie enden konnte,
rief ich ein lautes „Stop!“ dazwiſchen; — ſchon dieſe Ausſicht auf die Lebensreiſe ſchien mir des Guten zuviel. Unter
dem Jubel und Spott der ganzen Geſellſchaft trat ich wieder
ins Freie.

Es mochte gegen Abend ſein, als wir in die Villa zurückkehrten. Der allgemeine Wunſch war jetzt — Muſik. Man
drang in mich, ich möchte ſpielen; ich ſei ja ein Deutſcher und
jeder Deutſche ſpiele Klavier. Nur allzu wahr! Nach meinen Betheuerungen indeß vom Gegentheil, nahm Mrs. Burford
als erſte Virtuoſin der Familie am Fortepiano Platz, und
ſpielte auf einem hackbrettartigen Inſtrumente Walzer und
Polonaiſen noch um etwas ſchlechter, als man denſelben dies-
ſeits und jenſeits des Kanals zu begegnen pflegt. Die Familie war entzückt und klatſchte Bravo. Das natürliche Gefühl für den Wohlklang ſcheint dem Engländer zu fehlen. Und
doch war dies Klavierconcert nur ein ſchwacher Anfang:
Mr. Burford zeigte alsbald der Geſellſchaft an, daß er Volks-
lieder ſingen werde. „The black-eyed Susan“ und „the girl
I left behind me“ klingen mir noch im Ohr; ich habe Aehnliches zum Glück nie wieder gehört.

Endlich schwieg er. Es schien der eigenen Familie doch fast zu viel gewesen zu sein; man war wie verlegen und drang auf's Neue in mich, meine Gesangskunst zu zeigen. „A german song!" scholl es von allen Seiten. Deutschland gilt nun mal als das liederreiche Land. Ich singe nie, am wenigsten öffentlich; aber nach solchem Vorgänger glaubt' ich alles wagen zu dürfen und mit dem süßen Gefühl künstlerischer Ueberlegenheit hob ich das Hauff'sche Lied an: „Steh' ich in finstrer Mitternacht." Am Schluß der ersten Strophe fühlt' ich zwar, daß mir der Text keineswegs geläufig sei, doch mit schneller Geistesgegenwart riß ich mich aus meiner üblen Lage, und sang (Niemand verstand eine Sylbe deutsch) fünfmal hintereinander denselben Vers. Der Beifall wollte nicht enden, ich aber verbeugte mich mit der verlegnen Bescheidenheit eines ächten Künstlers.

Der Musik folgte die Dichtkunst; Shakespeare wurde geholt. Man war nicht wenig erstaunt, daß ich die bekanntesten Monologe aus Macbeth, Heinrich IV. und Hamlet auswendig wußte. Um so lebhafter war der Wunsch, mich irgend eine Stelle vortragen zu hören; man wollte gern erfahren, welchen Ton und Accent wir für die poetische Sprache hätten, die, wie überall so auch in England, von der alltäglichen Redeweise abweicht. Ich wählte den Monolog Macbeths: „Is this a dagger which I see before me?" Jetzt war ich der Ausgelachte; ich konnte deutlich sehen, wie man, obwohl vergeblich, das Gekicher zu verbergen suchte. Gewiß hatte ich komische Fehler gemacht; außerdem aber, wie ich bald merken sollte, mußte ihnen die Art und Weise meines Vortrags saft- und kraftlos erschienen sein.

Der älteste Sohn, der, seitdem man den Shakespeare vom Bücherbrett geholt hatte, mit heiligem Eifer bei der Sache war, gab mir zu verstehen, daß er mir jetzt zeigen wolle, was es mit diesem Macbeth-Monolog eigentlich auf sich habe. Er las laut, mit beinahe ängstlicher Lebendigkeit und unter begleitenden Gestikulationen. Der Vortrag hatte ihn wie erschöpft. Die Familie schien überaus befriedigt und als ich leise Zweifel über die Zulässigkeit dieses Kraftmaaßes äußerte und gegen den begleitenden Veitstanz geradezu protestirte, sagte man mir: so pflege der berühmte Macready (seitdem in's Privatleben zurückgetreten), der erste Schauspieler Englands, diese Stelle vorzutragen. Ich mußte mich um so eher bescheiden, als ich zufällig an die in Deutschland Mode gewordene Vortragsweise des Mephisto, nach der Seydelmannschen Schablone, dachte und mir sagen mußte, daß diese, bei uns so gefeierte Gesichterschneiderei und bausbackige Sprechweise, vor der Kritik eines unbefangenen Fremden vermuthlich eben so wenig bestehen würde.

Es war spät geworden; zum Schluß hatt' ich mich in ein halbes Dutzend Albums mit Stellen aus Byron, Young und Shakespeare einzuschreiben, wobei der zweite Sohn mir ein Gegengeschenk machte und zwar mein Portrait — eine allerliebste Bleistiftzeichnung, die er, während ich las, auf's Papier geworfen hatte. Ich stieg zwei Treppen hoch in das mit englischem Komfort eingerichtete Schlafzimmer, und nahm den frohverlebten Tag mit in meinen Traum.

*   *   *

Das war vor Jahren. — Nun siß' ich wiederum tagtäglich an offener Wirthstafel und schwaße mit meinen Nachbarn rechts und links; aber kein Mr. Burford ist unter ihnen, und „The hospitable english house" ist eine jener verbrauchten Redewendungen geworden, die wie schlechtes Papiergeld dann am meisten curfiren, wenn die Sache zu fehlen beginnt, drauf fie fich stüßen.

Very, le Pays, und die „thönernen Füße" Englands.

„Der größte Segen alles Reisens ist der, daß man sein Vaterland wieder lieben lernt", sagte 'mal ein Franzos in der guten alten Zeit und ich glaube — er wußte was er sprach. Ueber wie vieles wetterte ich nicht, als ich noch das schmale Trottoir unserer Straßen trat (z. B. über eben die Schmalheit dieses Trottoirs) und was hab' ich seitdem nicht Alles lieben gelernt: Hofjäger und Frühconcerte, Zeltenbier und Vossische Zeitung, Murmelspiel und Drachensteigen; aber Eines mehr als Alles, Dich warme Zufluchtsstätte erfrorner Chambregarnisten, Dich freundlichen Mann wenn Alles scheel sieht, Dich barmherzigen Samariter, der, wenn wir „weiß" befehlen, die warme Milch des Lebens in unsre Tassen gießt, — Dich Spargnapani! Ach, ein süßer Heimwehschauer überläuft mich, so oft ich Deinen Namen spreche und wenn Dir nicht die Ohren geklungen, so klingen sie Keinem mehr. Verschwenderischer fast als König Richard bot ich manchmal, in verzweifelten Momenten: „ganz London für Deine kleinste Taffe Kaffee!" und wer das Uebertreibung schilt, der komm und feh' und feufze, und schüttle mir dann in schweigendem Einverständniß die Hand.

Es giebt auch hier Conditoreien, aber sie verdienen kaum den Namen. Weder die „Kuchenläden", in denen der Engländer stehenden Fußes seine Stachelbeertorte verzehrt, noch die „Kaffeehäufer", in denen er hinter seiner Zeitung wie hinter einem Bettschirm sitzt, haben irgend etwas von dem Zauber unsrer Conditoreien an sich, deren Reiz, nebst vielem Andren, gewiß in der gleichmäßigen Pflege besteht, deren sich Körper und Geist in ihnen erfreun. Um der hunderttausend Fremden willen, die tagtäglich Londons Straßen durchfluthen, haben sich natürlich, wie „um einem tiefgefühlten Bedürfniß abzuhelfen" auch hier Lokale aufgethan, die abweichen von der langweiligstzeifen Kaffeehaussitte Alt-Englands; aber dem Deutschen ist wenig damit geholfen. Die Cafetiers in Regent-Street und Pall-Mall, in gründlicher und ächtbritischer Verachtung alles Deutschen, haben es verschmäht, sich auch jenseit des Rheines nach Vorbildern umzuthun und sind lediglich nach Paris gegangen, um mit einer vagen Vorstellung vom Palais-Royal und einem ufurpirten Namen zurückzukehren. Sie nennen sich sämmtlich „Very" und haben auf diesen Ehrentitel ohngefähr so viel Anspruch, wie jene Farinas, die sich zu Cöln am Rheine so pfiffig, klug und weise um den alten ächten Jean Maria herum gelagert haben.

Der absolute Werth dieser Prätendenten ist nur gering, ihr relativer desto größer. In London mögen sie immerhin als Rettungsinstitute betrachtet werden, ohne deren belebenden Sauerstoff der Fremde im Nebel der Langenweile ersticken müßte. Im Gegensatz zu der Stille und Einförmigkeit englischer Kaffeehäuser bieten sie wenigstens Leben, Auswahl und Mannigfaltigkeit, an Erfrischungen sowohl wie an Zeitungen und — Gesichtern. Zweimal des Tages wechseln diese Etablissements ihre Physiognomie total, und der Vormittags-Very sieht dem Very am Abend so unähnlich, wie eine Dame mit aufgewickelten Locken der blendenden Schönheit, die Abends in den Ballsaal tritt. Wer Mittags bei Very vorspricht findet es leer. Am Buffet sitzt eine dicke Dame in schwarzem Camelotkleid und schwitzt unter der Last beständigen Nichtsthuns; an verschiednen Marmortischen aber gewahrt man bärtige Fremde: Polen, Franzosen und Italiener. Sie spielen Domino und — gähnen. Das ist Mittags. Abends aber um die zehnte Stunde blitzt Very wie ein Feentempel. Dreißig Gasflammen machen die Nacht zum Tag; im Schaufenster plätschern die kleinen Cascaden; Goldfischchen glitzern im Bassin; und aus und ein wie Göttinnen auf Wolken, schweben in ihren luftigen Baregekleidern die — vielgefeierten Schönheiten der Regentstraße. Ihre Tugend ist eine Klippe. Immer bang vor Verfolgung blicken sie um sich wie die gescheuchten Rehe und suchen Schutz unter Deinem Arm. Ihre Anhänglichkeit ist rührend und ihre Macht ist groß. Sie sind Frau Venus und ich hörte von manchem Tannhäuser.

Mag sein, daß ich aus Furcht vor ihnen den Morgen-Very zu meinem Freunde erkoren habe; jedenfalls kann man mich dort, alltäglich um die zwölfte Stunde und so sicher wie die Uhr schlägt, die Worte sprechen hören: „garçon, la Gazette de Cologne!" Der Kellner, ein freundlicher Mensch, reicht sie mir vom nächsten Tisch. Heut aber fehlen der Kellner und die Kölnische Zeitung: und mich umschauend nach ausnahmsweiser Lektüre erblick ich das Pays, das neue kaiserliche Journal, und zieh' es mit einem „Pardon!" unter dem Ellenbogen eines knebel-bärtigen, sein rechtes Bein in der linken Hand haltenden Do-minospielers hervor.

Ich habe Glück; ein seltsamer Artikel fällt mir sofort in's Auge, dessen Inhalt ein Kratzfuß gegen Rußland, ein Achselzucken über Oestreich und Preußen und schließlich ein vornehmes Lächeln über England ist. „England sei ein Ko-loß auf thönernen Füßen." Der Leser darf mich nicht ver-antwortlich machen für die Gemeinplätzigkeit dieser Wendung, — sie ist eben Citat. Auch wird die Form zur Nebensache bei der Wichtigkeit der Anklage selbst.

Steht England wirklich auf thönernen Füßen? Ich glaube „ja!" aber es sind nicht die, von denen der Ver-fasser jenes Artikels spricht. Es ist weder der Katholicis-mus (der in der protestantischen Kraft eben dieses und viel-leicht nur dieses Landes sein Gegengewicht findet), noch auch der Radicalismus (dessen Unbedeutendheit 1848 in ge-

radezu lächerlicher Weise zu Tage trat), von woher dem Riesen England irgendwelche Gefahr droht, sondern — um's
kurz zu machen — es ist das gelbe Fieber des Goldes, es ist
das Verkauftsein aller Seelen an den Mammonsteufel, was
nach meinem innigsten Dafürhalten die Axt an diesen stolzen
Baum gelegt hat. Die Krankheit ist da und wühlt zer-
störend wie ein Gift im Körper, aber unberechenbar ist es,
wann die Verfaultheit sichtbarlich an die Oberfläche treten
wird. England in äußere selbst unglückliche Kriege ver-
wickelt, mag die rothen Backen der Gesundheit noch ein Jahrhundert und drüber zur Schau tragen, aber das Lager
von Boulogne in einer Nebelnacht zehn Meilen
nördlich verpflanzt, und — der Goliath liegt am Boden. England gleicht den alten Teutonen mit ihren langen
weitreichenden Lanzen: sie beschrieben einen Kreis damit und
wer an den Kreis kam, der war des Todes. Aber einmal
keck in den Kreis hineingesprungen, so war die Lanze kein
Schrecken mehr, sondern eine Last und das kurze römische
Schwert fuhr tödtlich zwischen die Rippen des Riesen. England ist ein Simson, aber erfaßt am eignen Heerde sind ihm
die Locken seiner Kraft genommen und einmal gedemüthigt,
würd' es sich schwer zu neuem Muth erheben, jener starken
Dogge ähnlich, die den Kampf selbst gegen den Schwächeren
nicht wieder wagt, der sie einmal besiegt. Der Engländer
flieht schwer; wenn er flieht, flieht er gründlich, und der
Schrecken würde panisch sein wie zu den Zeiten der Jeanne
d'Arc. Auf eignem Boden angegriffen war diese Insel im-

mer schwach. Die Römer, die Sachsen, die Dänen, die Normannen, Allen kostete es nur eine Schlacht, um sich zu Herren
und Meistern des Landes zu machen, und um ein Beispiel
auch aus neuerer Zeit zu geben: der letzte Stuart drang mit
wenig mehr als zweitausend Hochländern bis in die Nähe des
bereits zitternden und total verwirrten Londons vor. Hie-
sige Spießbürger (die immer noch die Waterloo-Schlacht allein gewonnen haben und von den Preußen weiter nichts
wissen als deren Niederlage bei Ligny) schwatzen natürlich,
als würden sie vorkommenden Falls jeder ein Palafox sein
und die Tage von Saragossa vergleichsweise zu einem bloßen
Puppenspiele machen, aber wir wissen's besser und wissen
recht gut, auf welchem Boden das Urbild zum Fallstaff ge-
wachsen ist. Ich habe in einem frühern Briefe von der Macht
des englischen Nationalgefühls gesprochen und d i e s e Macht
ist d a, aber die Klinge, die eine Eisenstange durchhaut, zer-
bricht umgekehrt wie Glas, und unter dem Schweiß dieses
gelderjagenden Volkes rostet jene Klinge von Tag zu Tag
und verliert ihren Zauber und ihre Kraft, unbemerkt aber
sicher.*) Weder Volk noch Parlament, weder Adel noch

---

*) Seit ich das Obige niederschrieb sind anderthalb Jahr
vergangen. Die Ereignisse dieser letzten Wochen sind mir kein
Beweis, daß ich damals nur Gespenster gesehn und die Dinge
trostloser geschildert hätte als sie seien. Und wenn die nächsten
Tage die Nachricht brächten, daß Kronstadt oder Sebastopol ein
Schutthaufen sei, wenn innerhalb der nächsten zehn Jahre Hin-
terindien und China zu brittischen Provinzen würden, dennoch
ist es wahr, daß die räthselhafte Geisterhand, die dem Belsazar

Geistlichkeit beherrschen England, sondern die Herren in Liverpool und in der City von London. Der Handel hat zu allen Zeiten groß gemacht, aber auch klein: groß nach außen hin, aber klein im Herzen. Er kauft den Muth; er hat ihn nicht selbst — und hier liegt die Gefahr. Lübeck konnte Kriege führen mit Königreichen, aber selbst zu den Zeiten seiner höchsten Macht würden ein paar Hundert dänische Söldner — mit Hülfe einer Ueberrumpelung mitten in die Stadt geführt — völlig ausgereicht haben, den ganzen stolzen Bau zu Fall zu bringen. Wenn keines Journalisten Blut jemals das Pflaster färbte, so sicherlich auch keines Kaufherrn. Der Handel hat nie größre Zwecke als sich selbst, und seine erste Bedingniß ist — die Ruhe. Ein Gewinn in Aussicht gestellt und die City von London geht mit jeder Dynastie.

Wende man mir nicht ein, daß ich mich um Dinge erhitzte, die jenseits aller Möglichkeit lägen und daß es sei, als woll' ich die Welt mit Timur oder Dschingiskhan ängstigen, die längst alles Zeitliche gesegnet haben. Die Welt hat die Tragödie gestürzter Hoheit zu allen Zeiten gesehn. Wer, als der königliche Weise von Sanssouci der bewunderte Stern Europas war und ganz Preußen dastand stolz und aufrecht in dem Gefühl erfochtener Siege, wer hätte es damals möglich geglaubt, daß kaum ein Menschenalter später sieben lange

erschien, auch diesem übermüthigen England schon das Mene Tekel Upharsin an seine goldenen Wände geschrieben hat, und daß, wie ein Engländer selbst ahnungsvoll ausrief: „der Anfang vom Ende da ist."

Jahre hindurch die Eisenfaust eines fremden Eroberers auf
eben diesem Lande ruhen werde? Die Rettungsstunde schlug,
aufraffte sich die alte Kraft des Landes; und Bewunderung
vor jenen Thaten, die damals geschahn! Aber verhehlen wir
uns nicht, daß auch andre Elemente vorhanden waren: Berliner Vollblut drängte sich danach, unter der Leibgarde Mar-
schall Victors zu sein, und viele der Guten und Besten selbst
träumten von einer Weltmonarchie. Die Rettungsstunde
schlug, aber, Hand auf's Herz, der sie schlagen ließ war Gott
selbst, und das Gegentheil lag nicht außer der Natur der
Dinge. Was uns geschehen mochte, kann überall geschehn;
denn ich bin weit ab davon, unser Volk niedriger zu stellen
als irgendeins, das englische nicht ausgenommen.

Out of town.

August uud September sind die „todten Monate" (dead month's) Londons.   Der Fremde geräth dann in Verlegenheit mit seiner Zeit: Die National-Gallerie wird geschlossen, die Vernon-Sammlung folgt dem Beispiel ihrer älteren Schwester, die Bibliothek staubt ihre 400,000 Bände aus (welche Wolke!) und wo Du vorsprichst, bei Freunden und Bekannten, schallt Dir auf Deine stete Frage „master at home?" die stereotype Antwort entgegen „out of town!"   Alte Praktiker unter den Fremden in London ersparen sich drum auch während dieser Monate die Mühe alles Klopfens und Klingelns, und schon auf funfzig Schritte die Fenster der Belle-Etage musternd, entziffern sie aus jedem herabgelassenen Rouleaux die September-Losung „out of town!"   Am gerathensten freilich ist es, um diese Zeit sich alles Besuchemachens überhaupt zu enthalten, denn es gilt halb und halb als Beleidigung, während des Spätsommers irgend einen Gentleman in seiner eigenen Wohnung vorauszusetzen.   Ich kannte Familien, die den ganzen

September über in ihren Hinterstuben saßen und die Front-
Fenster des Hauses hermetisch verschloffen hielten, nur um die
Nachbarschaft glauben zu machen, sie seien out of town.

War es herzliche Langeweile, oder war es das unklare
Verlangen, „mit in der Mode zu sein," was mich dem allgemeinen Zuge folgen ließ — gleichviel, ich sehnte mich plötzlich
nach Seeluft, und der nächste Morgen schon sah mich in
Brighton. Denn die Mode beherrscht uns mehr, als wir
glauben. Selbst Profefforen kennen etwas von jenem wunderbar erhebenden Gefühl, mit dem der gewöhnliche Mensch (auch
ich) in den Aermel eines neuen Rockes fährt, und mancher
langhaarige Dichter zog seine modischen Hackenstiefel mit Empfindungen an, als sei nun der Kothurn selber unter seinen
Füßen. Ich wage die Behauptung: wer keine Glacéhandschuh
trägt, hat entweder keine, oder versteht sie nicht zu tragen,
und dem breiten Behagen der Unfeinheit gehen unwandelbar
viele hundert gescheiterte Versuche voraus, sich auf dem Parquet
des Lebens zu bewegen.

Brighton ist noch immer seit den Tagen der Regentschaft
der fashionable Badeplatz der Aristokratie und die Concurrenz
von einem halben Dutzend nachbarlicher Parvenü's (Ramsgate,
Margate u. s. w.) hat seinen anererbten Ruhm wenig zu er-
schüttern gewußt. Noch immer wächst während der Saison
die Einwohnerzahl um volle 30,000 und jene Leute zweiten
und dritten Ranges, die erst anfangen die Mode mitzumachen,
wenn sie längst aufgehört hat Mode zu sein, sichern diesem Platz,
allen Launen der Fashion zum Troz, noch eine Zukunft von

funfzig Jahren. Brighton ist schön. In einer Ausdehnung von nah einer deutschen Meile zieht sich der neuere Theil der Stadt, Palast neben Palast, halbkreisförmig an der Meeres= küste entlang. Auf einem Hügel, im Rücken dieser Häuser= reihe, erhebt sich das alte Brighton mit seinen krummen und schmalen Straßen, bis endlich das Auge auf einem graurothen, halb kastellartigen Normannenthurm ausruht, der unwirsch in die fremde Welt hineinblickt. Nur eins wie immer — das Meer.

Um die Schönheit Brightons ganz zu genießen, muß man in's Meer hinaus fahren, oder wenn man die Wellenwiege und deren Folgen scheut, sich wenigstens an das äußerste Ge= länder jener berühmten Hängebrücke lehnen, die unter dem Namen „Brighton=Pier" viele hundert Schritte in die grün= blaue See hinausläuft. Folge mir der Leser dorthin. Es ist Nachmittag, und auf dem letzten, aus vielen hundert Bal= ken zusammengezimmerten Brückenpfeiler versammelte sich schon die schöne Welt, um dort den Liedern und Tänzen einer deut= schen Kapelle mit Andacht zu lauschen. Ich sage „mit Andacht," denn der gute Ruf deutscher Musik ist unausrottbar, und Be= friedigung spiegelt sich bereits auf allen Gesichtern. Unser Ohr freilich hörte schon Beßres, aber landsmannschaftliche Rücksicht läßt uns die falschen Noten auf Rechnung des Win= des setzen, der eben jetzt frisch und erquickend über Menschen und Klänge dahinfährt. Plätze sind nicht mehr frei, so ist uns denn die Signalkanone willkommen, die unbeachtet an der äußersten Spitze des Pfeilers steht, und auf ihr Platz nehmend,

blicken wir jetzt, den Rücken fest an's Geländer gelehnt, über
Menschen, Brücke und Brandung hinweg, bis hin auf den
prächtigen Brighton=Quai, dessen durch Entfernung verklei-
nertes Treiben nun wie ein reizendes still bewegtes camera
obscura Bild vor uns liegt. Damen zu Pferde in schwarzem,
wallendem Reithabit galloppiren vorüber, reizend gekleidete Kinder, in ihrer Ziegenbock=Equipage, fahren auf und ab, breit-
schultrige Fischergestalten mit Theerjacke und Krämpenhut win-
den das heimkehrende Boot aus der Brandung an's sich're
Ufer, — Leben überall, aber das stille Leben eines Bildes:
kein Mißklang unterbricht den Zauber, dem Aug' und Seele
hingegeben sind. Es geht Dir durch den Kopf, als sei das
Ohr der böse Sinn des Menschen, als wandelten Freude und
Schmerz auf verschiedenen Wegen zum Herzen: durch's Auge
die Freude, aber durch's Ohr der Schmerz.

Doch ach wie falsch! Horch auf, welche Klänge treffen
nicht eben jetzt Dein Ohr, und rütteln Dich leise=freundlich
wie liebe Hände aus Deinem Traum!

> „Ueber's Jahr, über's Jahr, wenn ich wiederkomm'
> Wiederkomm'
> Kehr' ich ein, mein Schatz, bei Dir."

Dein Auge gleitet nicht länger mehr am fernen Ufer auf
und ab; dicht vor Dir, mit einem Anflug von Heimweh, be-
trachtest Du die lieben deutschen Sommersproß=Gesichter und
freust Dich, daß der Wind jetzt leiser weht und die Wellen
höher ihren weißen Schaum spritzen, als tanzten sie lustiger
da unten denn zuvor.

Brighton ist schön, aber was ich so eben geschildert, ist auch sein Alles. Paläste wachsen auf dieser Kalksteinklippe, aber kein einziger Baum: das Meer schäumt donnernd an diese weißen, senkrechten Wände, aber kein Bach windet sich durch's Thal oder plätschert vom Hügel, und unter'm Seewind sterben die spärlichen Blumen.

Brighton gleicht einem Hause voll lauter Prunkgemächern: wohin Du blickst, Trumeaux und Drapperien, parquettirter Boden und verzierte Kamine; Dein bürgerliches Herz wird müde der Pracht und Herrlichkeit und sehnt sich wieder nach Ofen und Sorgenstuhl, die Sorgen selbst nicht ausgeschloffen.

Was einzig und allein dauernd dem Menschen genügt, ist nur immer wieder der Mensch. Nichts ermüdet schneller als die sogenannte „schöne Natur;" wie Guckkastenbilder müssen ihre Zauber wechseln, wenn man sie überhaupt ertragen soll. Acht Tage waren um, und schon stimmt' ich aus voller Seele mit ein in das Lied meiner Landsleute:

> „Führt denn gar kein Weg, führt denn gar kein Steg,
> Hier aus diesem, diesem Thal hinaus."

Rasch war ich entschlossen und der nächste Morgen sah mich auf dem Wege nach Hastings.

Hastings ist halber Weg zwischen Brighton und Dover. Die Eisenbahn, die beide Städte verbindet, führt erst in's Land hinein und zwar nach dem Burgflecken Lewes, der alten Grafschafts-Hauptstadt von Sussex. Das Städtchen ist nur interessant durch seine alterthümliche Physiognomie, ein ma-

lerischer Reiz, dem man nirgends seltner begegnet als in England, wo die Städte alle hundert Jahre ihr Kleid wechseln
und ihre Geschichte in Büchern und Balladen haben, aber nicht
in Stein.

In Lewes den nächsten Zug abwarten zu müssen, wäre
hart gewesen, wenn nicht der nahgelegene Flecken Ashburnham
sich des Reisenden erbarmt und ihn zu einer Pilgerfahrt eingeladen hätte. Auch das Königthum hat seine Reliquien
und die alte Kirche zu Ashburnham bewahrt deren, wie nur
irgend ein Fleck der Welt. Neugierig und zaudernd zugleich
tritt der Fremde dort an ein mit rothem Sammet ausgelegtes
Glaskästchen und sieht das blutbefleckte Grabtuch Karl Stuarts
und jenes Hemd, das der Henker zurückstreifte, um Platz zu
schaffen für die Schärfe seines Beils. Vor meine Seele trat
wieder der kiesbestreute Hof von Whitehall, wo noch heute die
Bildsäule König Jakob's mit ausgestrecktem Finger auf jene
Stelle weist, an der das Haupt seines Vaters fiel, und es durch-
schauerte mich angesichts dieses Kästchens wie damals, wo ich
zum ersten Male rasch und klopfenden Herzens, wie unter einem
sausenden Windmühlflügel, unter dieser stillen Fingerspitze hin-
durchhuschte. Noch eine dritte Reliquie umschließt das Käst-
chen: jene mit Mosaik-Blumen ausgelegte Taschenuhr, auf
der König Karl die Stunde seines Todes las und die er lächelnd dann jenem Lord Ashburnham reichte, der treu wie
seine Ahnen alle mit auf's Schaffott gestiegen war. Denn
sie waren alle treu seit jenem Bertram, der Schloß Dover
noch hielt, als Hastingsfeld längst eine abgespeiste Tafel war

17*

und deſſen Haupt dem Normann erſt huldigte, als es ab-
geſchlagen zu den Füßen des Erobrers lag.

Von Lewes aus läuft die Eiſenbahn wieder ſüdlich der
Küſte zu und berührt ſie unterhalb Schloß Pevenſey, genau
an jener Stelle, wo Wilhelm der Erobrer aus ſeinem Boot
ans Ufer ſprang und mit der Hand in den Sand fallend, voll
Geiſtesgegenwart jene berühmten Worte ſprach: „ſo faſſ’ und
ergreif’ ich Dich, Engeland.“ Hier in unmittelbarer Nähe der
Küſte ſieht man auch die erſten Exemplare jener Armee von
Wachtthürmen, die ſich wie eine ſteinerne Tirailleur-Linie und
in einer Ausdehnung von mehr als funfzig Meilen, an der Süd-
küſte entlang ziehn. Die Form dieſer engliſchen Wachtthürme
iſt genau die eines Puddings, nur ſind ſie nicht mit Roſinen
geſpickt. An der See hin, mit Lärm und Geraſſel den Donner
der Brandung begleitend, brauſt jetzt der Zug und endlich
zwei mächtige Tunnel durchfliegend, hält er auf dem geräumigen doppelarmigen Bahnhof von Haſtings. Brighton iſt ſchön,
aber Haſtings iſt ſchöner. In alten Zeiten war es der größte
und reichſte unter den ſogenannten „Fünf-Häfen.“ Dieſe Tage
des Glanzes ſind für immer dahin. Die Natur that für
Portsmouth und Southampton zu viel, als daß Haſtings
wieder werdn könnte was es war. Dennoch hat es eine
Zukunft, aber nicht als Hafen, ſondern als Badeplatz. Seine
Lage iſt entzückend, und das kalte vornehme Brighton blickt
mit einer Art Unruhe auf den heitren, rührigen Nachbar, wie
der bange Hüter eines mühſam errungenen Ruhms auf die
lachende Stirn des Jüngeren blickt, die ihm zuruft: „Dein

Kranz ist mein." Hastings wächst von Jahr zu Jahr und mit
Recht, denn die englische Südküste hat keinen schöneren Punkt.
Ein mächtiger in die See vorspringender Fels theilt es in zwei
Hälften: rechts, am Strande entlang, läuft der fashionable
Theil der Stadt mit seinen Hotels und Palästen, am besten
geschildert, wenn ich ihn Klein-Brighton nenne; linkshin zieht
sich, ungleich malerischer denn jenes, das alte Hastings mit
seinen Badekarren und Fischerhütten, die sich zum Theil unter
die überhängenden Felsen kauern, deren groteske Häupter nun
wie steinerne Wetterwolken über den Dächern drohn.

Die Sonne ging unter, als ich auf knirschendem Kiessand
und rechts vom Schaume des Meeres bespritzt an den letzten
Ausläufern dieser Fischerstadt vorüberschritt. In ihren schwarz-
getheerten Werkstätten, zweistöckigen Jahrmarktsbuden nicht
unähnlich, saß hier das wetterbraune fleißige Volk, dessen Tagewerk die Gefahr ist und flickte die Netze und rüstete sich zum
Fang. Aus der letzten Hütte scholl es wie ein frommes Lied,
aber der Wind zerriß die Klänge und jetzt um einen Felsblock
biegend, lagen Lied und Stadt weit hinter mir. Immer
wilder wurde die Scene. Auf schmalem Streifen zwischen
Fels und Meer kletterte ich jetzt über herabgestürzte Blöcke hinweg, die mir den Weg zu verbieten schienen; aber der Reiz
wuchs mit dem Widerstand. Lustig im Winde flatterte mein
Haar, in meine Seele setzte sich der Wind wie in ein schlaffes
Segel, und mir ward wieder als könnt' ich fliegen, und als
wäre der Tag meiner Kindersehnsucht da: hinzufahren über die
Welt. Plötzlich blendete mich ein Schein, ein Lichtstreif, der

weit in's Meer hineinfiel. Ich blickte auf; in halber Höhe
des senkrechten Felsens waren menschliche Wohnungen, wie Mö-
vennester, in den Stein gehauen. Vergebens sucht' ich eine Trep-
penstraße, die hinauf geführt hätte, und nur ein mannsbreiter
Gang lief, in Wahrheit eine Verbindungslinie, von Thür zu
Thür. Aus einzelnen Fenstern, die mit Hülfe von Seetang
in die Felsenlöcher gepaßt waren, schimmerte Licht; die letzte
Höhle zur Linken aber schien das Clubhaus dieser seltsamen
Colonie zu sein. Dort schlug ein Reisigfeuer bis hoch an die
Decke und um die flackernden Bündel hockten dunkle, wunder-
liche Gestalten, wie ein Indianer-Kriegsrath, oder wie die
Geister dieses Berges.

Noch einmal ließ ich mein Auge hingleiten über den ganzen Zauber dieser Scene, dann aber bückte ich mich nach einer
Muschel, die eben jetzt die Brandung vor meine Füße warf und
nahm sie mit mir als Erinnerungszeichen an diesen Tag und
an die weiße Klippe von Hastings.

Parallelen.

Es giebt Leute, die alles Raisonnement über den Charakter eines Volkes, geschweige ein Parallelenziehen zwischen dem einen und andern, eine müßige Beschäftigung nennen, und Einem versichern, daß man von Glück sagen könne, in Darlegung solcher Ansichten nicht jedesmal die Kehrseite der Wahrheit zu seinem Glaubensbekenntniß gemacht zu haben. Ich gebe das theilweis zu; aber es hat mir jederzeit auch fern gelegen, dem Leser Weisheit predigen oder ihm tiefste Anschauungen und Aufschlüsse geben zu wollen. Die immer nur beziehungs- und bedingungsweise Richtigkeit alles dessen, womit ich meine Briefe vielleicht mehr erweitert als bereichert habe, ist von Anfang an Niemandem einleuchtender gewesen als mir selbst, und dem eigentlichsten Zweck dieser Zeilen: zu unterhalten und anzuregen, hat immer nur das Verlangen eines unumwundenen, mir selber Bedürfniß gewordenen Bekenntnisses zur Seite gestanden, aus dem — theils im

Zusammenfassung, theils in Tabellen und andern Beiträgen — als eine Schrift erscheinen würden.

Es schwebt ich vom hohen zu Herzblatt zwischen deutschen und englischen Boden, rücksichtnehmen auf die Aufzucht oder Genauigkeit des Berichtes, und hierzu rück meine letzten Tage auf Londoner Grund und Boden, zum Niederschreiben der Vergleichungen, wie sie sich meinem Auge und Urtheil im Laufe eines halbjährigen Aufenthaltes aufgedrängt haben.

England und Deutschland verhalten sich zu einander wie Form und Inhalt, wie Schein und Sein. Im Gegensatz zu den Dingen, die — von der Titularkrone an bis nieder zur winzigsten Stecknadel — in keinem Lande der Welt eine ähnliche, auf den Kern gerichtete Gediegenheit aufweisen wie in England, entscheidet unter den Menschen die Form, die alleräußerlichste Berrackung. Du brauchst kein Gentleman zu sein, du mußt nur die Mittel haben, als solcher zu erscheinen und du bist es. Du brauchst nicht Recht zu haben; du mußt nur innerhalb der Formen des Rechtes dich befinden und du hast Recht. Du brauchst kein Gelehrter zu sein, du mußt nur Lust und Talent haben durch Mäcenatenthum oder Mitgliedschaft wissenschaftlicher Vereine, durch Aufstöberung und Edirung alter, längstvergessener Schwarten, vielleicht auch durch Benutzung vertraulicher Mittheilungen die Rolle des Gelehrten zu spielen und du bist ein Gelehrter. Ueberall Schein. Nirgends ist dem Charlatan-Unwesen so Thür und Thor geöffnet, wie auf dieser brittischen Insel, nirgends verfährt man kritikloser, und nirgends ist man geneigter, dem bloßen Glanz und Schimmer eines Namens sich blindlings zu überliefern.

Der Deutsche lebt um zu leben, der Engländer lebt um zu repräsentiren. In Deutschland lebt man glücklich, wenn man behaglich lebt, in England, wenn man beneidet wird. Der Deutsche lebt um seinetwegen, der Engländer — versteht sich in egoistischem Sinne — um Anderer willen. Er will ihnen nichts geben, aber er will empfangen: Lob, Ehre, Bewunderung. Der Engländer repräsentirt immer, ich glaube auch wenn er allein ist. Er weiß: Uebung macht den Meister, und man hat in der Oeffentlichkeit nur das, was man im Geheimen übt. Man spricht von englischem Comfort, und mit Recht; aber man darf das Wort nicht falsch übersetzen. Der Engländer hat tausend Bequemlichkeiten, aber er hat keine Bequemlichkeit. Er hat die weichsten Teppiche, die besten Polster, die schärfsten Rasirmesser; sein Toilettentisch ist ein Bazar, eine Ausstellung im Kleinen; er hat Regenschirme, die man in die Tasche stecken kann, und Sackpaletots, die dem Comfort auf Kosten der Schönheit huldigen, er hat das alles, und dennoch — keine Bequemlichkeit. Woher das? Der Engländer lebt wie ein Fürst, zum mindesten wie ein Minister: an die Stelle der Bequemlichkeit tritt der Ehrgeiz. Er ist immer bereit zu empfangen, Audienz zu ertheilen, den Wirth des Hauses, den Vertreter einer Firma, eines Amtes, eines Namens zu machen; er wechselt dreimal des Tages seinen Anzug; er beobachtet bei Tisch — im sitting- und im drawing-room — bestimmt vorgeschriebene Anstandsgesetze, er ist ein feiner Mann, eine Erscheinung die uns imponirt, ein Lehrer bei dem wir nolens volens in die Schule gehen, er ist alles mögliche Gute und Große, aber er ist langweilig, und mitten in unser Staunen hinein mischt sich eine unendliche Sehnsucht zurück nach unserem kleinbürgerlichen Deutschland, wo man so gar nicht zu repräsentiren, aber so prächtig, so bequem und gemüthlich zu leben versteht.

Ich deutete wohl schon anderen Orts darauf hin, wie das Repräsentationsgelüst den Engländer mit der Macht einer fizen Idee beherrscht. Dies Gelüst erzeugt natürlich auch eine besondere Begabung, und der allerunbedeutendste Engländer hat mehr Form, Haltung und Rednertalent, als ein ganzes Collegium deutscher Stadträthe zusammengenommen. Ich wohnte mit einem jungen Walliser zusammen, einem Menschen von gewöhnlicher Bildung und mäßigen Naturanlagen. Als aber sein Geburtstag herankam und wir ihn mit einer lustigen Festlichkeit überraschten, verbeugte er sich gegen uns ohne einen Anflug von Verlegenheit, und hielt eine Ansprache, die mich durch ihre Feinheit und Abrundung in Erstaunen setzte. In Deutschland hätten wir unter einer gewissen gemüthlichen Gesichterschneiderei jedem Einzelnen die Hand gedrückt, und hinterher erklärt vor Rührung nicht sprechen zu können. Ob diese repräsentativen Gaben der englischen Nation die Ursache oder die Folge jener großen Repräsentation sind, die an der Spitze des Landes steht, dürfte schwer zu entscheiden sein. Ich glaube, daß eine Wechselwirkung stattfindet, und daß in demselben Maaße wie jenes

Repräsentationsbedürfniß einst die Parlamente schuf; diese hinwiederum das Bedürfniß und die Begabung zu jener Höhe gesteigert haben, auf der wir sie jetzt erblicken.

Das deutsche Leben hat etwas von einem Gymnasium, das englische von einem Kadettenhaus. Wie Mannigfaltigkeit und Uniformität stehen sie sich einander gegenüber. Man trete in eine Gymnasialklasse, — welche Buntheit! Neben dem Sohn des Edelmannes, der beim Director eine hohe Pension bezahlt und mit Sporen in die Klasse kömmt, sitzt der Sohn des Dorfschulzen, der eine Bodenkammer bewohnt und allsonnabendlich eine Kiste voll Victualien als Nahrung für sich und als Miethe für seine Wirthin erhält. Er trägt einen langen blauen Rock und einen Einsegnungshut. Er hat kein Silber in der Tasche, geschweige einen Goldstreifen um die Mütze, wie sein adliger Nachbar, der Rappé schnupft und den Lehrer verachtet, der noch bei Nesfing und Carotten steht. Aber das Bauernkind darf seine Armuth leichten Sinnes tragen, denn er ist klug und fleißig und gescheidt, und überholt den noblen Pensionair, der auf einer der letzten Bänke Dambrett und Sechsundsechzig spielt. Die Fadenscheinigkeit des Rocks gilt bei uns noch als Nebensache, und wer was kann und weiß, der ist der Erste. Die Gaben des Geistes rangiren vor den Gaben der Geburt.

In dem Cadettenhaus England ist es anders. Eine aristokratische Haltung zieht sich durch das Ganze. Das Aeußere tritt sofort in sein Recht, um nicht zu sagen in den Vordergrund. Die Gleichheit in Erscheinung und Lebensweise ist frappant. Die Taillen sind gleich lang, die Cravatten gleich steif; der Scheitel sitzt auf jedem Kopf an derselben Stelle und die Gleichartigkeit des Anstands macht es schwer, zwischen Hoch und Niedrig zu unterscheiden. Die Eßzimmer, die Speisen selbst bieten eine überraschende Aehnlichkeit, und die erste und letzte Klasse, gleich steif bei Tische sitzend, handhaben Messer und Gabel in derselben vorschriftsmäßig-gentilen Weise. Die Wissenschaften werden gepflegt und die Auszeichnung innerhalb ihrer wird belobt, aber die adlige Haltung der Schule bringt es mit sich, daß ein Howard, ein Mowbray, ein Sutherland die ersten Plätze einnehmen, auch wenn sie nichts haben, als ihren Namen und Titel, — und der Glanz hinwiederum, nach dem das Ganze strebt, macht den Reichthum zum Nebenbuhler des Geburtsadels, und beide — wie verfeindet unter einander — zu Siegern über den Geist.

Mit kurzen Worten: England ist aristokratisch, Deutschland demokratisch. Wir sprechen tagaus tagein von englischer Freiheit und sehnen uns nach einer Habeas corpus-Akte und einem Parlamente, das mehr hat als das bloße Recht zu reden. Aber unsere Demokraten, zumal solche die England je mit Augen gesehen, wissen sehr wohl was sie thun, wenn sie den ganzen englischen „Plunder" (wie sie sich auszudrücken lieben) bekämpfen oder bespötteln. Es giebt kein Land, das — seiner bürgerlichen Freiheiten ungeachtet — der Demokratie so fern stünde, wie England, und begieriger wäre, theils um die Gunst des Adels zu buhlen, theils den Glanz und Schimmer desselben zu copiren. Daher die stereotypen

Formen des englischen Lebens: der Kleine wetteifert mit dem Großen, der Arme mit dem Reichen, und innerhalb dieses Wettkampfs zieht der Niedrigstehende doch wiederum den Hut vor dem Lord, dessen Gig an dem seinen vorüberjagt, und betrachtet das Kindeskind eines Baronets oder Members of Parliament als einen Gegenstand seiner besonderen Rücksicht und Devotion. Es ist charakteristisch, was Thackeray — ein Schriftsteller, von dem man mit gutem Gewissen behaupten kann: „jeder Zoll ein Engländer" — über dies bis zur Widerwärtigkeit sich steigernde Gebahren sagt. In seinem berühmten Romane Vanity Fair, der wie kein zweiter (am wenigsten Boz-Dickens) das Londoner Leben vor dem Auge des Lesers erschließt, äußert er sich wie folgt: „Es war am 15. Juni 1815; die Engländer in Brüssel, Napoleon vor den Thoren; drei Tage später fielen die Würfel bei Waterloo. Die Herzogin von Richmond gab einen Ball. Der Zudrang nach Billets, das Intriguiren und das Betteln darum erreichte eine Höhe, wie sie nur der begreifen kann, der die Sucht des Engländers, Zutritt in die Kreise der Großen und Vornehmen seines Volks zu gewinnen, jemals mit Augen gesehen hat, und ich wage die Behauptung, daß die Frage „ob eingeladen oder nicht" ganze Kreise unserer Landsleute damals lebhafter beschäftigte, als die Möglichkeit von Sieg oder Niederlage."

So weit Thackeray. Und Deutschland? Wir haben Bevormundung und Polizei, und der „beschränkte Unterthanenverstand" bildet immer noch die Basis von allerhand

Gut- und Schlechtgemeintem; wir werden klein genommen und sind's in unsrer Jagd nach Titel und Orden, wir sind zu hunderttausenden noch die Philister und Krähwinkler der Weltgeschichte und stehen doch da als die Träger und Apostel einer ächten Demokratie. Das Wort von der Freiheit und Gleichheit ist nirgends weniger eine Phrase, als bei uns. Wir haben keine politische Demokratie, aber eine sociale. Wir haben Klassen, aber keinen englisch-chinesischen Kastengeist; wir haben Schranken aber keine Kluft. Wir haben — Ausnahmen bestätigen die Regel — ein Nebeneinandergehen der verschiedenen Stände, von dem man in England keine Ahnung hat, und wenn es dort dem Reichthum, dem Amt und der Berühmtheit, also wiederum einer Art von Adel, gelingt, sich neben dem Vorzug der Geburt zur Geltung zu bringen, so ist es bei uns das Allgemeingut der Bildung, das ein unsichtbares Band zwischen den Ständen webt, und uns die Zutrittskarten schreibt, die Niemand zurückzuweisen wagt.

Und um fortzufahren: Englands Kraft besteht in der anspruchsvollen Schätzung seiner selbst, Deutschlands Größe in der bescheidenen Würdigung alles Fremden. England ist selbstsüchtig bis zur Begriffsverwirrung, Deutschland gerecht bis zur eigenen Preisgebung.

Und nun zum Schluß: England ist praktisch, Deutschland ideal. Wunderbarer Widerspruch! Dasselbe Volk, das den Schein über die Wahrheit setzt, das Millionen im Götzendienst der Eitelkeit und hohler Repräsentation verprunkt, das Himmel und Hölle in Bewegung setzt, um beim Herzog von

Wellington vorfahren und dem alten Herrn einen Kraßfuß machen zu können — dasselbe Volk ist praktisch vom Wirbel bis zur Zeh, von der magna charta an bis zur neupatentirten Hecksellade, und erobert die Welt, nicht — wie sonst wohl Eroberer — aus Ruhm und Thatendurst, sondern um unterm Zusammenströmen aller Schätze daheim einen praktischen Nutzen und einen comfortablen Platz am Kamin zu haben. Und wir?! Dasselbe Volk, das die Wahrheit liebt und dem Wesen der Dinge nachforscht, es verliert im Suchen nach dem Wirklichsten die Wirklichkeit unter den Händen und wird zum Träumer, dem das Leben in seiner Welt über die Welt da draußen geht.

Sei's drum! und spotten wir seiner nicht; sprechen wir vielmehr mit jenem liebenswürdigen Landsmann, dessen Haus mir allabendlich offen steht und dessen Seele fern geblieben ist dem Engländerthum so vieler seiner Freunde und Bekannten: yes, England, that's the first country of the world, but — Germany still a little before it.*)

---

*) Ja, England ist das erste Land der Welt, doch — Deutschland noch ein wenig vorher.

Haſtingsfeld.

Es war mein letzter Tag in England! Das Dower=Boot
ſollte mich um Mitternacht nach Oſtende führen; mir blieben
noch zwölf Stunden zu einem Ausflug und ich entſchied mich
für — Haſtingsfeld. Wie oft, in den Träumen meiner
Kindheit, hatt' ich die Kreideklippe geſehen, dran ſich, laut
Liedern und Sagen, das Rolandslied des Taillefer brach;
wie oft hatt' ich den Hügel erklommen, darauf das reiche,
juwelengeſtickte Banner König Haralds hoch in Lüften flatterte
und wie oft war ich den Schritten jener geſpenſtiſch=ſchönen
Frau über das Leichenfeld gefolgt, von der's im Liede heißt:

> Es watete Edith Schwanenhals
> Im Blute mit nackten Füßen;
> Wie Pfeile aus ihrem ſtieren Aug'
> Die forſchenden Blicke ſchießen.

Mir ſchlug das Herz. Das romantiſche Land, wohin
mich Sehnſucht und Phantaſie ſo oft getragen hatten, — es
ſollte jetzt wahr und wirklich vor meine Sinne treten.

Der Zug hielt. Zu meiner Ueberraſchung blitzte weder Kreideklippe, noch brandendes Meer vor mir auf; nur grünes Hügelland dehnte ſich nach rechts und links, ſo weit das Auge reichte. Es war das Städtchen „Battle", wo wir hielten, ſieben engliſche Meilen landeinwärts.

Hier ward die Schlacht geſchlagen, die ihren Haſtings-Namen gewiſſermaßen mit Unrecht trägt. Der Kampf (battle), der hier tobte, gab dem Städtchen ſeinen Namen, ganz in derſelben Weiſe, wie wir einen Flecken „Wahlſtatt" haben. Das Städtchen ſelbſt bietet nichts Beſonderes dar, außer ſeiner Abtei, — „Battle-Abbey" geheißen; dieſer ſchritten wir zu. Als die Wage der Schlacht hin und her ſchwankte und an dem Trotz des Sachſenkönigs bereits der dritte Angriff geſcheitert war, warf ſich Herzog Wilhelm auf's Knie und mit lauter Stimme gelobend, „eine Abtei zu bauen, drin Wein wie Waſſer fließen ſolle, falls Gott ihm Sieg verleihe", führte er ſeine Truppen zum vierten Mal gegen das feindliche Verhau. Der Sieger hielt Wort. Battle-Abbey wurde die reichſte Abtei des Landes, bis fünf Jahrhunderte ſpäter dem Geize Heinrichs VIII. auch dieſe Stiftung zum Opfer fiel.

Nur Andeutungen ſind noch geblieben von dem Glanz und der Herrlichkeit, die königliche Munificenz hier in's Leben rief, und dies Wenige ſelbſt würde zu Staub zerfallen ſein, wenn nicht der Flugſand, der von der Küſte herüberweht, die Ueberreſte ehemaliger Kraft unter ſeinen Mantel genommen hätte, wie der Aſchenregen des Veſuv die zum

18

Märchen gewordene Welt Pompejis. Zwei Jahrhunderte
vergingen seit jener Versandung. Was das Werk der Zerstörung zu vollenden schien, das gebot ihr Stillstand. Unsre
Zeit, in ihrem Forschertrieb, hat das Begrabene neu ans
Licht gezogen, zur Bewunderung zunächst, aber auch zu schnel-
lerem Untergang.

Nur Eines hat den Kampf mit den Jahrhunderten sieg-
reich überdauert: das mächtige, sandsteingebaute Eingangsthor. Mit breiten Flügeln und hohen Thürmen steigt es
vor dem Auge auf, selbst wieder ein Schloß, und läßt uns
schließen auf die Größe und den Reichthum dessen, zu dem es
nur die Pforte war. Sein Styl ist der normannische in
seiner Blüthe, als dieser sich bis zur Gothik zu erheben begann.
Mächtige Bogenpfeiler bilden das Portal; aus ihren Rippen
starren zwei steingehauene Fratzen hervor, wie die Sage geht:
die Köpfe Wilhelm's und König Harald's. Das Thor schließt
sich hinter uns und wir befinden uns jetzt auf einem geräumigen, grasbewachsenen Platz. Zur Rechten ragt ein schlan-
ker Thurm in die Luft, starr, einsam, ein Finger aus dem
Grabe vergangener Herrlichkeit. Zur Linken zieht sich ein
stattliches Gebäude hin, im Styl der Königin Elisabeth; es
ist das Herrenhaus, und zur Zeit Besitzthum Sir Henry
Webster's. Hierhin richten wir unsre Schritte. Sir Henry ist
außer Landes und der Zutritt für Jedermann gestattet. Meine
Gefährten, echte Londoner Spießbürger, wenden sich neugierig
sofort nach links, in die Privatgemächer Sir Henry's, um
mit jener dem englischen Philister eigenthümlichen Neugier

Parallelen zu ziehen zwischen dem Canapee oder dem türki-
schen Teppich der Lady Webster und seinem eignen Hausrath
daheim. Ich halte mich rechts und trete in die große Halle,
die eigentliche Sehenswürdigkeit des Hauses. Hoch und geräumig, das Dach ein prächtiges Holzwerk, gleicht sie der
schönen Bankethalle Heinrichs VIII. im Schloße zu Hampton-
Court, und wenn dort verblaßte Gobelins von rechts und
links auf uns herniederschauen und unsre Aufmerksamkeit in
Anspruch nehmen, so ist es hier ein kolossales, die ganze Gie-
belwand der Halle bekleidendes Gemälde, das uns mächtig
wie ein Altarbild entgegentritt und uns plötzlich wieder vergegenwärtigt wo wir sind.

Das ist die letzte Stunde des Hastings-Tages! Die
Sachsenfahne liegt blutig und zerrissen im Staube; halb
verdeckt von ihr haucht König Harald seinen letzten Seufzer
aus. Zwei Reiter, gefolgt von der Blüthe französischen Adels,
sprengen auf den Sterbenden zu. Der Eine auf langmäh-
nigem Scheckenthier, das weiße, vom Papste selbst geweihte
Banner in Händen schwingend, ist Otto, Bischof von Bayeux,
der Halbbruder des Eroberers; der Andre aber auf schwarzem, jetzt eben zurückprallendem Normannenhengst ist Herzog
Wilhelm selbst. Die silberne Rüstung sticht wunderbar ab
von dem blinkenden Schwarz seines Rosses, weithin wallt
die weiße Feder von seinem hohen, konisch geformten Helm
und um den Hals des Siegers schlingt sich eine dreifach um-
wundene Kette, daran eine goldne Kapsel blitzt. Was ist's
mit ihr? Ein Splitter vom Kreuze Christi liegt wohl ver-

wahrt zwischen ihren Wänden; ein Splitter nur und doch die lebendige Wurzel, aus der dieser Kampf emporwuchs.

Zu Rouen war's, zehn Jahre zuvor, im kerzenerleuchteten Dom. Der Adel der Normandie stand halbkreisförmig um den festlich geschmückten Altar, aber der Halbkreis wurde zum Spalier, als jetzt zwei Männer das Schiff der Kirche entlang und die Stufen des Altars hinanschritten. Der Eine, kurzgeschoren das schwarze Haar, war Herzog Wilhelm; der Andre mit langem Sachsenbart, war König Harald, damals noch Graf von Kent. Ihr Herz umschloß einen Wunsch: die Krone des kinderlosen Edward; — aber ein tückischer Schiffbruch hatte den Sachsengrafen in die Hand seines Nebenbuhlers gegeben und Herzog Wilhelm stand eben auf dem Punkt, die Gunst des Zufalls zu nützen. Harald sollte abschwören. Zögernd legte dieser die Linke auf die Decke des Altars und die Rechte zum Eid erhebend, rief er mit bebender Stimme: „So entsage ich denn allem Verlangen nach Herrschaft; Herzog Wilhelm sei König über England; noch einmal, ich schwör's!" Da zog der Normann die brokatne Decke vom Altar hinweg und dem Grafen einen Splitter zeigend, darauf seine Hand unwissentlich während des Schwurs geruht hatte, rief er: „Harald, Du schwurst es bei diesem Span vom Kreuze Christi!"

Und seitdem? Der Tag kam, da König Edward in selbsterbauter Kapelle seinen letzten Schlummer hielt. Harald war König und hinüber nach Frankreich rief er: „Edward ist todt; England ist mein; nimm's, so Du kannst!"

Da wurde die Normandie zum Heerlager. Um seinen Nacken schlang Herzog Wilhelm die Kette sammt der Kapsel, Papst Alexander weihte die Fahnen, König Harfager von Norwegen brach auf, als Bundesgenosse in England einzufallen und halb Frankreich wurde flott vor Lust nach Krieg und Abenteuern. Weiße Segel, zahllos wie die Wellen darauf sie tanzten, steuerten nordwärts und vor ihnen her flog, wie tödtlicher Blitz, der Bannstrahl des Papstes.

König Harfager landete erst; sein Eifer war sein Tod. Harald umklammerte ihn bei Stamford-Bridge und zerdrückte ihn und sein Heer. Die Nacht brach ein. Auf dampfendem Schlachtfeld lagen die Sieger, berauscht von Wein und Gesang; im Zelt des Königs aber gingen Becher und Rede von Mund zu Mund und der Erzbischof von York erhob sich jetzt und rief: „Harald, so sei das Ende aller Deiner Feinde!" Da hielt ein Bote am Zelt und trat ein. Sein Haar war wirr und struppig vom langen Ritt, sein Kleid zerrissen und die Worte klangen:

> Die Klippe von Hastings, wohl war sie steil,
> Und das Meer, wohl hat es gebrandet,
> Vergebens die Brandung, vergebens der Stein —
> Herzog Wilhelm ist gelandet!

Auf sprang der König, sein Auge blitzte, sein Herz voll Sieg hatte nicht Raum für die Furcht. Gen London gings, sein Heer ihm nach; Zuversicht auf allen Gesichtern. Am fünften Tage war's: aufblitzte die Themse — hinüber! und jetzt vor ihrem Aug die Ginsterhaiden von Surrey — hin-

durch! am siebenten Tage aber hielt König Harald auf dem
Hügellande von Suffex und sein Schwert in die Erde stoßend,
rief er: „Hier sei's!" Herzog Wilhelm kam von Hastings
heran. Auf zwei Hügeln, einander gegenüber, lagerten sich
die Heere; zwischen ihnen ein breites, nicht allzutiefes Thal.
Hier sollte sich's entscheiden.

Es war Nacht, die Wachtfeuer der Normannen lohten
herüber. König Harald ging von Zelt zu Zelt und ordnete
an und befeuerte den Muth. Wo er sein Schwert in die
Erde gestoßen hatte, da stand jetzt sein Zelt und neben demselben flatterte das große Banner von England. Es trug
die alte Schlachten-Inschrift: „Siegen oder sterben!" Dreitausend Freiwillige aus der Hauptstadt hatten sich drum ge-
schaart und feierlich geschworen, des Spruches über ihren
Häuptern wohl eingedenk zu sein. Kundschafter kehrten
zurück,

> Die hatten den Herzog Wilhelm gesehn
> Und thäten ihn mannlich preisen:
> Seine Rüstung sei wie Silber und Gold
> Und sein Antlitz sei wie Eisen.

> Seine Ritter aber die sähen darein,
> Als wären sie schon verloren,
> Sie hätten nicht Schnurr- nicht Backenbart,
> Sei'n alle geschabt und geschoren. *)

---

*) „They were all shaven and shorn", aus einer alt-eng-
lischen Ballade.

Im ganzen Normannenlager sei
Nur Beten und Messesingen;
Das ganze Heer sei ein Priesterheer
Und man werd' es leichtlich bezwingen.

König Harald aber hörte sie an
In finstres Sinnen verloren,
Er sprach: Ich weiß, sie fechten wie wir,
Obwohl sie geschabt und geschoren.

Gegen Morgen kam ein Herold von Herzog Wilhelm, der bot dem König einen Zweikampf. Sie wollten den Streit in ihre beiden Schwerter legen und der Ausgang solle ein Gottesurtheil sein. Da entfärbte sich der Sachsenkönig und Furcht und Scham liefen blaß und roth über sein Antlitz. Er kannte den Talisman seines Gegners, den sein Meineid ihm in die Hand gegeben hatte und murmelte vor sich hin: „Ich kann nicht!" Laut aber rief er: „Nicht wir — die Schlacht!"

Aufblitzte die Sonne und zugleich mit ihren Strahlen flogen dreißigtausend Pfeile übers Feld. Die Sonne stieg und sank. Als sie scheidend noch einmal auf des Tages Arbeit blickte, da lag König Harald unterm Linnen seines Banners wie unterm Leichentuche und über das Blutfeld sprengte der Sieger. Sein Auge blitzte und die goldne Kapsel glühte blutroth im letzten Abendstrahl.

Ich sah auf; da hatt ich's wieder vor mir, frisch, lebendig, — das Scheckenthier Bischof Otto's sprang wie aus dem Bilde heraus. Meine Betrachtungen wurden unterbrochen; ein alter Cicerone der Abtei trat an mich heran und erbot

sich, mir das Schlachtfeld zu zeigen. Ich folgte ihm. Er
führte mich zu einer der ausgegrabenen Ruinen, dem ehe=
maligen Refectorium der Mönche. Drei Seiten des Ge=
bäudes stehen noch ziemlich wohlerhalten, die vierte aber ist
völlig verfallen. Keine Spur von Dach. Man tritt in den
mit Quaderstein gepflasterten Saal wie in einen Hofraum;
— der blaue Himmel hing über uns. Keines Königs Muni=
ficenz läßt hier noch fürder Wein wie Wasser fließen; der
Regen wäscht den Mörtel aus dem Gestein und versucht die
Kraft seiner Tropfen an der weißen Quadertenne des Saals.
Der Alte führte mich schweigend an das mittlere Giebelfenster.
Ich sah hinaus; aber ehe sich die bunte Landschaft vor mir zu
einem klaren Bild gestalten konnte, richtete er die Spitze seines
Fingers auf eben die Stelle wo ich stand und rief mir mit echtem
Führer-Gleichmuth zu: There fell the Saxon-king! — Mich
überlief es; er aber, völlig unbewußt des Eindrucks, den sein
Wort auf mich gemacht hatte, streckte seine magere Hand durch
die Fensterhöhle, und nach rechts und links eine Linie be=
schreibend, setzte er mit derselben Ruhe hinzu: And that's the
battle-field!

Da lag es vor mir mit dem ganzen Zauber einer eng=
lischen Landschaft. Drüben auf der höchsten Spitze jenes
Hügels hielt Herzog Wilhelm während der Schlacht; jetzt
schimmerte statt seiner Rüstung die weiße, sonnige Wand eines
Bauernhofes herüber. Unmittelbar vor mir zogen sich schmale
Teiche nach beiden Seiten hin das Thal hinunter; von Zeit
zu Zeit sprang ein Fisch, gelockt von der Sonne, in den lachen=

den Tag hinein; Nichts erinnerte mehr an jenen Tag, wo hier das Blut in tieferen Lachen als das Wasser in jenen Gräben stand. Tiefer Friede ringsum; nur das Glockenklingen weidender Kühe unterbrach die Stille. Kaum eine Saatkrähe ließ sich nieder auf dies Feld, wo einst das Krähen- und Rabenvolk von ganz England offne Tafel gehalten hatte. Noch einmal überflog mein Blick die Flur; dicht vor mir stieg ein Schwarm weißer Tauben in die Luft und wiegte sich im Sonnenschein, blitzend, als wären ihre Flügel von Licht. Lange sah ich hinauf: ein Friedens-Sinnbild über diesem Thal, so fand ich Hastingsfeld und — so schied ich von ihm.

Wenige Stunden später trug mich der rasselnde Zug nach Dover. Es schlug Mitternacht als der Dampfer vom Ufer stieß. Ich stand am Steuerruder und sah rückwärts. Klippen rechts und links; Dover selbst, von tausend Lichtern funkelnd, wuchs amphitheatralisch in die Nacht hinein; der weiße Kalkstein schimmerte dahinter wie verschleiertes Mondlicht. Rascher schaufelten jetzt die Räder, höher spritzte der Schaum, eisiger ging der Wind — das letzte Licht erlosch. Nacht und Meer ringsum; hinter mir lagen Alt-England und — dieser Tag.

Literarische Anzeige.

Im Verlag von **Gebrüder Katz** in Dessau ist erschienen und durch alle Buchhandlungen zu beziehen:

Argo. **Belletristisches Jahrbuch für 1854.** Herausgegeben von Theodor Fontane und Franz Kugler.
2½ Thlr.
Eleg. geb. mit Goldschnitt 3 Thlr.

Bölte, Amely. **Männer und Frauen.** Novellen.
2 Bde. 2½ Thlr.

Eroberung, die, **Livlands** unter Peter dem Großen. Historischer Roman. 4 Bände. 3 Thlr.

Frauenstädt, Dr. J. **Aesthetische Fragen.** 1 Thlr.

Freiligrath, Ferd. **Dichtung und Dichter.** Eine Anthologie. 2½ Thlr.
Eleg. geb. mit Goldschnitt 3 Thlr.

Kapper, Siegfried. **Falk.** Eine Erzählung. 1 Thlr.
Eleg. geb. mit Goldschnitt 1½ Thlr.

Lacroix, E. **Album poétique.** Recueil de poésies françaises des auteurs modernes, suivi de quelques notices biographiques. Eleg. geb. 1½ Thlr.

II

Lecerf, Emilie, geb. B. **Poetische Kränze.** Gedichte. 24 Sgr.

Eleg. geb. mit Goldschnitt 1 Thlr.

Pröhle, Heinrich. **Walddrossel.** Ein Lebensbild. 1 ½ Thlr.

Pruß, Robert. Die **Schwägerin.** Novelle. 1 ½ Thlr.

Tennyson, Alfred. **Gedichte.** Uebersetzt von W. Hertzberg. 1 Thlr. 6 Sgr.

Eleg. geb. mit Goldschnitt 1 ½ Thlr.

Vincke, Gisbert, Freiherr. **Rose und Distel.** Poesien aus England und Schottland. 24 Sgr.

Eleg. geb. mit Goldschnitt 1 Thlr.

Waldleben in Amerika. Nach J. T. Headley's „Adirondack, or life in the wood's" frei bearbeitet. 1 Thlr.

Wolfsohn, Dr. Wilh., **Erzählungen aus Rußland.** 2 Bde. 2 ½ Thlr.

———— ———— **Neues Laienbrevier.** Aus deutschen Dichtern der Vergangenheit und Gegenwart. 2te vermehrte Ausgabe. Cart. 22 ½ Sgr.

Lightning Source UK Ltd.
Milton Keynes UK
25 March 2010

151844UK00001B/142/P

9 781144 584311